COURS

D'ÉLOQUENCE SACRÉE

POPULAIRE,

OU

ESSAI SUR LA MANIÈRE DE PARLER AU PEUPLE,

PAR M. L'ABBÉ ISIDORE MULLOIS,

Premier Chapelain de la Maison de l'Empereur,

MISSIONNAIRE APOSTOLIQUE.

PRIX : 1 fr. 75 c.

PARIS,

J. LECOFFRE ET Cie,
rue du Vieux-Colombier, 29.

PÉRISSE FRÈRES,
rue Saint-Sulpice, 38.

DOUNIOL,
rue de Tournon, 29.

PRINGUET,
rue Bonaparte, 25.

PAULMIER, LIBRAIRE, RUE CHERCHE-MIDI, 28.

1853

COURS

D'ÉLOQUENCE SACRÉE POPULAIRE.

1719

X

89270

IMPRIMERIE DE BEAU,
à Saint-Germain-en-Laye, rue de Paris, 80.

COURS
D'ÉLOQUENCE SACRÉE
POPULAIRE,

OU

ESSAI SUR LA MANIÈRE DE PARLER AU PEUPLE,

PAR M. L'ABBÉ ISIDORE MULLOIS,

Premier Chapelain de la Maison de l'Empereur,

MISSIONNAIRE APOSTOLIQUE.

PRIX : 1 fr. 75 c.

PARIS,

J. LECOFFRE ET Cie,
rue du Vieux-Colombier, 29.

PERISSE FRÈRES,
rue Saint-Sulpice, 38.

DOUNIOL,
rue de Tournon, 29.

PRINGUET,
rue Bonaparte, 25.

PAULMIER, LIBRAIRE, RUE CHERCHE-MIDI, 28.

1853

A

MONSEIGNEUR LOUIS—FRANÇOIS ROBIN,

ÉVÊQUE DE BAYEUX,

COMTE ROMAIN ASSISTANT AU TRÔNE PONTIFICAL,

HOMMAGE

DE FILIAL RESPECT

ET DE VIVE RECONNAISSANCE.

Mullois.

PRÉFACE.

Chose étonnante ! depuis trois siècles on a beaucoup écrit sur la manière de parler aux classes élevées de la société, et on n'a presque rien dit sur la manière de parler au peuple. Il semble qu'on ait pensé qu'il devait se contenter des miettes tombées de la table servie aux classes lettrées.

Pourtant c'est contraire à l'esprit de l'Évangile, qui s'adresse surtout aux petits et aux pauvres : *Evangelizare pauperibus misit me.* Les saints Pères n'avaient pas cru au-dessous de leur génie d'écrire des traités sur la manière d'enseigner la religion au peuple. Le peuple, c'est presque tout le monde : c'est en France trente-trois millions d'habitants sur trente-cinq ! Eh bien ! on ne s'en préoccupe guère ; les deux millions de lettrés ont semblé dire aussi : La France, c'est nous! Ils ont parlé, écrit, décrété, et puis ils ont dit : Voilà le vœu de la France ! Mais qu'il se trouve quelques hommes qui savent s'emparer des instincts du peuple, d'un seul de ses mouvements il jettera bas ceux qui croyaient le diriger : nous en savons quelque chose.

Tous les bons esprits disent aujourd'hui : La religion seule peut nous sauver : ou la France redeviendra chrétienne, ou elle périra. Mais pour que la religion fasse du bien aux masses, il faut qu'elle soit mise en contact avec elles, et cela se fait surtout par la parole; suivant une pensée divine : Pour croire il faut avoir entendu.

Il est plus difficile qu'on ne le pense de parler au peuple : il est si peu au courant des choses de l'âme, si reporté vers la matière. Il est même plus difficile de parler au peuple que de parler aux classes riches : parler aux lettrés, c'est suivre le courant de ses idées; parler au peuple, c'est prendre des pensées élevées, sublimes, et les mettre à la portée de faibles intelligences. De plus, il y a chez beaucoup d'hommes du peuple une demi-science, et rien n'est difficile à diriger comme un demi-savant.

C'est ce qui nous a engagé à écrire ce petit traité dans lequel nous n'entendons nullement donner des préceptes, mais simplement les conseils de l'expérience. Il nous faudrait aujourd'hui une littérature populaire, expression du caractère et des besoins des masses. Cette littérature n'est pas faite, elle doit être prise tout entière dans le caractère national et dans l'Évangile. Armée de ces deux puissances, elle deviendrait une force irrésistible et agirait aussi énergiquement sur la partie lettrée que sur les masses elles-mêmes. Elle pourrait commencer la régénération de notre littérature en lui redonnant son naturel et sa dignité.

Le temps est venu de s'occuper beaucoup du peuple, tout le monde en sent la nécessité, et on ne demande pas mieux que d'encourager les efforts qui tendent à moraliser les masses. Des livres écrits pour le peuple se sont vendus à plus de cent mille exemplaires en un an. Le monde mondain lui-même ne demande pas mieux que de prêter son appui, et, aujourd'hui, l'homme qui fait ou même qui a l'air de faire quelque bien au peuple, est entouré de bienveillance, de sympathie, presque de vénération, c'est à en être profondément humilié. De plus, nous jouissons d'un calme profond. Autrefois on disait : Attendons, voilà des événements qui se préparent, qui sait ce que nous deviendrons ? qui sait si bientôt nous ne serons pas chassés de notre propre demeure ? Aujourd'hui toutes les mauvaises volontés sont à bout :

nous verrons bien ce que peuvent et ce que savent faire les honnêtes gens.

Entr'aidons-nous donc à redevenir, dans la religion et la charité, un peuple, une patrie, une France, un cœur, une âme. C'est le commencement du ciel !...

ESSAI

SUR LA

MANIÈRE DE PARLER AU PEUPLE.

CHAPITRE PREMIER.

Pour bien parler aux hommes, il faut beaucoup les aimer.

On a donné bien des règles d'éloquence, et, chose
étrange, on a oublié la première et la plus essentielle
de toutes : la charité... Pour bien parler aux hommes, il faut beaucoup les aimer. Oui, quels qu'ils
soient, si coupables, si indifférents, si ingrats, si
enfoncés dans les hontes, avant tout et par-dessus
tout il faut les aimer. Là est la séve évangélique,
là est le secret de la parole vivante et efficace, là est
la magie de l'éloquence.... Il s'agit de gagner des
cœurs pour les redonner à Dieu; or, il n'y a que la
charité qui sache trouver les mystérieuses voies qui
conduisent au cœur : on est toujours éloquent quand
on veut sauver quelqu'un qu'on aime, et on est
toujours écouté quand on est aimé; mais quand
l'auditeur n'aime pas, au lieu d'écouter, il cherche
dans son esprit de quoi repousser la vérité, et sur

1

ce point la malice humaine est rarement au bout de moyens.

Si donc vous ne sentez en vous un grand amour et une profonde pitié pour l'humanité; si, en présence de ses misères et de ses erreurs, vous ne sentez les élans, les saints trémoussements de la charité, prenez-en votre parti, le don de l'éloquence chrétienne vous est refusé : vous ne saisirez, vous ne dominerez jamais les âmes, et vous ne posséderez jamais la plus belle royauté de ce monde, la royauté des cœurs.

Je ne sais si je me trompe : il me semble que la tradition de cette grande charité dans la parole évangélique a un peu baissé parmi nous ; mais, je m'empresse de le dire, c'est la faute de ce siècle, de ses injustices et de ses sarcasmes : il a été si dur et si ingrat pour le christianisme, que notre âme s'est aigrie et que notre parole a été parfois froide et sèche comme une parole d'homme ; mais cette aigreur va cesser.

En ce temps ci, la Religion s'est trouvée en France dans l'état d'une mère qui rencontre chez son fils la froideur et l'injure. Le premier cri de son cœur est un cri de souffrance et de répulsion. Mais bientôt la bonne partie d'elle-même reprend le dessus et elle se dit : Après tout, il est méchant, c'est vrai ; il m'abreuve d'amertume, il me fera mourir de douleur, c'est encore vrai ; mais enfin, c'est toujours

mon enfant et je suis toujours sa mère..... et je
ne puis pas m'empêcher de l'aimer. C'est plus fort
que moi.... Oui, qu'on dise ce que l'on voudra,
je l'aime encore... Oh ! mon Dieu, s'il voulait donc
revenir, s'il voulait donc changer, que j'aurais
bientôt tout pardonné, tout oublié !.. Est-ce que
je pourrai jamais goûter un peu de bonheur tant
que je le saurai méchant ou malheureux ?...—Voilà
ce qu'à ressenti la Religion et ceux qui la repré-
sentent.... Oui, on nous a blessés, on nous a fait
cruellement souffrir. Oui, les hommes ont été in-
justes et ingrats, mais ce sont toujours nos frères, toujours nos enfants... Et pourrions-nous goûter quelque bonheur tant que nous les verrons
méchants ou malheureux ? Est-ce qu'ils n'ont pas
déjà assez souffert ?... La question n'est pas de savoir ce qu'ils valent, mais de les sauver tels qu'ils
sont. Notre siècle est un grand enfant prodigue,
aidons-le à se repentir et à retourner vers la maison
paternelle. C'est le moment de nous rappeler les admirables paroles de Fénelon : « O pasteurs, loin de
» vous tout cœur rétréci. Elargissez, élargissez vos
» entrailles; vous ne savez rien, si vous ne savez que
» commander, que reprendre, que corriger, que
» montrer la lettre de la loi. Soyez pères; ce n'est
» pas assez, soyez mères... »

Cette grande charité pour les hommes, pour les
bons et pour les méchants, est dans l'esprit de la

parole évangélique. C'est l'esprit principal du christianisme : elle a fait sa force, et elle a dominé la vie de nos pères dans l'apostolat.

Voyez saint Paul, ce grand missionnaire de l'Eglise catholique : un torrent de charité s'échappe de son âme royalement apostolique. Ce n'est pas lui qui se laissera déconcerter par les fautes, par les crimes, par les scélératesses des hommes : son cœur est plus grand que tout cela... Il domine leurs faiblesses, leurs préjugés et leurs erreurs de toute la hauteur de sa charité. Il faut l'entendre : « Notre » bouche s'ouvre pour vous, ô Corinthiens, dit-il, » notre cœur se dilate de tendresse. Vous n'êtes » point à l'étroit au fond de nos entrailles. Dilatez » donc aussi vos cœurs pour nous recevoir. Quand » vous auriez dix mille maîtres, vous n'avez qu'un » seul père, c'est moi qui vous ai engendrés à Jésus-» Christ. Je ne cherche pas vos biens, mais vos âmes. » Je suis tout prêt à sacrifier tout ce que je possède » et à m'immoler moi-même pour vous. » Et ailleurs : « Plût à Dieu que vous voulussiez un peu » supporter mon imprudence ; et supportez-la, je » vous en conjure, car je vous aime d'un amour de » jalousie. Est-ce que je ne vous aime pas ? Dieu le » sait. »

« Le Dieu que je sers, dit-il aux Romains, m'est » témoin que je dis la vérité. Je suis saisi d'une » tristesse profonde ; mon cœur est pressé d'une

» douleur violente, car je désirerais de devenir moi-
» même anathème pour mes frères. Soyez envers moi
» (il parle aux Galates) comme je suis envers vous.
» Où est donc le temps où vous vous estimiez si heu-
» reux de m'avoir avec vous? Car je puis vous ren-
» dre ce témoignage, que vous étiez prêts alors, s'il
» eût été possible, de vous arracher les yeux pour
» me les donner. Suis-je donc devenu votre ennemi,
» parce que je vous ai dit la vérité? Mes petits
» enfants, je sens de nouveau les douleurs de l'enfan-
» tement, jusqu'à ce que Jésus-Christ soit formé en
» vous. »—« Il est juste, dit-il, aux Philippiens, que
» j'aie ce sentiment de vous tous, parce que je vous
» ai dans le cœur. Car Dieu m'est témoin avec quelle
» tendresse je vous aime dans les entrailles de Jésus-
» Christ. Quand même il devrait se faire une asper-
» sion et une effusion de mon sang sur la victime
» et le sacrifice de votre foi, je m'en réjouirais en
» moi-même, et je m'en réjouirais avec vous, etc. »

Aujourd'hui, hélas! nous retrouvons les mêmes
hommes, les mêmes faiblesses, les mêmes passions.
Essayons d'avoir le même cœur apostolique...

Et saint Jean Chrysostome... quel amour!... quelle
charité!... quel dévouement dans ce cœur d'orateur
chrétien!... et pourtant à quel peuple il avait affaire!
Quelles lâchetés, quels vices, quelles turpitudes il
avait à combattre! Eh bien, son âme est embrasée de
charité, ses entrailles sont émues, déchirées. Il s'en

échappe des cris de douleur, les accents plaintifs de
sa miséricorde, et alors même qu'il s'indigne, il sup-
plie, il demande grâce.

« Je vous prie, dit-il aux fidèles, de nous recevoir
» avec affection lorsque nous entrons ici, car j'ai
» pour vous l'amour le plus pur. Je sens que je vous
» aime avec les entrailles d'un père. Si je vous fais
» quelquefois des réprimandes un peu fortes, ce n'est
» que par le zèle que j'ai de votre salut... Si vous re-
» poussez ma parole, je ne secouerai pas contre vous
» la poussière de mes pieds. Non que je veuille en ce
» point désobéir à mon Sauveur, mais parce que la
» charité qu'il m'a donnée pour vous m'empêcherait
» de le faire... Que si vous refusez de nous aimer, au
» moins aimez-vous vous-mêmes, en renonçant à
» cette tiédeur malheureuse, dont vous êtes pos-
» sédés ; il nous suffira, pour nous consoler, de voir
» que vous devenez meilleurs, et que vous vous
» avancez dans la voie de Dieu. C'est en cela même
» que mon affection paraîtra plus grande, lorsqu'en
» ayant beaucoup pour vous, vous en aurez peu pour
» moi... Nous vous donnons ce que nous avons reçu,
» et, en vous le donnant, nous ne vous demandons
» autre chose que votre amour. Que si nous en
» sommes indignes, aimez-nous néanmoins, et peut-
» être que votre charité nous en rendra dignes.

« Vous m'aimez et je vous aime, dit-il aux fidèles,
» et je voudrais vous donner ma propre vie sans me

» contenter du petit service que je vous rends, par
» la prédication de l'Évangile. »

Il avait été forcé, après une maladie, d'aller respirer l'air de la campagne. Voici ce qu'il disait à ses
auditeurs à son retour :

« Vous vous êtes donc souvenus de moi pendant
» mon absence; de ma part il ne m'a nullement été
» possible de vous oublier... Dans le temps même
» que le sommeil fermait les yeux de mon corps, la
» force de l'affection que vous me portez ouvrait les
» yeux de mon âme, de sorte qu'en dormant, je
» m'imaginais souvent vous parler...J'ai mieux aimé
» revenir avec les restes de ma maladie que de faire
» quelque peine à votre charité; car, pendant que
» j'étais à la campagne, vous ne cessiez de m'adres-
» ser vos plaintes et vos doléances. C'était le sujet de
» toutes vos lettres, et je ne vous suis pas moins obli-
» gé de vos plaintes que de vos louanges, puisqu'il
» faut savoir aimer pour se plaindre de la manière
» que vous avez fait... Donc, puisque je ne suis plus
» malade, rassasions-nous les uns et les autres, s'il
» est possible de pouvoir nous rassasier. Car la cha-
» rité est naturellement insatiable, et la jouissance
» continuelle des personnes qu'elle chérit ne fait
» que l'embraser davantage. C'est ce que connaissait
» saint Paul, ce cher nourrisson de la charité, quand
» il disait : « *Ne soyez redevable d'aucune chose à*
» *personne, sinon de vous aimer les uns les autres;*

» car on paie toujours cette dette et on ne s'en ac-
» quitte jamais (1). »

Et ce passage cité dans le *Manuel de la Charité*,
mais qui ne peut mieux trouver sa place qu'ici :
« Vous me tenez lieu de père, de mère, de frères,
» d'enfants, vous êtes tout pour moi, et je n'ai ni
» joie ni douleur qui me soit sensible en comparai-
» son de ce qui vous touche. Je n'aurais pas à ré-
» pondre de vos âmes, que je n'en resterais pas
» moins inconsolable, si vous veniez à vous perdre ;
» de même qu'un père ne se console point de la perte
» d'un fils, quoiqu'il ait fait tout ce qui était en son
» pouvoir pour le sauver. Que je sois un jour trouvé
» coupable, que je sois justifié au redoutable Tribu-
» nal, ce n'est pas là le plus pressant objet de mes
» sollicitudes et de mes craintes ; mais que vous
» soyez sauvés tous sans nulle exception, tous à ja-
» mais heureux : voilà ce qui suffit et ce qui est né-
» cessaire à mon propre bonheur, dût la justice di-
» vine me reprocher de n'avoir point acquitté mon
» ministère ainsi que je le devais ; bien que pourtant
» ma conscience ne me reproche rien à cet égard.
» Eh ! qu'importe encore par qui vous soyez sauvés,
» pourvu que vous le soyez? Si quelqu'un s'étonne
» de m'entendre parler de la sorte, c'est qu'il ignore
» ce que c'est que d'être père (2). »

(1) IIᵉ homélie de la pénitence.
(2) Homil. III in Acta.

D'un autre côté, si jamais les hommes ont dû être
aimés, si le cœur du prêtre surtout a dû être touché,
ému jusqu'aux larmes d'un profond sentiment de
compassion en présence de l'humanité, c'est bien aujourd'hui. Ah! sans doute, elle est digne de blâme,
mais aussi elle est bien digne de pitié. Qui se senti-
rait le courage de la haïr? Ah! plaignons-la plutôt;
plaignons les hommes du monde, car ils sont bien
malheureux..... A quelles vérités voulez-vous qu'ils
se prennent pour se résister à eux-mêmes, pour remplir le vide de leur âme, pour se consoler des douleurs de la vie? Tout a été attaqué, ébranlé, nié, renversé : que voulez-vous qu'ils fassent au milieu de
ce croisement d'affirmations et de négations? A peine
une vérité forte, divine, leur est-elle présentée, qu'il
s'est trouvé un de ces hommes qu'on appelle hommes
capables, pour la salir de ses négations ou de son
insultant mépris.

Plaignez surtout notre jeune génération : elle a
tant souffert de la faim! On ne lui a pas même donné
la moitié de sa vie. Le siècle a été impitoyable pour
elle!

Rendons-lui cette justice : le jeune âge aime surtout la sincérité et la franchise; il va droit au but,
et ne déteste rien comme la duplicité et l'hypocrisie.
Eh bien! quand le jeune homme s'éveille à la vie,
que voit-il autour de lui? Contradiction et inconséquence : c'est la confusion des langues, c'est un

1.

concert discordant, vrai concert infernal. L'un lui crie : Raison ; l'autre lui crie : Foi ; ici on lui dit : Souffrir ; là on lui dit : Jouir ; et bientôt tous en chœur lui répètent : De l'argent, mon fils, de l'argent ! Que voulez-vous que fasse une raison de 18 ans au milieu de cette confusion, avec des passions qui la tourmentent ?

Et encore si du moins le foyer domestique était un abri contre cette confusion. Au contraire, elle apparaît là plus flagrante dans le père et dans la mère : c'est *unus œdificans et alter destruens*. — Sa mère prie, son père ne prie pas ; — sa mère va à la messe, son père n'y va pas ; — sa mère se confesse, son père ne se confesse pas ; — sa mère parle bien de la religion, son père s'en moque : — dites, encore une fois, que voulez-vous qu'il fasse avec ses passions ? La raison lui dit que s'il y a une vérité, elle doit être la même pour tous ; que s'il y a une règle morale, elle doit régner sur tous ; que s'il y a une religion, elle doit être la religion de tous. Alors il est tenté de penser qu'on lui joue une comédie, et que les mots vice, vérité et vertu ne sont que des mots reçus : voilà la part faite à notre jeune génération. Oh ! s'il n'y avait quelque chose de nativement bon et généreux dans les jeunes cœurs, comme ils devraient mépriser ceux qui les précèdent dans la vie !...

On leur a dit qu'il y avait des devoirs, des lois,

des questions immenses, et ils voient des hommes, qui devraient être des hommes sérieux, passer leur temps à combiner de la matière, à palper de l'argent ou à déguster quelques honteuses voluptés.

Est-ce qu'il n'y a pas là de quoi désoler un cœur qui se sent et lui arracher cette plainte à Dieu : «Oh! pourquoi m'avez vous placé au milieu d'une telle contradiction? Que faire? Mon père, l'homme de la terre auquel je dois le plus tenir de ressembler, puis-je le condamner? Je ne puis pourtant pas non plus accuser ma mère, la taxer de faiblesse : elle est forte, ma mère! Que faire alors, que devenir? La vie, est-ce donc un désert où je suis perdu, et personne pour me guider? Ceux qui devaient me conduire sont les premiers à m'égarer. Mon père me crie : Fais comme moi, suis mon exemple ; et ma mère me dit, avec la puissance de l'affection maternelle : Non, non, mon fils, ne suis pas ton père où tu es perdu...» Ah! qu'une pareille conduite devrait nous inspirer de honte pour nous et de compassion pour ceux qui en sont les victimes.

Et le peuple, ce pauvre peuple, ce grand pénitent qui travaille et qui souffre sous nos yeux, comment ne pas l'aimer, comment n'en avoir pas pitié? Sans doute il a ses torts, ses faiblesses et ses vices ; mais ne serions-nous pas les plus coupables? Le peuple est toujours ce qu'on le fait. Est-ce sa faute à lui si les mauvaises doctrines et les scandales d'en haut ont

déteint sur les régions inférieures de la société? Et
puis on a été sans pitié et sans miséricorde pour lui ;
on l'a dépouillé de tout, on lui a pris jusqu'au dernier des biens : l'espérance. On lui a défendu de
songer au bonheur ; des hommes sans cœur sont venus s'interposer entre lui et le Ciel, l'ont refoulé
dans la matière, dans ses souffrances, et lui ont dit :
« Écoute ! ton travail, tes douleurs, tes haillons, ta
faim, la faim de ta femme et de tes enfants, voilà
toute la vie : tu n'as rien autre chose à espérer, si
ce n'est peut-être les joies de l'orgie. » On lui a tout
ravi. Il avait des espérances d'un meilleur avenir :
on les lui a prises. Il avait là-haut un Dieu : on le lui
a volé, et on lui a dit que le Ciel était dans les jouissances de la terre. Et lui, il est malheureux ; alors il
est damné, il est en enfer; mais qu'a-t-il fait pour cela?

Oui, on a été sans pitié pour le peuple ; car, ce
siècle n'eût-il regardé le christianisme que comme
une illusion, il eût dû la respecter dans le peuple, puisqu'elle lui faisait du bien, puisqu'elle
rendait sa position moins affreuse ; mais non,
on a eu le triste courage de la lui arracher.
On dit qu'un prisonnier, pour tromper les ennuis
de sa captivité, s'était attaché à une araignée ; il
la nourrissait de son pain, et c'était une joie pour
lui de la voir revenir chaque jour courir et se
promener dans son cachot. Le geôlier s'aperçut de
cette joie innocente, et il écrasa l'araignée... C'était

peu de chose sans doute qu'une araignée, mais cependant cette action fait mal, et tout le monde dira : Voilà un acte brutal et gratuitement brutal. Eh bien ! n'eût-on regardé pour le peuple la religion que comme l'araignée du pauvre prisonnier, on eût dû la respecter, puisqu'elle pouvait lui faire du bien. Mais non, on n'a pas voulu laisser espérer à celui qui travaille qu'un jour viendra le temps du repos ; on n'a pas voulu laisser espérer à celui qui souffre qu'un jour viendra la consolation ; on n'a pas voulu laisser espérer à celui qui est persécuté qu'un jour justice lui sera faite ; on n'a pas voulu laisser espérer à la mère qui pleure son enfant, qu'un jour elle le reverra. On a tout pris au peuple, et on ne lui a laissé que quelques plaisirs tirés de la matière à de rares intervalles.

Quel champ pour la charité, pour la compassion, pour la pitié! O pauvre peuple que Jésus-Christ aimait ! Quoi donc, à travers tant de travaux et tant d'épreuves, ne ferais-tu que l'essai des éternelles douleurs? Souffrir sur la terre, souffrir après la mort, pour toi ce sera donc toujours souffrir ! Nous ne pouvons le permettre, et, comme notre Seigneur Jésus-Christ, nous devons nous écrier : *J'ai pitié de cette foule, et si je renvoie ces hommes à jeun, ils tomberont de défaillance par le chemin.*

Enfin cette charité est la condition de la fécondité de la parole sacrée.

Pour régénérer et sauver le monde avec Jésus-Christ, il faut l'aimer avec lui. Il lui a fait du bien d'abord, et puis il a parlé. Et voilà pourquoi le peuple se précipite sur ses pas, oublie ses plus impérieux besoins, et s'écrie : *Jamais homme n'a parlé comme cet homme.*

Ne l'oublions pas, le but de la parole est de détourner les âmes du mal et de les ramener au bien. Tout est là pour l'orateur chrétien. Mais où est le siége du bien et du mal, où s'élaborent le bien et le mal? Dans le cœur. Suivant la parole sacrée, c'est du cœur que sortent *les pensées coupables, les passions mauvaises, les homicides, le vol et le blasphème* (1).

C'est donc le cœur qu'il faut toucher, remuer, saisir. C'est lui qui accepte ou qui repousse la vérité, qui lui dit : Viens, je te bénis, ou bien va-t-en, tu m'ennuies. Or, c'est la charité seule qui peut arriver jusqu'au cœur, et qui peut le changer. Comme disent les Arabes : « Pour faire incliner la tête, il faut le sabre; pour faire incliner le cœur, il faut le cœur. » Si vous aimez, on vous aimera, on aimera votre vérité, on aimera même le sacrifice... Notre plus grand besoin aujourd'hui, ce n'est pas encore la science. Mon Dieu, nous savons bien tous à peu près ce qu'il faudrait faire, mais ce qui nous manque, c'est le courage de le faire, c'est

(1) Matth. xxv, 9.

l'énergie du bien; les vérités sont diminuées et les caractères aussi. Il nous faut donc une parole qui nous éclaire et qui nous soutienne, qui nous gronde et qui nous encourage, qui nous abaisse et qui nous relève, et qui, à travers tout cela, nous dise : Je t'aime, je t'aime.

Ce n'est seulement pas à coups de raisonnement, pas plus qu'à coups d'épée, que l'on mène le monde moral ; un peu de science, beaucoup de bon sens et plus encore de cœur, voilà ce qu'il faut pour saisir, soulever ce grand colosse de peuple et le purifier de ses souillures et de ses hontes. Avoir de l'esprit et raisonner, c'est humain, très-humain, et l'homme qui n'est qu'un homme peut le faire aussi bien que vous, mieux que vous peut-être. Mais aimer, se dévouer, se sacrifier, voilà qui n'est plus de la terre, qui est divin et qui fait une impression magique. Le dévouement est bientôt le seul argument auquel la malice humaine n'ait rien à répondre...

Vous avez beau faire de magnifiques raisonnements parés de superbes phrases, on trouvera bien dans son esprit de quoi les éluder. Qui sait même si l'esprit français, d'un seul mot méchant, ne jettera pas par terre votre superbe échafaudage d'arguments? On veut dans l'éloquence sacrée du neuf, de l'imprévu, en voilà : aimez, vous étonnerez, vous ravirez, on ne pourra vous résister.

Car, — pourquoi se le dissimuler ? — en France, aujourd'hui, on ne croit plus guère au désintéressement, au dévouement ; le peuple lui-même commence à penser que nul n'agit sans un motif d'intérêt, et sa pensée se trouve parfaitement exprimée dans la parole franche et originale d'un pauvre diable qui paraissait devant le tribunal de police correctionnelle. Il était accusé d'avoir tracé sur un mur des formules légitimistes. Le président ayant remarqué sa toilette délabrée et sa figure peu aristocratique lui dit : « Mais est-ce que vous êtes légitimiste ? — Vraiment non, mon président, je fais comme les autres, comme vous, comme tout le monde aujourd'hui : *je travaille pour ceux qui m'engraissent.* »

Mais quand le peuple rencontre une affection véritable, un dévouement complet, il est vaincu, il se rend de grand cœur.

Vous visitez une famille de pauvres ou d'ouvriers dans une grande ville ; là on est franc et on ne sait guère cacher sa pensée : aussi ne soyez pas surpris si entre vous a lieu le dialogue suivant :

— Enfin, monsieur, qu'est-ce qui vous paie pour nous visiter ?

— Personne.

— Quel intérêt avez-vous donc ?

— Aucun, si ce n'est celui de vous faire du bien à vous et à vos petits enfants que j'aime beaucoup.

— J'ai bien de la peine à vous croire, *il y a quelque chose de caché là-dessous.*

Mais quand ces pauvres gens auront reconnu que vous les aimez sincèrement, qu'il n'y a *rien de caché là-dessous,* vous êtes tout-puissant, c'est une véritable révélation divine pour eux, ils aiment déjà la vérité sans la connaitre. Alors, parlez, priez, commandez, vous serez écouté, vous serez cru, vous serez obéi. Que voulez-vous que l'on fasse à quelqu'un qui vous aime et vous fait aimer ?

Raisonner et parler à l'intelligence, c'est très-bien, mais c'est insuffisant. La malice humaine peut toujours trouver quelque chose à répondre à un raisonnement ; soyez habile, soyez logicien, ayez de la science et du talent, ayez mille fois raison, vous ne pourrez rien créer. Souvent même vous serez vaincu, et on peut dire que celui qui se sert du raisonnement seul, périra par le raisonnement. Au contraire, la charité fait envisager les choses à un autre point de vue, lève les difficultés, donne à la fois lumière et courage.

Vous dites à une femme du monde : « Si vous vous occupiez un peu de bonnes œuvres, si vous visitiez les pauvres, etc. » Soudain elle vous opposera mille bonnes raisons. — « Moi, est-ce que je le puis, dans ma position... Est-ce que j'ai le temps... j'ai ma maison, mes enfants, mes domestiques, et tant de charges. Les fermiers paient mal ; avec cela ma santé

est détestable, et puis mon mari ne s'en soucie pas...
Le premier devoir d'une femme est de s'occuper de
son intérieur. » En un mot, elle est tout hérissée de
bonnes raisons. Partout vous trouverez des piquants
et nulle place à vos arguments. Gardez-vous donc
bien de raisonner avec elle. Allez tout droit à son
cœur, créez en elle la charité, faites-la sentir, faites-
la aimer, vous ne la reconnaitrez bientôt plus ; elle
est subitement changée, tous les obstacles sont levés.
Elle trouve du temps, de l'argent, des forces, de l'héroïsme même ! elle va, elle vient, elle souffre, elle
s'humilie, elle se dévoue, elle est admirable...

On dit que la femme est le sexe faible. Oui, quand
elle n'aime pas ; mais quand la charité presse son
âme, c'est le sexe fort, c'est le sexe habile, c'est le
sexe dévoué. Elle regarde même en face des difficultés qui feraient trembler un homme.

Un orateur d'une haute intelligence passe dans
une chaire et il y laisse à peine des traces ; après lui
vient un orateur d'une intelligence ordinaire qui attire la foule, étonne, convertit, et les fortes têtes de
l'endroit disent : « C'est étrange... cet homme est faible de logique, faible de style : d'où vient donc qu'il
attire ? » Cela vient de ce qu'il a du cœur, de ce qu'il
aime et de ce qu'il est aimé. Aussi quand un vénérable supérieur de missionnaires voulait se faire rendre compte du succès d'une mission, il demandait au
prêtre : « Avez-vous beaucoup aimé votre auditoire ! »

S'il répondait : Oui. — « Alors la mission a été bonne, répliquait l'homme de Dieu. »

Voulez-vous donc être écouté, voulez-vous échapper à la critique des savants et des ignorants, avec ce peuple français ayez du cœur, ayez de la charité, aimez, faites aimer, faites sentir, faites palpiter, faites pleurer... Après cela, on aura beau dire, beau critiquer, beau crier, vous aurez une invincible puissance.... Oh! la belle mission! Oh! le bel héritage que celui d'aimer les hommes ses frères! Que d'autres cherchent à les dominer, à conquérir leurs applaudissements; pour moi, j'aime mieux leur tendre la main, les bénir et les plaindre, parce qu'un instinct secret m'avertit que c'est le meilleur moyen de les sauver...

Je l'ai dit, notre parole n'a pas toujours respiré cette large et tendre charité ; à force de rencontrer l'injustice et la déraison sur notre chemin, notre âme s'est aigrie, et nous nous sommes faits quelques peu querelleurs et champions quand nous devions rester pères et pasteurs; nous avons trop suivi le monde sur le terrain de la discussion ; nous avons trop pensé qu'il suffisait de prouver une vérité pour la faire passer dans les habitudes de la vie ; nous avons oublié que saint François de Sales convertit soixante-dix mille protestants par la douceur et la charité, et n'en convertit pas un seul par la discussion. Et, chose étrange, on dit beaucoup au jeune lévite sur la nécessité et la manière de prouver une vérité, de conduire un sermon, et on ne lui dit presque rien sur la manière et sur la nécessité d'aimer son auditoire.

Aussi voyez le jeune prêtre à son entrée dans le saint ministère ; souvent il est tout hérissé d'arguments, il ne parle que par syllogismes, ses discours sont tout émaillés de *donc*, de *or* et de *par conséquent*. Il est dogmatique, tranchant : on dirait quelque neveu de ces vieux docteurs barbus du moyen âge, tel que pouvait être le docteur Petit-Jean ou le docteur Courte-Cuisse. Il est disposé à transpercer de sa parole tout opposant et il n'y aura de quartier pour personne. Il coupe, il tranche, il renverse sans pitié. Eh ! mon ami, laissez donc là une partie de votre grosse artillerie, prenez votre cœur de jeune homme et de jeune prêtre et jetez-le à la face de votre auditoire et puis vous reviendrez à vos batteries, si le besoin s'en fait sentir. Faites-vous aimer, soyez père, vous aussi ; parlez cordialement, et au lieu de glisser sur des cœurs refermés par l'orgueil, votre parole ira *jusqu'à la jointure du corps et de l'âme*, et l'on dira de vous ce que disait d'un autre prêtre un homme d'esprit depuis peu revenu à la vie chrétienne : « Quel malheur que je sois converti ! j'aurais eu tant de plaisir à l'être par un si aimable prédicateur. »

Non que je veuille dire qu'il ne faut pas présenter

les vérités avec force et énergie, Dieu m'en garde ! mais il faut assaisonner le tout d'une large charité. Il n'y a même que ceux qui aiment beaucoup et qui sont aimés qui aient le droit de dire les dures vérités d'une manière efficace. Le peuple pardonne tout à ceux qu'il aime, et il reçoit à bout portant et en pleine poitrine les vérités et les reproches les plus sanglants de la part de son orateur bien-aimé.

Que votre prédication ne soit donc que l'effusion d'une âme pleine de charité et de vérité; détachez habilement les vices et les erreurs des personnes; mettez-les hors de cause et puis frappez, foudroyez le double mal de l'homme, soyez sans miséricorde, fermez toutes les issues, ne permettez pas la résistance aux mauvaises passions, abattez le mal sous vos pieds, mais relevez l'homme, tendez-lui la main, versez dans son âme de la confiance, de la bonté, dites-lui de ces paroles qui le font applaudir même à sa défaite : « Mes frères, je vous parle comme je vous aime, du fond du cœur; » ou bien : « Laissez-nous vous dire toute la vérité, laissez-nous être apôtres, laissez-nous vous tenir un langage tout avivé de charité, laissez-nous vous sauver... »

Voilà l'éloquence, voilà sa puissance, voilà ses triomphes; voilà la parole vraiment apostolique..... et la parole du prêtre doit toujours être, aujourd'hui comme autrefois, une parole apostolique.

L'éloquence apostolique n'est plus bien comprise.

De nos jours on la fait consister en je ne sais quoi, à dire des vérités sans ordre à tort et à travers, à s'agiter beaucoup, à crier à tue-tête et à frapper fortement sur la chaire. Il y aurait parfois certaine tendance à suivre les leçons qu'un vieux docteur donnait au xvi° siècle à un jeune bachelier : *Percute cathedram fortiter; respice Crucifixum torvis oculis; nil dic ad propositum, et bene prædicabis.*

Évidemment l'éloquence apostolique n'est pas cela : ce serait trop commode pour la paresse..... L'éloquence apostolique, c'est un mélange de vérité, de franchise et de charité. On n'est apôtre qu'à la condition d'aimer, de souffrir, de se dévouer.

L'apôtre, qu'est-ce ? « C'est, a dit un homme di-
» gne de le définir (1) et qui, sans y penser, a pris
» cette définition dans sa propre vie, l'apôtre, c'est
» charité ardente..... L'apôtre est avide de travaux,
» de souffrances; il se consume pour arracher ses
» frères à l'erreur, pour les éclairer, les consoler,
» pour les soutenir, pour les conquérir au bonheur
» du christianisme..... L'apôtre, il est héros, il est
» victime, il est docteur, il est père; il est indompta-
» ble, il est humble, il est austère et pur, il est com-
» patissant, il est tendre..... L'apôtre est grand,
» simple, éloquent, sublime; il est saint; il em-
» brasse, il accomplit des vues immenses, pour ré-
» générer et sauver l'humanité..... »

(1) Le R. P. Ravignan.

Il faut donc revenir à cette large et tendre affection. Que notre auditoire la sente, la lise, la voie dans notre personne, sur nos traits, dans notre parole, jusque dans le bout de nos doigts. Qu'il comprenne que le prêtre est, avant tout, le premier et le plus fidèle de ses amis. Que rien ne déconcerte notre charité. Que notre cœur grandisse et monte au-dessus des faiblesses, des ignorances, des préjugés et des souillures de la pauvre humanité. Saint Paul n'acceptait-il pas la malédiction pour ses frères coupables ? Et Moïse voulait être effacé du livre de vie, plutôt que de voir ce peuple lâche, ingrat et inconstant, frappé par Dieu. Plus les hommes sont faibles, plus ils ont besoin d'être aimés.

Et cette charité fait du bien à tous : elle fait du bien à celui qui parle, elle épanouit son âme. Elle crée la sympathie et ces courants électriques qui vont de l'orateur à l'âme des fidèles, et de l'âme des fidèles à l'orateur. Elle révèle ce qu'il faut dire, et surtout donne le bon accent pour le bien dire. « Aimez, » a dit saint Augustin, et faites ce que vous voudrez. » On pourrait dire aussi : Aimez et dites ce que vous voudrez ; car la parole amie fortifie l'âme, aplanit les obstacles, prépare au sacrifice, fait vouloir ceux qui ne veulent pas, relève les cœurs et les caractères aussi.

La charité c'est le grand besoin de ce temps ci. On dit aujourd'hui : « Le siècle a besoin de ceci, le siècle a besoin de cela. » Mon Dieu, le siècle a besoin d'une seule chose, c'est d'être aimé... Il a besoin d'être arraché à cet égoïsme qui le ronge et le désole; il a besoin d'un peu d'estime et de bonne affection pour le dédommager de tout ce qui lui manque. Que nous sommes simples d'aller chercher si loin; *le royaume de Dieu est dans nos cœurs.*

Certes le clergé de France contient encore assez de séve, assez de feu sacré, pour faire couler dans les membres de ce grand peuple la vertu et la vie. Jamais clergé ne fut plus pur, plus dévoué, plus brisé aux privations. Oh! pourquoi donc ces âmes de prêtres ne se révèlent-elles pas du haut de la chaire sacrée en effusions de vérité et de charité!...

Aimons donc le peuple.... N'est-ce pas pour cela que nous n'avons pas de famille. Empêchons-le de haïr... la haine lui fait tant de mal; aimons-le toujours, suivant la pensée de saint Augustin. *Aimons en parlant et parlons en aimant; que dans nos plaintes il y ait de l'amour... que dans nos reproches il y en ait aussi. Que la bouche parle, mais que le cœur aime...* Oui, sachons aimer, souffrir, nous dévouer. Eh quoi donc! ne sommes-nous pas de la même famille que ces généreux et admirables apôtres, qui s'arrachent à la patrie, aux embrassements de leur mère, pour s'en aller par delà l'Océan à la conquête des âmes? N'avons-nous pas été élevés à la même école? Eh bien! ils aiment les infidèles, eux, ils

aiment les païens; ils aiment les sauvages jusqu'à
leur sacrifier tout.... Est-ce donc que nos païens de
France ne valent pas les païens de l'Océanie? Est-ce
donc que nos petits Français ne sont pas aussi dignes
de compassion que les enfants Chinois? Sans doute
leurs parents ne les jettent pas à la voirie, mais ils les
jettent au vice, au scandale, à la corruption, à l'éducation de la rue.... Qu'on ait pitié des païens, qu'on
se dévoue pour eux, je le veux bien, mais aussi
qu'on ait pitié de nos enfants et de nos frères de la
France, qu'on ne les laisse pas périr sous nos yeux...
Oui, pitié pour ce peuple... pitié pour sa misère...
pitié pour ses souffrances, pitié pour ses préjugés,
pitié pour sa malheureuse dépendance de l'opinion,
pitié pour son ignorance, pitié pour ses erreurs. Au
moins essayons de lui faire du bien, de le sauver...
Là est pour nous le bonheur; nous n'en aurons plus
jamais d'autres... Toutes les autres issues nous sont
fermées; là est la source des plus délicieuses joies...
En dehors de la charité, le reste qu'est-ce? vanité,
futilité, souffrance de l'âme, misère, néant.

CHAPITRE II.

LE PEUPLE. — Ce qu'il est aujourd'hui. — Son bon et son mauvais côté. — Le peuple des grandes villes. — Le peuple des petites villes. — Le peuple des campagnes. — Manière de faire un peu de bien à ces trois classes de peuple.

Vous aimez le peuple, c'est convenu ; mais pour lui parler à propos, il faut de plus le bien connaître, savoir ses qualités, ses défauts, ses tendances, ses passions, ses préjugés, sa manière de saisir les choses ; en un mot, il faut savoir son peuple par cœur. A une profonde science de la religion, il faut joindre une science aussi profonde de l'humanité d'aujourd'hui ; et, je le dis en toute franchise, le peuple n'est pas connu, pas même par les habiles, pas même souvent par les hommes d'État ; on ne l'étudie qu'à la superficie, dans des livres, dans des romans, dans des feuilles, ou bien on ne l'étudie pas du tout. On juge presque toujours sur les apparences. L'un voit un homme qui s'emporte, qui injurie, qui blasphème et qui trébuche dans la rue, et il dit : « Regardez, voilà le peuple. » Un autre voit un homme qui se dévoue pour sauver quelqu'un qui va périr, qui rapporte une bourse ou un portefeuille, et il s'écrie avec enthousiasme : « Voilà le peuple ! » Tous deux se trompent, et à la place de la règle ils mettent l'exception.

Pour bien étudier le peuple, il faut aller au fond des choses, le prendre sur le fait quand il est bien lui-même. Il faut l'étudier dans le vif en quelque sorte et ne pas s'en tenir à la superficie des choses, car il paraît souvent plus méchant qu'il ne l'est, exactement le contraire de beaucoup d'autres ; encore moins faut-il s'arrêter seulement au côté par lequel il nous heurte, ce qui arrive trop souvent. Mais je dois dire que si nous ne connaissons pas le peuple, il ne connaît pas non plus les classes élevées de la société. C'est pour cela que nous ne nous aimons pas assez.

Au premier abord le peuple français est un véritable mystère, une inconcevable mélange de faiblesse et de courage, de bonté et de malice, de délicatesse et de grossièreté, de générosité et d'égoïsme, de sérieux et de légèreté. On pourrait dire qu'il y a deux êtres en lui, l'un qui a du bon sens, qui est généreux, qui compatit et qui se repent. L'autre qui ne réfléchit pas, qui s'emporte, qui boit et qui jure. D'un côté il est léger, vain, faible, railleur, sceptique, crédule et mauvaise tête.

Dans sa légèreté il se rit de tout, de ce qui est fri vole et de ce qui est sérieux, de ce qui est profane et

de ce qui est sacré. Sa faiblesse en présence des séductions est désolante, il ne sait pas se résister à
lui-même ; mais surtout il est d'une désespérante
crédulité : voilà son côté faible, son mauvais côté,
voilà la source d'une partie de nos maux.

Hélas ! que ne fait-on pas croire à ce peuple? Il
n'est si lourd mensonge, si grosse sottise dont on
ne lui fasse avaler au moins la moitié, quand ses passions croient avoir quelque chose à gagner ou quand
il croit ses intérêts lésés. Dans certains moments
d'aveuglement ou de colère, on lui fait tout croire,
tout jusqu'à l'incroyable, jusqu'à l'impossible; malheureusement on en est bien un peu là parfois en
haut. Le peuple se livre à la merci du premier venu
qui sait parler et mentir.

Sa crédulité est sans limite surtout à l'égard des
classes riches et des prêtres. D'abord ces gens-là sont
coupables de tous les maux qui lui arrivent. Les ac-
cidents mêmes qui ne dépendent d'aucune volonté
humaine, sont mis sur leur conscience. Y a-t-il une
cherté : ce sont eux qui accaparent le blé; il y a-t-
il stagnation dans les affaires : ce sont eux qui re-
tiennent les capitaux. Il y avait certainement de
leur fait dans le choléra et il n'est pas bien sûr
qu'il n'y ait quelque damnable connivence entre eux
et les chenilles ou les charançons... Pauvre peuple !
voilà pourtant comme on l'abuse ! Après cela son
bon sens s'en va, la tête lui tourne, la réflexion l'a-

bandonne, puis il se lève dans sa colère, frappe, pille et tue! il est affreux...

Mais je me hâte de le dire, s'il y a du mal dans ce peuple français, il y a du bien aussi, beaucoup de bien ; il est spirituel, franc, logique, généreux et aimable, SURTOUT IL A DU CŒUR. Voilà ce que personne ne peut contester, et il ne faut jamais désespérer d'un homme de cœur : il y a toujours de la ressource là où il y a du cœur. Quand on croit tout perdu avec ce peuple, il reste encore son cœur, c'est la dernière chose qui meurt chez lui.

On a dit : « Le fond du caractère français, c'est la légèreté. » Ce jugement est inexact ; il faut dire pour être vrai : La superficie du caractère français, c'est la légèreté ; le fond, c'est la bonté jointe à un bon sens exquis.

On ne sait ce qu'il y a de générosité et de sympathie pour tout ce qui souffre sous la veste et sous la blouse. Le peuple a une richesse inépuisable de sentiment, d'esprit de sacrifice et de dévouement. Pourquoi donc n'est-il pas bien connu? Les méchants le connaissent bien, eux ! Quand ils veulent l'égarer, soulever ses colères, ils s'adressent à son sentiment de la justice, à son amour de l'humanité. Ils lui montrent des torts à redresser, des opprimés à venger. Alors il se passionne, il s'emporte... on sait le reste. Presque toujours au commencement l'intention étant bonne, en partie du moins ; mais une

2.

fois hors de lui-même, il se porte aux dernières extrémités.

Le cœur, voilà le bon côté du peuple français; sa part d'honneur et de gloire, son génie. A d'autres le génie des longues spéculations de la science ou des spéculations de l'industrie; à lui, le génie du cœur, de l'amour, de la sympathie, de la charité. Pourquoi se plaindrait-il? sa part est si belle ! N'est-ce pas avec tout cela que l'on règne sur les hommes. Aussi quand la Providence veut qu'une idée fasse le tour du monde, elle la fait tomber dans une âme française. Là, elle s'élabore vite, et puis ce cœur si liant, si communicatif, si séduisant et si séductible la fait voyager avec la rapidité d'une commotion électrique; c'est vraiment le peuple roi ! Les destinées de l'univers sont liées à la sienne : rien de stable dans le monde, quand la France est agitée.

Si les grandes pensées viennent du cœur, nulle part elles ne trouveront un sol plus fécond. Chose étonnante, ce don admirable du cœur se retrouve dans toutes les classes et dans toutes les conditions. Un homme est plus que nul sous le rapport moral : eh bien ! il y a encore en lui du cœur... et si vous voulez lui faire du bien, visez là.

Mais vous allez dire : Voyez donc ces hommes grossiers, ces paysans plongés dans la matière, ces hommes couverts de souillures, dégradés par l'orgie:

où est leur cœur? Ils n'en ont plus. — Moi, je vous dis qu'ils en ont encore ; allez tout droit à l'âme, percez cette croûte âpre et raboteuse des vices et des passions, et vous trouverez un trésor.

La preuve de cette vérité se trouve partout, même au théâtre, ceux qui observent l'ont remarqué.

Aux petites places se trouvent des hommes de toutes les conditions, des ouvriers, des gens abandonnés ou des gens sans aveu, des gamins et des femmes dégradées, même des hommes qui, pour me servir de leur indulgent langage, *ont eu une faiblesse*, c'est-à-dire qui ont passé quelques années au bagne ou du moins en prison. Eh bien ! c'est un plaisir de voir cette masse, en présence d'une touchante scène, d'un acte de générosité : elle est profondément émue, elle frémit, elle pleure, elle applaudit, elle trépigne d'enthousiasme. Au contraire, elle n'a pas assez de huées, de malédictions pour les actes bas ou coupables, elle montre le poing au scélérat, au traître, elle lui lance force menaces, sans compter les projectiles.

On dira : C'est passager. — Cela peut être ; mais il n'en est pas moins vrai qu'il reste dans ces âmes quelques bonnes cordes à faire vibrer, que le cœur n'est pas mort, qu'il y a là de bons sentiments à cultiver.

Voilà le peuple français pris en masse, voilà ses qualités, voilà ses défauts. Sa tête n'est pas son meilleur côté et on pourrait presque dire de lui : bon cœur et mauvaise tête. Pour le diriger, il faut le saisir par où il présente plus de prise, c'est-à-dire il faut du bon sens et du cœur, des raisonnements avec mesure et fort peu de métaphysique. Or, souvent, on a fait le contraire. Des arguties, des chiffres, des théories, des idées vaporeuses, voilà avec quoi on a voulu le mener : faut-il bien lui en vouloir de ne s'être pas toujours laissé diriger ?

Sur la question de l'esprit, des raisonnements et des droits, le Français est mordant, pointilleux, entêté ; il ne veut rien céder. Sur la question de la générosité et du dévouement, il est facile, large, admirable. Demandez-lui une chose au nom du droit, il la refuse ; demandez-lui la même chose en faisant un appel à son cœur, il vous l'accorde souvent de la meilleure grâce du monde. Mais surtout si vous voulez lui rendre le bon sens et le calme, faites-lui faire un acte de charité.

Pour prouver que le cœur rarement disparaît, et qu'il y a toujours prise sur les âmes, qu'il me soit permis de citer un trait qui est le résumé du bien et du mal qui se trouve dans les dernières classes de la société. Je reviendrai souvent aux faits, car en morale comme en beaucoup d'autres choses ils abrègent le chemin.

C'était dans l'un des plus tristes quartiers de Paris, un prêtre venait de visiter une pauvre chiffonnière dangereusement malade, et couchée sur de la paille si humide qu'elle eût pu passer pour du fumier. Il s'était arrêté sur le palier et réfléchissait aux moyens de venir au secours de la pauvre femme, quand il entendit, au fond d'un noir corridor, une autre femme criant d'une voix déchirante : « Au secours, on me tue, on m'assassine! »

Il court... il pousse la porte et il voit deux petits enfants qui pleurent et qui crient... leur malheureuse mère étendue dans le milieu de la maison et un homme à stature colossale et à figure sinistre, ayant un pantalon seulement et une chemise déchirée, frappant sur elle à coups de pied. La pauvre femme avait déjà la figure livide.

Le prêtre se précipite vers le mari et lui dit : « Malheureux, que faites-vous là? voulez-vous bien cesser! » Il cessa en effet, mais ce fut pour se jeter sur le prêtre. Il le saisit à la poitrine, enfonce deux de ses doigts dans sa soutane et puis, sans mot dire, l'enlève comme un enfant et le porte à la fenêtre qui était ouverte. Là il lui dit qu'il n'entend pas que les prêtres viennent se mêler de ses affaires *et troubler la paix de son ménage*, qu'il va le jeter sur-le-champ par la fenêtre ; et il se préparait à le faire, mais comme s'il eût voulu jouir de la dernière angoisse d'un mourant, il s'arrêta en le regardant avec des yeux de tigre et en le serrant comme avec une barre d'acier.

Le prêtre avait peur, mais Dieu lui fit la grâce
de la dissimuler; il regarda son adversaire en sou-
riant presque, et il lui dit : « Doucement donc, l'ami,
vous allez bien vite en besogne ; il est vraiment
bien question de me jeter par la fenêtre, c'est bien
de cela qu'il s'agit.... vous qui ne parlez que de
fraternité, de charité, savez-vous bien ce qui se
passe pendant que vous êtes là à battre votre femme ? Une autre femme va mourir sur de la paille,
sur du fumier, dans votre maison, vous en aurez
la honte... Voyons, il faut que nous nous entr'ai-
dions à la tirer de cet état-là, car vous n'êtes pas
si méchant que vous voulez le paraître, moi je
paie la paille, et vous, vous allez la chercher. » La
peur et le désir de faire du bien à ce pauvre
homme avaient donné à la parole du prêtre une
sorte d'éloquence. Aussi il avait à peine prononcé
ces mots, que ce lion s'était apprivoisé; il chan-
gea complétement de physionomie, lâcha prise
sur-le-champ; puis, ôtant son mauvais bonnet, il
le met sous son bras, se présente dans l'attitude du
respect, absolument comme un soldat devant son
caporal et lui dit : « *Ah! monsieur, si vous parlez
comme cela, c'est autre chose, moi j'ai toujours eu
de l'humanité.* Certainement que je vais vous aider
à secourir cette pauvre femme, je vais faire tout ce
que vous voudrez : on ne peut pas laisser mourir
une créature humaine dans cet état... » Et le prêtre

lui donna de l'argent et l'homme s'en alla chercher deux bottes de paille...

Pendant ce temps-là les femmes du voisinage, attirées par le bruit, étaient accourues ; pâles et tremblantes, elles s'écrient en s'adressant au prêtre : « Qu'avez-vous fait ! savez-vous bien où vous êtes ? vous êtes chez l'homme le plus méchant du quartier... il est si méchant que les scélérats même en ont peur... il dit que tout son bonheur serait d'*éreinter* un homme, il aurait encore un bien autre plaisir à éreinter un prêtre... » Ces discours étaient peu encourageants ; mais ces femmes ne savaient pas la puissance de la charité.

Ce *brave scélérat* revint bientôt avec deux bottes de paille sur son épaule ; il était calme, sa figure était devenue presque honnête. Il entre dans la chambre de la pauvre femme qui était couchée avec ses habits, il prend la moitié d'une botte de paille, l'étend dans le milieu de la chambre... et alors se passa la plus attendrissante scène. Avec une délicatesse maternelle, il enleva dans ses deux bras la pauvre moribonde, la déposa sur cette poignée de paille, fit son lit, la replaça dessus absolument comme une mère eût fait à l'égard de son enfant. Une femme avait voulu le seconder, mais il l'avait repoussée en disant qu'il était capable de faire un acte d'humanité jusqu'au bout.

Le pauvre homme, il avait des larmes dans les

yeux, et le prêtre, s'apercevant qu'il voulait lui parler, se retira du côté de la fenêtre. Mais son nouvel ami ne put articuler un mot; l'émotion le suffoquait. Il lui prit la main, et le robuste ouvrier la lui serra de manière à la briser; c'était une preuve fort sensible d'affection. — C'est bien, mon ami, lui dit le prêtre, c'est bien... Je vous reconnais bien là. Je savais bien, moi, que vous n'êtes pas aussi méchant que vous vouliez le paraître.... Je savais bien que vous étiez capable de faire une bonne action. — Oh! répondit-il d'une voix émue, étouffée, c'est vous qui avez fait tout cela... Je ne me reconnais plus; ce n'est plus moi... Il fallait au moins quatre hommes pour avoir raison de moi, et vous en avez eu raison avec quatre paroles; *il faut que vous soyez un vrai curé.*

Le prêtre s'empressa de profiter de cette bonne disposition pour plaider la cause de la femme, et il ajouta : — Mais, mon ami, vous avez fait une action peu convenable : vous avez battu votre femme, et quand on prend une femme, ce n'est pas pour la battre. Elle a des défauts, sans doute; mais vous en avez bien aussi quelques-uns : il faut s'entre-supporter. Allons, vous promettez que vous ne la battrez plus jamais...» A ces mots, il reprit une partie de sa mauvaise figure, quitta la main du prêtre et lui dit en toute franchise : — J'en suis bien fâché, mais je ne vous promets pas cela. Je ne vous le promets pas parce que je ne tiendrais pas ma parole…Il fallut retourner à la charge, et entre autres choses qui firent impression sur lui, cette parole le terrassa : « Vous ne voulez pas promettre de ne plus battre votre femme : c'est faute d'y avoir réfléchi. Vous qui venez de faire une si belle action à l'égard d'une femme étrangère, décemment vous ne pouvez plus battre la vôtre, maintenant. » — Après bien des hésitations il promit et appuya sa promesse d'un énorme juron. Depuis ce temps-là il ne s'est pas enivré, et il n'a plus jamais battu sa femme. Aussi il fallait voir l'accueil qu'elle faisait au prêtre quand il retournait visiter sa maison : « Quel bonheur pour moi de vous avoir connu ! depuis votre dernière visite vous m'avez encore épargné *deux roulées*. Mon mari ne s'enivre plus, mais il se met encore en colère : il est si violent; il lève son poing sur-moi, je crois qu'il va m'écraser, mais il ne me fait pas de mal : il se calme sur-le-champ et il me dit : *Tu as bien du bonheur que le grand abbé soit venu, car tu en aurais encore une roulée.* »

Peu après il est redevenu chrétien, il s'est confessé, il a communié, et c'est chose rare de trouver un homme qui ait des sentiments aussi élevés. Il n'a voulu recevoir rien de personne : il dit qu'il est capable de gagner sa vie et celle de sa famille; il travaille pour cela le jour et une partie de la nuit. La paix et l'aisance sont revenues dans sa maison et sa femme se trouve en *paradis,*

Ses sentiments sont si nobles que, vers la fin de décembre de l'année dernière, il s'en alla trouver ce prêtre, qu'il aime de toute son âme aujourd'hui, et lui dit avec cette franchise originale qui le caractérise : « Aujourd'hui je suis triste, monsieur l'abbé.

» — Pourquoi donc, mon ami?

» — Parce que je suis pauvre. Allez, dans ma vie j'ai bien souffert de la misère, j'ai bien maudit les riches, et j'ai bien maudit le bon Dieu aussi, de leur avoir donné de la fortune : mais je crois que je n'ai jamais tant souffert du malheur d'être pauvre que j'en souffre aujourd'hui, pourtant ce n'est plus la même chose.

» — Et qu'avez-vous donc, mon pauvre ami? lui dit le prêtre.

» — Ce que j'ai, répondit-il, c'est que voilà le premier jour de l'an ; je voudrais vous faire un petit cadeau : vous avez été si bon pour moi ; et je n'ai pas d'argent. Du moins, je vous en prie, sachez que vous avez sur la terre un ami fidèle et dévoué, que le jour et la nuit je suis à vos ordres ; envoyez-moi où vous voudrez : pour vous j'y courrai nu-pieds et je ferai assaut avec le chemin de fer. » Et puis prenant la main du prêtre, il ajouta avec un accent indicible de bonté et de conviction : « Monsieur l'abbé, si jamais il venait une révolution ; si on voulait encore faire du mal aux prêtres, venez vous cacher chez moi, venez vous cacher dans notre

quartier; allez, mille bombes ! il y aura bien des têtes de cassées avant qu'on touche à la vôtre... »

Voilà le peuple pris sur le fait, avec le bien et le
mal qui est en lui. — Encore ai-je choisi mes exemples dans la partie la moins traitable, et je dois dire
de plus qu'il est très-rare que, dans les classes les
plus perdues, le prêtre rencontre même l'injure. Ici
c'est une exception qui avait surtout pour cause la
colère du moment.

Voilà donc le peuple en général ; mais le fond du
caractère est modifié par les circonstances de lieu,
de contact et d'éducation. Il y a le peuple des grandes villes, le peuple des petites villes et le peuple des
campagnes. Il y a même le peuple qui travaille et le
peuple qui cherche toujours de l'ouvrage et n'en
trouve jamais, avec lequel on confond injustement le
vrai peuple.

Le peuple des grandes villes.

Le peuple des grandes villes a toutes les qualités
et les défauts dont nous venons de parler, d'une manière très-prononcée.

Il est léger, vaniteux, fanfaron, imprévoyant,
fou de plaisirs et peu moral...

C'est chose effrayante que la facilité avec laquelle
on peut le tromper. Pour rien il se passionne, il crie
et s'emporte, il frappe, et puis il réfléchit. Il vit
au jour le jour. Quand le travail abonde, il pro-

digue; quand le travail manque, il jeûne et pâtit.

Il aime l'argent, surtout pour les jouissances qu'il procure, et, à ses yeux, une orgie est un des plus grands bonheurs de la terre.

Il a emprunté cette tendance à notre siècle qui est bien un peu sensualiste, pour ne pas dire gourmand, parce que le mot ne serait pas parlementaire, comme on s'exprimait autrefois; aujourd'hui, pour plus d'un homme grave, un bon dîner n'est pas chose indifférente. On disait à un haut personnage que son cuisinier avait le talent d'ajouter considérablement à ses gages : « Je le sais bien, répondit-il; mais je tiens que l'on ne peut payer trop cher un homme qui vous rend *heureux* deux fois chaque jour. » En effet, c'est un homme précieux que celui qui, par le temps présent, vous sert deux rations de bonheur par jour.

A travers toutes les misères des grandes villes, il y a néanmoins des vertus chez le peuple : il est sincère, généreux, désintéressé, aimable, et puis il a tant d'esprit; au milieu de ses douleurs ou du danger, il jette des mots charmants ou il plaisante spirituellement de sa propre misère. Il n'est pas riche, qu'importe? il vient au secours de plus pauvre que lui. Qu'il survienne un accident, il court... il travaille... il s'expose pour sauver... il est prêt à se sacrifier pour tout ce qu'il croit juste et bon. Malheureusement, à ses yeux l'autorité a toujours tort, et il ne manque jamais de prendre parti contre *le municipal.*

Plus je l'étudie, plus je le trouve incompréhensible. Il est sceptique et religieux en même temps. Il est dans un cabaret, et là il débite force blasphèmes et non moins de paroles grivoises; un convoi funèbre passe, alors il change d'attitude, il se découvre et fait le signe de la Croix. Aujourd'hui il écrase de coups un de ses camarades : demain vous verrez qu'il adoptera un orphelin... Nul n'a jamais eu plus besoin de direction, mais d'une direction bienveillante, sympathique. Il se livre à tous les vents : sous l'impression de bons ou de mauvais conseils, il peut devenir sublime ou atroce, ange du ciel ou démon de l'enfer.

Le peuple sent lui-même sa faiblesse et la mobilité de sa nature, et il en est parfois épouvanté. Il y a quelque temps, l'un de ces hommes considérait dans un sanctuaire les traces sanglantes des journées de septembre 92. Il fut saisi comme d'une subite horreur et serrant le bras du prêtre qui l'accompagnait, il lui dit avec un accent effrayant : « Oh! ce temps-là reviendra peut-être... Car, voyez, nous autres, nous sommes des malheureux; quand on nous mal-conseille, nous serions capables de recevoir d'une main et de tuer de l'autre. »

Il lui faut donc une perpétuelle direction.

Il faudrait être sans cesse auprès de lui pour le soutenir, le redresser, le rappeler aux bonnes pensées de son cœur.

Cette direction est plus facile qu'ailleurs sous un rapport. Vous marchez sur un terrain parfaitement connu. Ce peuple ne sait rien cacher. Quand une pensée le démange, il faut qu'il se gratte et qu'il vous la dise. Sa franchise est même parfois un peu brutale et il vous décoche à bout portant une bonne grosse sottise. Eh bien ! n'importe : cette façon d'agir me plaît. Au moins vous savez à qui vous avez affaire, et quand il vous dit : Je vous aime : c'est sincère. Dieu veuille que ce soit durable !

Il tient assez peu à ses erreurs, à ses préjugés, à ses opinions. Il est vrai, il a l'air de se passionner, il se plaint, il menace : il dit qu'il fera ceci, qu'il fera cela, et il est très-facile de l'empêcher de rien faire du tout. Moquez-vous de ses préjugés et de ses faiblesses avec justice et bon sens, il vous les abandonne, vous les sacrifie sans arrière-pensée et il n'est pas le dernier à en rire.

Quelques semaines après la révolution de Février, quand toutes les têtes étaient en ébullition et que chacun se croyait tenu en conscience de nous doter d'un monde meilleur que celui que nous avons reçu de la Providence, un évêque de l'Océanie, Mgr d'Amata, se trouvait à Paris. Un jour il passait devant un club en plein vent. L'assistance était nombreuse, toutes les oreilles étaient attentives et tous les regards fixés sur un orateur qui vantait les bienfaits du communisme. Il finit par les phrases accoutumées :

plus de pauvres, plus de riches; plus de grands, plus de petits ; plus de palais, plus de chaumières, mais égalité complète, bonheur égal pour tous... Après cela, explosion terrible d'enthousiasme et de bravos.

Cependant l'évêque demanda la parole et elle lui fut accordée : il monta sur la table qui remplaçait la tribune et s'exprima ainsi : « Citoyens, on vient de vous parler du communisme et on vous en a dit beaucoup de bien. Pour moi, j'en puis parler aussi pertinemment que qui que ce soit. J'habite depuis longtemps un pays où le communisme est mis complétement en pratique (Redoublement d'attention). Là, citoyens, le propriétaire est un être inconnu. Là tout est commun : la terre, les forêts, les rivières, le poisson, le gibier et les femmes. Mais voici comme les choses se passent : personne ne travaille, les champs sont incultes et on vit de poisson et de gibier ; et quand il n'y a plus ni gibier ni poisson, comme il faut pourtant bien manger, on va à la chasse les uns des autres . Le plus fort s'empare du plus faible, l'embroche et le mange. Ainsi, avant que d'établir le communisme, réfléchissez et voyez si ce genre d'existence peut vous convenir; si vous y persistez, je vous conseille avant tout d'acheter une bonne provision de broches et de les faire bien aiguiser, car ce sera le meuble le plus précieux sous le règne du communisme. (Alors explosion de cris : A bas le communisme ! Enfoncé le communisme!)

Le peuple des petites villes.

Dans la petite ville la scène change et prend des proportions moins considérables. Les plus grands rôles sont joués par les petites choses. Petite ville, vrai pays, véritable terre classique des petites idées, des petites vanités, des petits triomphes et des grosses médisances. Là tout le monde se connaît, se salue et se critique. Nul n'est plus médisant que le bourgeois de la petite ville, si ce n'est peut-être sa femme. La première puissance de l'endroit n'est ni M. le Maire, ni M. le Sous-Préfet, ni même M. le Préfet : c'est l'opinion, flanquée de son inséparable sœur la routine.

La vertu du lieu n'est pas l'indépendance du caractère, c'est la peur. On a peur de ses ennemis et peur de ses amis, peur des étrangers et peur de ses voisins, peur pour son amour-propre et peur de faire parler de soi...

Tout cela a exercé sur le peuple une désastreuse influence. Il est timide à l'excès, taquin, dissimulé, un peu hypocrite et le très-humble serviteur du respect humain. Il serait assez disposé à remplir les devoirs de la religion, mais il y a là quelque forte tête de l'endroit, quelque baron de la finance ou du commerce qui pourrait y trouver à redire, contracter le sourire d'une grosse moquerie, lui décocher quelque blasphème décrépit, ramassé dans les ordures du

XVIII° siècle, et il n'ose, il tremble, il vit dans une triste dépendance; il n'a pas encore le courage de regarder le sarcasme au front. Le respect humain, honteusement expulsé des grandes villes, est venu se réfugier dans les petites villes et dans certaines campagnes où il règne en vrai tyran.

En revanche le peuple des petites villes est plus moral, plus prévoyant, moins turbulent et plus fidèle aux devoirs de la famille que le peuple des grandes villes. C'est lui surtout qu'il ne faut pas juger sur les apparences, sur cette indifférence froide et morte : aussi est-il peu connu, même de ceux qui l'approchent de plus près.

Pour le saisir, emparez-vous fortement de lui, créez de grands courants vers le bien, groupez vos hommes, qu'il ne se sente plus seul : alors il s'enhardira et comprendra que s'il y a de la honte à pratiquer la religion, au moins il la porte en belle et bonne compagnie.

Pour cela ayez une Société de Saint-Vincent-de-Paul... ou, si elle existe, développez-la; il n'est plus permis à une petite ville ou même à un bourg de n'avoir pas de Société de Saint-Vincent-de-Paul. Elle existe bien dans beaucoup de campagnes : quel est donc le pays assez malheureux pour n'avoir pas au moins trois chrétiens zélés? S'ils n'y sont pas, il faut les créer bien vite, autrement à quoi serions-nous propres? Ayez aussi une Société de Saint François Xavier,

3.

une Œuvre d'Apprentis. Occupez-vous surtout des hommes; laissez le troupeau fidèle pour courir après les brebis égarées, et qu'on ne dise pas ce que l'on a dit de certaines petites villes : *Que la religion y tourne à la quenouille.*

———

Le peuple des campagnes.

Quant au peuple des campagnes, c'est la contre-partie du peuple des grandes villes. Là, tout se fait lentement; les choses n'y vont pas vite, mais elles sont durables.

Le paysan est routinier, défiant, têtu, dissimulé, susceptible, vaniteux, rusé et quelquefois avare.

C'est pour lui surtout que l'usage et la coutume sont une loi : ce n'est qu'avec réserve qu'il se hasarde avec les nouvelles choses et les nouveaux visages. Il a peu d'idées, mais aussi celles qu'il a, il les garde et y tient comme à son petit *bout de champ.*

Rarement il va droit à son but. Il ne sait pas dire oui ou non avec franchise, et bien habile qui péné-trera toute sa pensée; il vous écoute, il a l'air de vous approuver, mais au fait il vote contre vous. Il a bien aussi son grain de vanité, il tient aux *honneurs,* et pourquoi pas? N'est-il pas fils d'Adam comme tout le monde? N'a-t-il pas gardé le souvenir de sa noble origine?

Aussi est-il plus fier d'être maire de sa commune ou dignitaire de la garde nationale, qu'un préfet ou

qu'un maréchal de France ne le sont de leur dignité.
En fait d'égards, l'homme le plus exigeant du monde
est un paysan devenu maire ou un boutiquier en-
richi.

Enfin le paysan n'a pas beaucoup de science, mais
il la remplace par la ruse ; bien habile qui l'attrape
quand il s'agit de lui extorquer de l'argent, à moins
qu'on n'exploite sa crédulité, sa peur des sorciers ou
des sorts jetés.

Rien de plus retors, de plus fin et de plus rusé
qu'un vieux paysan normand ou lorrain ; vous verrez qu'il dépensera, pour vendre un mauvais cheval,
plus d'habileté que nos diplomates n'en dépensent
pour arrêter ces protocoles qui doivent maintenir
l'équilibre européen. Il discutera une demi-heure
pour gagner 50 centimes sur une brebis qu'il vend
ou qu'il achète. Au demeurant, assez bonne nature. Le
paysan est généralement laborieux, sobre, rempli
de bon sens, charitable, assez religieux et moral,
n'était le cabaret. Sa vie est si bien faite pour s'adap-
ter à l'Évangile !

Pour le conduire, il faut avant tout gagner sa confiance, le saisir par son bon côté et même par son
côté faible... qui est la vanité. Ne faut-il pas se faire
petit avec les petits pour les gagner tous ?

Mais le meilleur moyen est de mériter cette confiance en lui faisant du bien. L'homme des champs
aime sans doute les beaux discours, mais il aime

mieux encore les belles actions, et, sur ce point, je suis assez de son avis.

Du reste, il est peu exigeant : une prévenance, une politesse, un coup de chapeau donné à propos, une marque d'intérêt, un petit cadeau à son enfant, c'est assez pour épanouir son âme et l'incliner vers la bienveillance.

Quand il ne veut pas faire une chose, ne l'attaquez jamais de front, alors il s'aheurte et il est rétif ; essayez de le conduire à droite, il se fera un malin plaisir d'aller à gauche. Gardez-vous plus encore de le pousser à bout, alors il est méchant, haineux, impitoyable ; il pourrait facilement devenir atroce. Prenez le paysan par le cœur et vous en tirerez du bien, car, en définitive, c'est encore la partie la plus saine de notre société.

Manière de faire un peu de bien aux trois classes de peuple.

Voilà le peuple auquel nous avons affaire et qu'il faut sauver en le rendant à la vie chrétienne, car malheureusement il n'a plus assez de religion pratique et sa vie est souvent bien éloignée de la morale évangélique. Mais gardons-nous de penser que le sentiment religieux soit mort en lui : le peuple français est naturellement chrétien. Le peuple, il a plus de religion dans son petit doigt que nos demi-savants n'en ont dans toutes leurs superbes personnes.

Allez, le peuple est encore capable de comprendre

et de goûter la Religion, et toutes les fois que son cœur est mis en contact avec l'Évangile, il se laisse pénétrer, dominer, élever. Voyez-le en présence d'un orateur qui sait parler à son âme : soudain son attention se fixe, son visage s'anime, ses yeux s'enflamment ; il écoute avec une attention et une bienveillance que l'on pourrait quelquefois souhaiter au plus pieux auditoire. Alors il reçoit en pleine poitrine et sans sourciller les plus fortes vérités, et il applaudit même aux passages où il se sent le plus battu.

Ils se trompent bien ceux qui pensent que la religion n'a plus d'empire sur les masses ! Sans doute, au premier abord, à cause des préjugés et des moqueries d'un autre âge, la soutane est un épouvantail pour certaines classes ; on commence par se défier ; mais quand ce peuple connaît bien le prêtre, quand il a été saisi par sa parole, il n'est nul homme au monde qui ait jamais conquis sur les masses une puissance égale à celle du prêtre : ni tribun, ni orateur populaire, ni démagogue ; c'est au point que ceux qui ne connaissent pas l'esprit du clergé en sont effrayés et disent : « C'est trop de puissance pour un homme, on devrait lui interdire la parole ; s'il allait en abuser, il pourrait nous faire broyer tous... »

Cet ascendant s'exerce sur les natures les plus rebelles et les plus coupables ; au bagne même, les forçats, malgré leurs hontes et leurs crimes, sont étonnés de sentir cette énergique influence. A la mission de Toulon: «Que c'est étrange! disaient-ils. Pour nous contraindre à l'obéissance, il faut des soldats, des baïonnettes, du canon, nous ne cédons qu'à la force: et tout ce que nos prêtres nous commandent est exécuté sur-le-champ et avec joie. » Et à la fin de la mission, 2,800 forçats allaient recevoir la sainte communion...

Non, le peuple n'est pas aussi éloigné de Dieu et du christianisme qu'on le pense; nous sommes faits pour nous entendre, seulement les mauvaises passions sont venues se jeter entre lui et nous. Mais il y a dans son âme un bon sens et un instinct qui le rapprochent de la religion. Il sent qu'il en a besoin, parce qu'il a besoin d'espérer, besoin de se résigner, besoin d'aimer et d'être aimé. La religion, c'est vraiment la sienne, il est lié à elle par les entrailles. Aussi rendons-lui cette justice : le peuple a abandonné les pratiques religieuses bien longtemps après les autres classes. Il a résisté près d'un siècle. L'erreur et les scandales sont tombés de haut sur lui, et il a résisté.. ; on a fermé ses églises, chassé ses prêtres, traqué son Dieu, et il a résisté; on l'a poursuivi jusque dans sa chaumière, sa mansarde ou son atelier, de pamphlets et de livres immondes, et il a résisté.

A la fin, on a couvert la religion de ridicule; on lui a jeté comme au Christ le manteau de la dérision sur les épaules, et puis on la lui a présentée en disant:

« Peuple, voilà ta religion. » Alors il a cédé... et l'explosion ne s'est faite qu'en 1830. Voilà ce que l'u-
nivers peut attester... Le peuple a été pris par son
côté faible, par les moqueries et les sarcasmes, la
chose du monde qu'il sait le moins supporter.

Mais quoiqu'il soit faible du côté de la morale
évangélique, le sentiment religieux est resté au fond
de son âme, comme l'a dit un pieux et illustre prélat qui connaît bien le peuple, qui l'aime et qui en
est aimé[1] : « Qu'il me soit permis, disait-il à l'Empereur, à son passage à Moulins, de vous remercier
d'avoir compris que la nation française, laissée à ses
tendances naturelles, demeure toujours la nation
très-chrétienne entre toutes les autres et que la foi
de ses pères est encore pour elle, après tant de se-
cousses, le premier besoin de son cœur. »

Un pontife de la religion est toujours pour le peuple un homme vénérable, il se précipite autour de
lui, il veut le voir et lui demander la bénédiction.

On a pu s'en convaincre lors des visites de Mgr l'archevêque de Paris dans les faubourgs les plus soup-
çonnés d'irréligion et d'immoralité : des masses d'hommes et de femmes l'entouraient, s'inclinaient sous sa
main paternelle, lui présentaient leurs petits enfants
sales, à demi nus, pour qu'il les bénît ; on lui appor-
tait de tous côtés, chapelets, images et médailles,
et ceux qui n'avaient pas d'objets pieux lui présen-

(1) Monseigneur de Dreux-Brezé, évêque de Moulins.

taient des sous à bénir, et ils les gardaient comme une précieuse relique.

Et cette douce influence accompagnait partout le pieux prélat, dans la rue, dans les ateliers, sur les places publiques; et jusque sur les natures les plus endurcies, sur ces faubouriens redoutés, partout sa parole était magique.

C'était dans un quartier aussi pauvre des biens de l'âme que des biens du corps, une foule immense l'entourait, et le bon pasteur, comme Notre Seigneur Jésus-Christ, ne voulut pas renvoyer cette foule à jeun, c'est-à-dire sans lui adresser quelques bonnes paroles du cœur.

Il monte sur un escalier, paraît à la balustrade et s'en fait une chaire. Or, il y avait là un groupe de cette engeance d'hommes en guerre perpétuelle avec la société, hôtes de la tabagie et de lieux pires encore, joueurs de bouchon et à l'occasion faiseurs de barricades; ils regardaient la casquette sur la tête et le rire sur les lèvres.

Monseigneur parle, et le silence se fait. Il parle encore et une casquette tombe; il continue de parler, il en tombe deux, puis trois, et bientôt toutes les têtes furent en règle avec la politesse française, et, le sermon terminé, ils crient plus fort que les autres: Vive Monseigneur! vive la Religion!

Sans doute, les mœurs du peuple sont souvent désolantes; mais il a si peu de secours et il est envi-

ronné de tant de séductions! l'ignorance le ronge,
l'orgie le dégrade, et puis il faut qu'il lutte contre
les nécessités de la vie, qu'il s'attache à cette matière
sur laquelle il est sans cesse courbé.

Nous-mêmes avec notre éducation, notre science,
une meilleure atmosphère morale, sommes-nous
toujours irréprochables? Quand ce peuple regarde en
haut, trouve-t-il toujours de bons exemples dans les
classes élevées de la société? Que voulez-vous qu'il
pense, quand il voit des hommes qui devraient être
graves, quand il voit, pour me servir de l'une de
ses expressions, des *gueux d'hommes respectables*,
l'argent à la main, des paroles menteuses ou des
menaces à la bouche, chercher à séduire sa femme
ou sa fille.

Cependant, malgré tout cela, il n'a pas perdu le
courage de la vérité, chose fort rare aujourd'hui; il
a la force de se condamner lui-même, de condamner
sa vie, et de dire en présence de cette vérité : *Pourtant vous avez raison, c'est vrai, j'ai tort.* — Un fort
mauvais sujet sortant du sermon, disait à son cama-
rade : *C'est égal : on a beau dire, la Religion n'est
pas aussi bête qu'on la faisait.* Il n'y a plus guère
que le peuple qui ait cette générosité; ailleurs on ne
veut plus de la vérité, on ne veut pas la reconnaître,
on la repousse comme une étrangère : faites donc dire
dans certaines classes : Je me trompe, j'ai tort...

Le peuple ne cherche pas trop à justifier ses mauvaises passions par des raisonnements et à ériger ses faiblesses en systèmes, car il y a en lui un fonds de justice et de droiture qui lui fait dire dans le calme : Je suis un misérable indigne de vivre.

Un homme (1) habitué à traiter avec la classe la moins morale de Paris, raconte qu'un jour il eut cette conversation avec un père de famille dont l'union n'avait pas été bénie par la religion.

« Je demande pardon, dit-il, de laisser ce colloque dans toute sa crudité : je n'invente pas, *je rapporte* et je n'imprime que ce qui a été dit de part et d'autre la première fois que cette argumentation *ad hominem* a été employée. »

« Je suis vraiment fâché que nous ne puissions
» nous entendre. Quoi ! vous persistez à soutenir
» que, lorsque vous avez corrompu, il y a dix-huit
» ans, cette femme qui est aujourd'hui à vos côtés,
» vous n'avez fait aucun mal ?...

» — Pas le moindre. Je suis honnête homme ; je
» n'ai jamais volé ni assassiné. Je me suis, étant jeune,
» un peu amusé, mais ce n'est pas un mal. D'ailleurs,
» cette femme, je ne l'ai pas *forcée* ; pourquoi s'est-
» elle laissé attraper ?

» — Parlons d'autre chose... Ce sont là tous vos
» enfants ?

» — Non, monsieur, nous avons encore à la mai-

(1) M. Gossin, *Manuel de la Société de Saint-François Régis*, p. 143.

» son une petite *demoiselle* qui s'appelle Séraphine.

» — Je suis fàché que vous ne l'ayez pas amenée,
» j'aurais été bien aise de la voir.

» — Bien honnête à vous, monsieur.

» — Ah çà, est-elle déjà grande?

» — Mais pas mal. Ça a déjà 12 ans. Ça vous gagne
» des bons points chez les Sœurs, que ça fait plaisir.
» Elle coud déjà très-gentiment. Ah! ça promet.

» — Vos garçons, que je vois, ont de bonnes fi-
» gures et sont bien proprement tenus; tout cela
» fait honneur aux soins de leur mère.

» — Ah! dame, faut lui rendre justice à cette pau-
» vre femme; elle fait bien ce qu'elle peut pour eux :
» elle les tient bien blanchement, et, tous les matins,
» je te peigne par-ci, je te lave par-là; il faut voir
» comme elle les décrasse et les débarbouille.

» — Est-ce que Séraphine est aussi bien de figure
» que ses frères?

» — Dis donc, ma femme, qu'est-ce que t'en dis?..
» Que t'es bête! tu ne réponds rien; eh bien, je vais
» décider pour nous deux. Foi de faubourien, je dis
» que Séraphine est la plus jolie de toute notre mai-
» son, pas vrai? et cependant il y a chez nous dix-
» huit locataires qui ont un tas de *demoiselles* de
» toutes les couleurs. »

— (Regardant fixement l'homme). « Dans deux ou
» trois ans, Séraphine, qui n'est qu'une enfant, sera
» une jeune fille très-agréable, très-modeste, et elle

» sera votre consolation... Mais que diriez-vous,
» si un ouvrier, faisant ce que vous avez fait autre-
» fois à la mère de Séraphine, débauchait la pauvre
» enfant et la déshonorait? »

—(Se levant furieux et tout hors de lui). « Ce que
» je dirais...; je ne dirais rien, et je tuerais le scélé-
» rat qui m'aurait subtilisé mon enfant !

» — Vous auriez tort, car ce garçon, d'après ce que
» vous me disiez à l'instant même, serait, selon vous,
» un parfait honnête homme, n'ayant ni tué ni volé,
» n'ayant point forcé votre fille et ayant seulement
» voulu s'amuser un peu, ce qui, avez-vous dit, n'est
» pas un mal. »

—(Toujours hors de lui). « Je vous dis que je poi-
» gnarderais ce gredin, ce monstre...

» — Mon ami, rappelez-vous ce que vous avez fait
» vous-même, et jugez-vous. »

— (Sanglotant et en pressant vivement la main de
son interlocuteur). « Monsieur, il faut me pardon-
» ner; je me mentais à moi-même quand je disais
» ce que j'ai dit. J'étais un blagueur, quoi ! comme
» il y en a tant; mais je vaux mieux que mes bê-
» tises. »

« J'ajouterai, comme un trait propre à caractériser
le cœur humain, que, la première fois que j'ai eu
l'idée d'ouvrir ce dialogue, l'émotion du père a été
si forte en voyant *à nu* ses torts, qu'il en a eu la
fièvre pendant plusieurs jours; qu'il m'a remercié

depuis avec effusion de lui avoir ouvert les yeux, et que j'ai tout lieu de croire à sa complète et sincère conversion. »

Sommes-nous bien sûrs de trouver la même franchise et le même courage ailleurs?

Le peuple, à part certaines fanfaronnades à l'usage de son public, gémit de ses faiblesses, et vous l'entendez souvent dire dans l'intimité : « Oh! plaignez-moi, je suis bien malheureux. Croyez-vous qu'il ne m'en coûte pas de faire de la peine, de voir ma femme et mes enfants tristes, et d'être obligé de m'avouer que je suis cause de leur tristesse.... Vingt fois j'ai pris des résolutions et toujours je suis retombé. Je ne puis résister, mes passions et les habitudes sont trop fortes.... » Il a raison; livré à lui-même, il ne saura jamais se maintenir dans le bien. Il lui faut l'appui de la religion, il faut donc la lui redonner. Ce n'est pas impossible. Qu'on ne s'en vienne pas nous dire sans cesse qu'il n'y a rien à faire avec lui sur ce point.

Arrière les découragés, arrière les désespérés! Ils nous font un mal infini. C'est une classe vraiment dangereuse qui se trouve au milieu de nous; ils ne veulent rien faire et ne permettent aux autres de rien faire; ils essaient d'empêcher tout bien en répétant sans cesse : *Il ne réussira pas... Il y aura des obstacles... C'est un cerveau brûlé...*

Voilà une des plaies les plus hideuses de notre âge;

ils accusent les autres, et ils ne songent pas que la plus grande offense à Dieu c'est le désespoir.

Quoi! il n'y a rien à faire avec le peuple français! Mon Dieu, où en serions-nous donc? Il y a quelque chose à faire avec les forçats des bagnes, il y a quelque chose à faire avec les païens de la Chine, il y a quelque chose à faire avec les sauvages de l'Amérique, il y a quelque chose à faire avec les cannibales de l'Océanie : nous le croyons, nous leur envoyons des secours et des apôtres; et il n'y aurait plus rien à faire avec notre France, chez cette nation bien aimée de Dieu et de l'Église, qui prodigue son sang et son or pour la conversion des infidèles, où brillent encore tant d'héroïques vertus! Oh! vous calomniez la France : pour justifier votre incurie, vous calomniez vos frères; vous ne connaissez pas votre pays. Vous ignorez la puissance de l'Évangile et vous détruisez la vertu de la Croix de Jésus-Christ. Sachez-le, nous pouvons encore régénérer ce peuple.... Oui, nous le pouvons, et si nous le pouvons nous le devons, c'est une obligation sacrée; et celui qui ne fait pas son devoir n'a le droit de parler de devoir à personne.

Mais quels sont les moyens de rapprocher le peuple de l'Évangile?

Avant tout, il faut lui montrer la religion telle qu'elle est réellement, c'est-à-dire belle, bonne et aimable; puis ensuite vous la montrerez vraie, divine, obligatoire.... Il faut d'abord le saisir par les sens, par l'imagination, par le sentiment, par le cœur. Le peuple veut être intéressé, touché, ému ; il est fou d'émotions, de fêtes et de spectacles. Après avoir passé une longue semaine au milieu de travaux matériels, il faut que sa pauvre âme s'épanouisse et se dilate un peu sous le souffle de la divine parole. C'est surtout pour lui qu'il faut que la religion soit la *bonne nouvelle* ; qu'elle lui apporte repos, rafraîchissement et calme de l'âme. Il faut commencer par le faire sentir, aimer et bénir, et nous commençons par raisonner, et nous finissons souvent de même ; il y a chez nous la fureur, j'oserais dire la rage du raisonnement. Faites aimer d'abord, et puis vous raisonnerez après et vous serez compris.

Pour rendre la religion aimable au peuple, présentez-la sous son aspect le plus attrayant : montrez le bien qu'elle fait à tous, aux orphelins, aux enfants, aux pauvres, aux vieillards, à tous les délaissés, à lui-même, à sa femme, à ses enfants, à son père ; faites un appel à son bon sens et à son cœur. Dites-lui : Est-ce que ce n'est pas vrai ? je vous en fais juge, je m'en rapporte à vous. Dites à ce pauvre peuple, mais avec l'effusion d'un bon cœur : « Allez, » chers et bien-aimés frères, vous avez beau faire, » vous ne trouverez jamais mieux que la religion ; ce » sera toujours votre meilleure amie.... Quand vous » aurez tout dépensé, quand le monde ne voudra

» plus de vous, quand votre corps sera usé par la
» vieillesse ou par la maladie, quand, par crainte,
» on vous fuira comme la contagion, vous trouverez
» encore au pied de votre lit, pour vous bénir et vous
» soigner, un prêtre et une Sœur de la Charité (1). »

Mais pour faire aimer la religion, il faut bien
aussi faire aimer un peu le prêtre. Car le peuple confond notre cause avec celle de Dieu. A ses yeux tant
vaut le prêtre, tant vaut la religion, et s'il n'aime
l'un, il ne sait guère aimer l'autre.

Le prêtre doit donc lui apparaître tout environné
d'une auréole de charité. Il faut qu'il se fasse connaître; il gagnera toujours à être connu. On l'a
peint sous de si noires couleurs que sa vue fera tomber bien des préventions et fera répéter l'éternelle
parole : *Oh! si tous les prêtres étaient comme celui-là !*

Mais il ne vient plus toujours à nous, alors il faut
aller à lui. On va bien chercher les païens de l'Amérique et de l'Asie, on franchit les mers pour eux, et
il y a au milieu de nous des païens par la vie pratique, il y en a dans nos ateliers, dans nos mansardes
et dans nos campagnes, il y en a des milliers, des
millions peut-être, nous le savons bien, nous le disons, nous nous en plaignons, et nous ne franchis-
sons pas la courte distance qui nous sépare d'eux.
Pauvres âmes de Français, est-ce donc que vous ne
valez plus des âmes de Chinois !

(1) Voir le *Manuel de charité*.

Pour venir à nous, il faudrait que le peuple con-
nût le prix, la nécessité de la religion ; est-ce qu'il s'en
doute même. Tant de passions et de préjugés l'ont
environné ! nous le trouvons grossier et défiant ! Mais
serions-nous meilleurs que lui si nous avions respiré
son air empesté ? Plaignons-le, il est infirme dans la
foi. *Soyons indulgents pour lui, nous qui sommes plus
au courant des choses de l'âme* (1).

Mais on répond : « Je ne puis aller voir le peuple,
je ne sais que lui dire, quelle parole lui adresser. »
Hé bien, écoutez-le. Voilà la meilleure manière de le
gagner, lui et bien d'autres. Savoir écouter, voilà le
grand talent dans la direction des choses de la vie.
L'homme que vous avez bien écouté s'en retourne
toujours content de lui et de vous aussi.

C'est déjà faire beaucoup de bien au peuple que
de l'écouter ; aussi laissez-le se plaindre et même dé-
raisonner tout son content, laissez passer erreurs,
préjugés, colères et blasphèmes ; laissez-le rejeter
tout le fiel que contient son cœur, après cela il sera
beaucoup plus traitable. Il vous dira qu'il n'a pas le
temps de pratiquer la religion, — qu'il n'en a pas
besoin, qu'il suffit d'être honnête homme, — qu'il
ne croit pas à une autre vie, — que la Providence
est injuste, que toutes les aises sont pour les uns et
toutes les misères pour les autres ; il y aura même
quelque chose de personnel, — il vous dira que les

(1) Saint Paul.

4

prêtres sont des gens comme les autres, qui ne travaillent que quand on les paie, etc. Laissez passer
tout cela : ce sont les ennemis qui s'en vont et c'est
autant de moins que vous aurez à combattre ; écoutez tout et ne vous fâchez de rien ; au contraire, après
cette terrible explosion, redoublez de bonté, prenez-
le par le cœur, il ne vous attendait pas de ce côté-
là, plaignez-le cordialement, ayez pour lui un affectueux serrement de main ; dites-lui avec abandon :
« Eh bien, il y a du bon en vous ; au moins, vous êtes
franc et j'aime la franchise, moi ; allez, vous n'êtes
pas aussi méchant que vous le pensez, je reviendrai
vous voir et nous causerons. » Voilà le moyen de
déconcerter la malice la plus diabolique.

Plus tard quand vous serez amis, vous reviendrez
aux objections et aux erreurs les plus saillantes et
alors vos paroles seront des traits de lumière : qui
sait si lui-même ne sera pas le premier à vous
dire : « Je sais bien où vous en voulez venir, soyez
tranquille ; tout *ce que je vous ai dit l'autre jour c'é-
tait pour me débarrasser de vous.* »

Quelquefois même lorsque vous avez affaire à un
homme franc et décidé, dites-lui, mais avec bienveillance, après qu'il a bien maudit et blasphémé :
« Est-ce là tout ce que vous avez à reprocher à la
religion et à la société ? Vous ne savez que cela,
mais moi j'en sais bien plus que vous, vous avez
oublié ceci, vous avez oublié cela, et puis encore

cette autre chose, » et à la fin, il vous répondra :
« Vous moquez-vous de moi ? » Et il ne reviendra
plus jamais à ses objections et à ses blasphèmes.

Mon Dieu ! pourquoi donc toujours s'effrayer et
se fâcher quand nous entendons blasphémer ? C'est le
moyen d'augmenter le mal. » Est-ce que nous ne savons pas bien tous ce que c'est qu'un homme faible,
ignorant ou passionné ? est-ce qu'il comprend toujours la portée de ses paroles ? L'homme de ce temps-
ci a droit au pardon spécial que Notre Seigneur a
imploré sur la Croix. Et puis l'homme qui blasphème
n'est pas toujours aussi loin de Dieu qu'on le pense :
ce n'est pas le plus difficile à convertir. — Quelqu'un
de beaucoup d'esprit disait en parlant d'un homme
dont le retour à la religion réjouirait l'Eglise : « Je
commence à espérer ; quand on lui parle de christianisme, il se fâche et il blasphéme. » — Nous avons un
faible, c'est de croire facilement ceux qui nous disent
qu'ils n'ont pas la foi... Ils doivent nous trouver vraiment bonnes gens et bien crédules quand ils nous
voient arriver avec notre bagage d'arguments pour
leur prouver ce qu'ils savent aussi bien que nous,
ou ce qu'ils sauraient si leur pauvre cœur était un
peu moins malade...

C'est donc encore la charité qui doit commencer
et qui doit tout diriger. — Du reste, voulez-vous
gagner le peuple, voulez-vous le dominer, avoir une
puissance irrésistible sur les masses ? occupez-vous

de lui, occupez-vous des pauvres, je dirais même ayez seulement l'air de vous en occuper, et vous conquerrez sur lui une influence effrayante et votre parole aura une puissance magique; on vous pardonnera tout, même d'être prêtre... Il y a là de quoi éveiller l'attention de ceux qui veulent sérieusement travailler au salut des âmes.

Un prêtre entre dans un atelier d'armuriers, je suppose, et quand ces noires figures aperçoivent une soutane, elles deviennent plus noires encore, on lui tourne carrément le dos afin qu'il n'ait pas même la tentation d'adresser la parole, et s'il le fait on lui répond par un *oui M'sieu*, aussi sec et aussi bourru que possible. Il se promène ensuite dans l'atelier, et partout l'accueil est le même. — Cependant, un ouvrier se détache et vient parler bas au contre maître, et le pauvre prêtre soupçonne qu'il pourrait bien s'agir de le mettre à la porte; mais il est bientôt rassuré : on se dit quelque chose de groupe en groupe, et soudain tous les visages et tous les cœurs sont changés; on ne lui tourne plus le dos; au contraire, on travaille même de côté pour l'engager à dire un mot à son passage, et il n'a pas encore ouvert la bouche que déjà on a sa casquette ou son bonnet à la main, et puis on est poli, on est aimable, on est charmant, on est français dans la plus belle signification du mot. Ce qui avait été prononcé à l'oreille, c'était la parôle sacramentelle du peuple : *Ce prêtre aime les malheureux ; il aime le peuple et il n'est pas fier.* O puissance de la charité! que n'es-tu comprise! Tu peux donc aussi apprivoiser! On parle de moyens d'éclairer le peuple, de moraliser le peuple, de l'empêcher de jalouser et de haïr; en voilà!

Mais allons plus loin. Voulez-vous conquérir un pouvoir sans bornes? voulez-vous avoir une force divine? Faites vous pauvre, ayez une maison pauvre. Ici je ne parle plus de devoirs et d'obligations, je donne les conseils de la charité, et le lecteur peut passer ces quelques lignes. Oui, faites le vide dans votre maison pour les pauvres; envoyez vos couverts d'argent, si vous en avez, chez le changeur; envoyez vos fauteuils et vos bergères chez le marchand de bric-à-brac, donnez un des matelas de votre lit à celui qui n'en a pas, mettez votre pendule au mont-de-piété, et que votre montre aille la remplacer de temps en temps; disputez vos draps et vos chemises à votre vieille servante, qui vous menace de se fâcher tout de bon si vous continuez de lui *voler* son linge; vivez de privations, ayez une chambre comme celle du cardinal de Cheverus : une petite table et une chaise en faisaient tout l'ameublement; un lit de sangle recouvert d'un léger matelas faisait sa couche, et la plus misérable chambre de son palais était celle qu'il s'était choisie (1).

(1) Vie du Cardinal, p. 376.

4.

Et après cela parlez, agissez, et alors vous serez écouté, cru, béni, adoré. Votre âme surabondera de joie, et vous en serez réduit à vous dire : « Je crains de recevoir ma récompense ici-bas, et de n'avoir pas la récompense du Ciel. »

Et ce n'est pas seulement sur le peuple que cette pauvreté volontaire fait impression, elle bouleverse et amène à la vérité les plus hautes intelligences.

Un homme qui a joué un grand rôle dans les affaires de ce temps-ci, disait, après un entretien qu'il venait d'avoir avec un religieux célèbre : « Ce qui m'a le plus impressionné, ce n'était pas sa parole qui, pourtant, est si puissante et si incisive, c'était son mobilier, son misérable lit, ses trois chaises de paille et sa mauvaise table ; tout cela encadrait si bien sa figure d'anachorète que je m'en suis retourné en disant : J'ai vu une chose divine. » Voilà certes des moyens de faire le bien fort peu coûteux, et à la portée de tout le monde.....

Mais je reviens à ce que je disais, il faut faire connaître et aimer le prêtre, et par là faire connaître et aimer la religion. Pour arriver à ce but, qu'il apparaisse aussi au peuple *plein de grâce* d'abord, et puis ensuite *plein de vérité;* que la charité précède la vérité, et celle-ci entrera dans les cœurs comme dans son royaume. Il faut mettre les discussions de côté pour ne pas pousser l'homme du peuple à la misérable vanité de se poser en adversaire du christianisme ; gardons-nous surtout en général d'humilier personne, n'abusons pas de notre position : c'est chose si facile de réduire un homme au silence par un bon mot, ou de le faire tomber dans l'inconséquence quand il n'est pas chrétien ; avec la raison de Dieu, il est toujours possible de pousser à bout une raison d'homme.

En un mot, consultons beaucoup notre cœur et un peu notre tête. Oui, aimons ce pauvre peuple : il a été si peu aimé dans sa vie ! ayons du cœur ; le peuple n'est-il pas la notable partie de notre famille, à nous autres prêtres ? et nous n'en avons pas d'autre à aimer. Il est vrai que cette famille n'est pas toujours très-aimable au premier abord, mais bientôt on s'y attache, on se passionne même pour ce peuple, et c'est avec une cordiale joie que l'on retourne vers ses chers mauvais sujets. En particulier, respect aux faibles, respect à la mèche qui fume encore, respect au roseau à demi rompu ; ayons de bonnes paroles pour tous, un sourire pour celui-ci, un salut pour celui-là, une image pour le petit enfant de l'homme bien méchant ; cet enfant vous aimera, la mère ne demandera pas mieux que d'en faire autant, et le père suivra peut-être... en un mot ayons toutes les industries et toutes les saintes ruses de la charité.

Je m'imagine que c'était ainsi que vivait notre Seigneur Jésus-Christ au milieu de cette nation méchante qui le mit à mort. Il commença par lui faire du bien, *cœpit facere*, et puis il l'instruisit, *docere*; il guérit, il console, il compatit, il mange chez les pécheurs, il prend la défense de la femme coupable, et il pleure sur la ruine de sa patrie.

Saisissez toutes les occasions de vous mettre en contact avec le peuple et de lui faire du bien, même celles qui n'y paraissent pas du tout propres. Est-ce que tout n'est pas une source de bien pour ceux qui aiment?

Vous êtes prêtre, vous passez et vous entendez quelqu'un qui imite le cri d'un corbeau : c'est plus rare aujourd'hui, mais cela se rencontre encore; vous entendez cet homme, et même il ajoute, avec un ton assez peu bienveillant : « Il fera mauvais temps aujourd'hui, il va nous arriver quelque malheur, les corbeaux sont en l'air; » ne vous fâchez pas du tout, et gardez-vous de passer avec une contenance fière et dédaigneuse : c'est trop vulgaire et ce n'est pas du tout chrétien; le premier venu en ferait bien autant; prenez votre visage le plus aimable, votre sourire le plus gracieux et votre charité la plus cordiale; surtout, qu'il n'y ait pas d'ironie sur votre lèvre; allez à lui, tout épanoui de bienveillance, et adressez-lui quelques paroles en ce sens : « Eh bien! mon ami, cela vous amuse donc beaucoup de crier ainsi; j'en suis bien content; il y a si peu de bonheur sur la terre que je me réjouis de vous en

procurer un instant; et puis, vous avez parfaitement raison, notre habit est tout noir comme l'habit
d'un corbeau ; cependant si vous nous connaissiez
bien, vous verriez que nous ne sommes pas tout-à-
fait aussi méchants que notre robe est noire..., et que
faites-vous là? » Ensuite la conversation s'engage ;
on s'explique, on s'entend, on s'aime, on se quitte
en se serrant la main, et voilà une âme aigrie, méchante, rendue au calme, au bon sens, et voilà un
ami pour vous, pour Dieu aussi, peut-être ; car,
après cela, qui sait jusqu'où les choses peuvent aller? Le ciel soit béni ! il est plus d'une âme autrefois
en guerre avec Dieu et avec la société, redevenue
par cette voie tout ce qu'elle doit être.

Toutefois, il faut que je vous en prévienne, vous
ne réussirez pas toujours, vous rencontrerez souvent
des obstacles et même des injures, et ce n'est pas
tant pis; tout cela, pour un chrétien, n'est pas le
mauvais côté d'une affaire.

D'abord vous y gagnerez d'être plus homme ;
parlez-moi donc de quelqu'un qui n'a jamais connu
la lutte, le combat, la victoire et la défaite ; ce n'est
pas là un homme : il n'a pas vécu, il ne se connaît pas,
il ne connaît pas les autres ; il n'a pas la science de
la vie ; c'est un homme incomplet, un homme manqué, parce qu'il ne s'est jamais replié sur lui-même
pour y chercher les trésors que la Providence y a
cachés ; ce ne sera jamais un homme d'initiative et

d'action ; les obstacles, les luttes font seuls les grands hommes et les hommes utiles aussi. Je ne sais quelle tendance déraisonnable nous avons toujours à vouloir-être sûrs du succès. Notre Seigneur Jésus-Christ est bien mort à la peine, lui...

Quant aux moqueries et aux sarcasmes, vous pouvez y compter : de temps en temps on vous fera peut-être jouer un triste rôle, un rôle qui pourrait assez ressembler au rôle de niais ou de dupe ; tant mieux, c'est un utile contre-poids à la morgue naturelle, à la pauvre humanité ; c'est bien peu de chose auprès des persécutions qu'endurent nos missionnaires chez les peuples infidèles ; ils affrontent le sabre, et nous, nous tremblons devant des coups d'épingle, et notre peur nous l'appelons prudence. Pourquoi donc cette crainte d'être moqués ? Mon Dieu, est-ce que nous ne connaissons pas bien le peuple français ? est-ce que nous ne savons pas qu'il a besoin de rire et de se moquer de quelqu'un, fût-ce même de ses bienfaiteurs. Que voulez-vous ? c'est dans sa nature ; mais le fond est excellent. Ajoutez donc à toutes vos bonnes œuvres celle de lui permettre de se moquer un peu de vous de temps en temps ; à l'occasion dites-lui même, avec saint Jean Chrysostome : « Je vous permets de me tourner en ridicule ; je vous pardonne tout le mal que vous direz de moi, pourvu, toutefois, que vous soyez moins méchants et moins malheureux. » Il y a encore là une voie pour aller aux cœurs ; comment ne pas aimer quelqu'un qui se met ainsi entre nos mains et qui se sacrifie lui-même à notre bonheur ?

Un prêtre visitait des prisonniers ; en homme habile, il s'adressait le plus souvent aux fortes têtes de l'endroit, et il allait surtout causer avec les groupes les plus méchants et les plus hostiles ; il savait bien que ceux-ci convertis, le reste suivrait ; ses plus gracieuses paroles étaient pour les impies, et souvent on lui disait : « Est-ce que vous ne vous rappelez pas que c'est moi qui vous ai dit des injures l'autre jour ? — Ah ! bien oui, répondait-il, des injures ! est-ce que j'ai peur de cela, moi ; au contraire, quand j'en puis attraper une bonne, je la regarde comme une heureuse fortune et je vous en aime davantage ; et puis je sais bien qu'au fond vous valez mieux que vos paroles... » et quand il était parti, on disait : « Voilà un prêtre qui n'est pas comme les autres ; celui-là pratique sa religion ; il n'est pas dit que je ne me confesserai pas à lui ; » et souvent la parole était suivie de l'action.... Agissez ainsi, on vous aimera davantage, et après avoir aimé le serviteur qui est sur la terre, on aimera peut-être le Maître qui est dans les cieux !

Ceci posé, vous aurez bien commencé, et vous achèverez en présentant la religion sous son côté le plus attrayant.

En général, on a trop présenté la religion au

peuple sous le point de vue que gêne la liberté.

Ne parlons pas tant de ce que la religion défend, et un peu plus du bien-être qu'elle rapporte; ne dites pas sans cesse : « La religion défend ceci, défend cela et puis encore cette autre chose; » vous la ferez prendre en aversion et on dira que vous demandez l'impossible. Nous autres Français, nous sommes vraiment fils d'Adam et d'Ève aussi : il suffit qu'une chose soit défendue pour que nous ayons la tentation de la faire; nous avons un goût presque féroce pour le fruit défendu. Un homme blasphème devant vous, ne lui dites pas que c'est un péché, que c'est abominable : il voudra se donner le plaisir méchant de le faire encore. Dites-lui plutôt que ce n'est pas convenable, que c'est contraire au savoir-vivre et à la bonne éducation, et il ne le fera plus; car tous, même les plus misérables, veulent passer pour gens bien élevés. Parlons donc moins des vices et beaucoup plus des vertus.

Vous avez affaire à un peuple rusé et à petites idées; déconcertez-moi tous ses manéges par une parole sincère, franche, et par des allures plus franches encore, avec prudence toutefois, alors il n'y aura plus de plaisir à vous tromper. Surtout jamais de moyens détournés, jamais de délations, le peuple les déteste, et Dieu et la vérité n'ont pas besoin de police secrète.

Vous avez affaire à un peuple égoïste et médisant,

e parlez jamais d'égoïsme et de médisance, mais
tez à pleines mains la charité dans ces âmes, faites-
n vibrer toutes les bonnes cordes et remplissez ces
cœurs des saintes palpitations de l'amour de leurs
ères ; et la médisance et l'égoïsme disparaîtront,
uivant l'expression de saint François de Sales :
Quand le feu sera dans la maison, on jettera tout
ar la fenêtre. »

Dans la grande ville, où le peuple est vif, re-
uant, pétulant, que votre parole soit vivante,
ranche, hardie, entrainante, irrésistible ; qu'elle
asse palpiter les âmes ou les intéresse doucement
t amène parfois le sourire sur les lèvres. Dans la
etite ville, au contraire, n'allez pas trop vite, soyez
rudent et gagnez la confiance, étudiez le terrain,
es préjugés et même la routine de l'endroit.

Les choses nouvelles excitent souvent la défiance.
our les faire passer, il faut donc s'emparer des
cœurs, d'abord dominer de bien haut les petites
dées, les petites passions ; restez impassible et bon
u milieu de tous les intérêts mesquins qui s'a-
itent autour de vous. Soyez juste, le peuple aime
ant la justice, il aime même l'homme sévère quand
l est juste ; que sera-ce s'il est bon ? La confiance gagnée, allez au fond des choses, remuez les
onsciences, faites un appel à la bonne partie du
cœur humain, et abimez la routine ; mettez bien
a religion en contact avec ces âmes qui paraissent

5

froides, et vous verrez des choses ignorées de ceux qui croient ce peuple indifférent ou hostile, car souvent on ne connaît pas son peuple dans la petite ville; on le voit de trop près, on le juge sur l'extérieur, presque toujours par le côté qu'il nous heurte.

Et puis il y a encore une autre raison : on fréquente certaines braves familles, dévotes à Dieu et bienfaisantes à l'Eglise : il n'y a pas de mal à cela; mais ces bonnes âmes n'ont pas des vues très-larges, et ne sont pas même exemptes de petites passions : elles aiment bien à savoir et à répéter le mot méchant, la nouvelle peu édifiante du jour, et comme nous prenons tous quelque chose des idées de ceux que nous fréquentons, on finit par prendre leur manière de voir, et on dit : « Ma paroisse est ceci, ma paroisse veut cela. » Et si l'on examinait les choses de bien près, il se trouverait que le vœu de la paroisse est tout simplement le vœu de ces quelques bonnes âmes.

Alors on se fait une manière d'agir et d'enseigner la religion à soi, en dehors de l'Eglise catholique; on ne s'inquiète pas de ce qui peut se faire ailleurs. On dit : « Pour réussir, il faut agir de telle façon, » et on devient exclusif, empirique; on ne songe pas que, grâce à Dieu, les manières de faire le bien sont multiples, qu'il y en a pour toutes les natures et pour tous les caractères. Bien heureux si l'on ne dit

même : « J'ai fait tout ce qu'on peut faire , et nu
autre ne fera mieux et davantage. » Heureux le mortel qui peut se rendre un si beau témoignage! Nous
faisons la guerre aux préjugés, prenons garde d'avoir
aussi les nôtres , car ce ne sont pas les plus faciles à
déloger. Oui, quelquefois nous renfermons, nous em-
prisonnons cette belle religion catholique dans la
petite ville que nous habitons; elle n'existe plus pour
nous que là , elle n'est bien enseignée que là , il n'y
a de bien fait que ce qui se fait là , cette petite ville
s'appelât-elle Quimperlé ou Saint-Pierre de-Chignac.

Quant au peuple des campagnes, puisqu'il est lent,
timide, susceptible et un peu grossier, il faut ouvrir,
épanouir son âme pour y faire pénétrer la religion ;
il est peu exigeant , il n'a pas été du tout gâté sur
l'article, il se contente de peu : une marque de bienveillance , un salut , une politesse , un petit cadeau
à son enfant , ou même un mot d'encouragement,
c'est assez pour le rapprocher de la religion , car au
fond, quand elle lui est bien présentée , il s'y attache,
il l'aime , il est fier de son église, de son curé, et il
se battra volontiers pour prouver que c'est le prêtre
le plus accompli du pays.

Le paysan ne doit jamais être poussé à bout et aux
dernières extrémités ; quand il résiste ne le combat-
tez pas de front, mais tournez la difficulté et prenez-
vous à quelques-uns de ses côtés faibles, à quelqu'une
des bonnes fibres de son âme ; autrement plus vous

parlerez, plus vous menacerez, plus il se fera un devoir de ne pas vous écouter.

Ne vous fâchez jamais avec personne ; un prêtre ne doit pas avoir d'ennemis, il n'y doit jamais consentir. Je n'aime pas à entendre dire : « Cet homme, c'est mon ennemi ; » Jésus-Christ n'a jamais parlé ainsi, mais il a dit : *Mon Père, pardonnez-leur, ils ne savent ce qu'ils font*...

Un des grands moyens de gagner le paysan, comme de gagner le peuple en général, c'est de lui témoigner beaucoup de confiance et de le relever à ses yeux ; ne lui ménagez ni les encouragements, ni les compliments quand il les a à moitié mérités. Supposez-le tel que vous le voulez : c'est le moyen de lui dire ensuite de bonnes vérités. Faites valoir ses bonnes qualités à ses propres yeux ; ne craignez pas de lui donner de la vanité et de l'élever trop haut, il est descendu si bas ; puissiez-vous plutôt le pousser jusqu'au ciel. Notre Seigneur Jésus-Christ n'est-il pas venu relever les tombés ? Avec le souvenir de sa noble origine l'homme a tant de mal à se résigner à n'être rien sur la terre ! j'aime mieux un peu de vanité que la rage de la jalousie et de la haine.

Ici encore la peur nous a fait entrer dans la voie des méchants. Nous avons laissé trop déprimer le peuple, nous lui avons laissé dire : « Tu n'es rien, toi, les riches sont tout ! A toi, pauvre deshérité, le travail, la misère et le mépris ; aux riches, la fortune, les jouissances et les honneurs. « Relevez plutôt ce peuple, et dites-lui avec l'accent de la vérité, qu'il est grand aux yeux de Dieu et de l'Evangile, qu'il a sa part de dignité et d'honneur, qu'il n'a rien à envier à personne. Dites-lui : « Mes amis, les riches ont leurs avantages, vous avez les vôtres. Les riches ont des jouissances, vous en avez aussi. Gardez-vous de leur porter envie. Un bon ouvrier, mais c'est l'enfant gâté de la Providence! Vous vous trompez quand vous pensez que la fortune seule fait des heureux. Les riches heureux! Mais comment peut-on se faire de pareilles illusions? Vous ne savez ce qu'ils souffrent : c'est affreux ! Et si je voulais trouver les plus cuisantes douleurs de la terre, mes amis, je n'irais pas frapper à la porte de la mansarde ou de la chaumière : j'irais frapper à la porte de ces superbes demeures qui ornent nos places publiques, et c'est là, derrière ces triples rideaux, que je les trouverais enfonçant leurs ongles de fer dans des âmes brisées... Mes amis, ayez un bon cœur et deux bons bras, et vous serez aussi dignes, aussi heureux, aussi grands aussi, aussi nobles que personne. »

Et non-seulement il faut le dire, mais il faut traiter le peuple de manière à le lui faire comprendre ; il faut le respecter beaucoup, pour lui apprendre à se respecter soi-même, le traiter toujours avec respect comme doivent se traiter tous les hommes; il faudrait avoir avec le peuple tout le savoir-vivre, l'ex-

quise politesse des salons, toutefois avec la sincérité de plus.

Il en a plus besoin que qui que ce soit. Avec
lui, c'est chose nouvelle et efficace; ailleurs, elle
est banale et stérile. Cette politesse le charme, le
ravit, l'élève et l'arrache à sa misère morale, dont
le souvenir l'obsède et l'accable. Après cela il ne
hait plus, il n'envie plus, il n'enrage plus : il aime, il
se résigne, il aspire à mieux faire, et il vous bénit.

Le développement des bons sentiments qui dorment dans le coin de son cœur, voilà le meilleur
moyen de diriger le peuple, de lui faire du bien
et de le ramener à la religion. Et le premier de ces
sentiments c'est la charité, l'esprit de sacrifice.

La charité est native en France; elle est partout,
en haut, en bas, au milieu. Ce peuple est naturellement compatissant; c'est plaisir de voir son em-
pressement à obliger, nous l'avons dit. Les classes
riches sont charitables; mais le sont-elles plus que
les classes populaires? Je ne veux pas le juger, et
j'aime mieux dire à tous : « C'est bien, courage! »

Voulez-vous rendre à un homme du peuple le
bon sens, le calme, l'amour de la vérité? Faites-lui
faire un acte de charité; quitte même à l'en dédommager après, faites-le compatir, faites-le soulager...

Quand vous rencontrerez un homme emporté,
passionné, n'ayez donc plus la malheureuse et sotte
méthode de discuter avec lui; est-ce qu'il est ca-

pable de vous comprendre? Il est ivre de colère, et
cette ivresse est plus terrible et plus abrutissante
que l'ivresse de vin ; et vous, en discutant, vous êtes
semblable à cette femme qui fait un beau sermon à
son mari quand il lui arrive avec une raison noyée
dans les liqueurs.

Prenez cet homme-là, et essayez de lui faire faire
un bon acte de charité; parlez-lui d'humanité, faites-le secourir quelqu'un, et puis vous ne le recon-
naîtrez plus. Soudain cet acte de charité le trans-
forme, le relève à ses yeux, lui donne les saintes
joies du cœur, le rapproche de Dieu, le réconcilie
avec lui-même et avec l'humanité. Oh ! Dieu soit
béni de nous avoir apporté sur la terre la charité !
Elle est si bonne pour celui qui la reçoit et pour
celui qui la donne !

Le peuple est vraiment fait pour comprendre le
désintéressement, l'esprit de sacrifice. C'est son élé-
ment et la plus large portion de son bonheur.

Mais, dans ces derniers temps, on a été dur, on a
été cruel pour lui. On lui a créé des besoins, des aspirations, des désirs qu'il ne pourra jamais satisfaire : on a empoisonné sa vie.

On a beaucoup parlé d'améliorer sa condition :
c'était bien. Mais on a mis cette amélioration en
grande partie dans les jouissances matérielles : on
l'a fait consister à manger et à boire plus largement,
c'est-à dire dans la *ripaille*. Mais où prendre de

'argent pour se procurer ce bonheur d'une nouvelle espèce? Aussi autrefois il mangeait souvent du pain de seigle, et il n'était pas malheureux. Aujourd'hui il mange du pain blanc et de la viande, il prend même son café, et il se plaint, il ne se trouve plus heureux. On ne devrait jamais créer un besoin chez un peuple, à moins qu'on n'ait une pleine certitude le le satisfaire largement et toujours.

Du reste, ce n'est pas du tout par les appétits que le peuple veut être pris : c'est par les plus nobles instincts du cœur humain. Le peuple aime les grandes choses, les choses qui coûtent cher, qui s'achètent par de grands sacrifices; le peuple n'a nullement les goûts bourgeois, les petits calculs bourgeois, l'amour bourgeois de ses petites aises; il est beaucoup plus désintéressé qu'on ne le pense. Pour le mener, il ne faut pas le prendre uniquement par ses intérêts : ce serait le perdre, et nous perdre avec lui. Il faut bien néanmoins qu'ils aient leur part, mais que la plus large partie soit pour sa générosité et son dévouement. Le peuple aime tant les grandes actions, les grandes gloires, les grandes figures qui dominent de haut l'humanité! Il leur voue une espèce de culte, et ne leur refuse aucun sacrifice; il s'attache à leur bonne et à leur mauvaise fortune, et elles restent toujours populaires, toujours vivantes.

Les guerres de la Révolution et de l'Empire ont

lourdement pesé sur la France, ont levé l'impôt du sang sur beaucoup de familles ; cependant le nom de l'Empereur est resté entouré d'une magique auréole : il y a plus ; dans l'Est de la France, les marches et contre-marches des armées, deux invasions successives ont dévasté les campagnes, écrasé de charges les paysans et ruiné beaucoup d'entre eux ; n'importe ! Entrez dans les chaumières, vous trouverez toujours l'image de Napoléon à côté de l'image de la sainte Vierge. Sur les champs de bataille, au milieu de la mitraille et des boulets qui les tuent ou au milieu des flots qui les engloutissent, on entend les braves enfants du peuple crier encore, en mourant : « Vive l'Empereur ! » Voilà le fond du peuple français. S'il a une tendance à chercher ses intérêts, il a une tendance aussi forte au dévouement, au sacrifice.

Si donc vous voulez le bien diriger, parlez-lui d'autre chose que de petites idées, que de jouissances matérielles, d'autant plus que si vous essayez de le prendre de ce côté-là, il deviendra insatiable ; ses appétits le domineront et le jetteront dans tous les excès. La belle chose que vos jouissances matérielles ! C'est à peine si la France, ce pays si fertile en bien-être, avec toutes les ressources de sa civilisation avancée, pourra servir son premier déjeuner.

Pour soulever, dominer et rassasier ce grand colosse de peuple, il faut quelque chose de plus qu'humain , quelque chose de mystérieux et qui dépasse les limites d'une vue ou d'une raison d'homme , autrement vous restez impuissant et vous n'entraînerez jamais le mouvement du monde.

Voyez où en sont aujourd'hui nos grands hommes qui se sont posés en hommes , qui ont seulement fait un appel à la raison , même à une haute raison. Quel est leur ascendant , quelle est leur autorité, quels dévouements ont-ils créés , quelles masses se sont liées à leur bonne ou à leur mauvaise fortune ? Ils tombent et on les regarde tomber avec indifférence ; et encore dans la prospérité , est-ce qu'on s'attache à eux , est-ce qu'ils règnent sur les cœurs ? pas le moins du monde. On leur mesure le respect et l'estime et même la fidélité, suivant leurs qualités ou le bénéfice qu'ils nous rapportent; on dit : « Cet homme-là vaut tant, il a tant d'esprit, tant de talents, il peut me rapporter tant, il ne mérite que tant de considération, je ne lui dois que cela ; » voilà son compte fait. Il faut une auréole surhumaine pour gouverner les masses , il faut du divin , il faut l'infini, l'immortalité, le ciel, l'enfer, l'éternité.... ou bien vous n'aurez qu'un peuple abruti , crétin ou sauvage..... un peuple qui, à la campagne, s'enfonce dans la matière, empiète sur le champ de son voisin, ou se fait dévorer par les usuriers; qui envoie chercher un vétérinaire quand son âne est malade, mais laisse souffrir sa femme , parce qu'il faut de l'argent pour payer le médecin; qui pleure quand son cheval crève, mais qui ne pleure pas quand son vieux père meurt: un peuple qui, à la ville, met tout son bonheur et ses espérances dans l'orgie, qui ne se trouve jamais bien, qui rejette toujours ses souffrances sur autrui, qui, après avoir dévoré sa substance, s'en va dire aux autres, la haine dans le cœur et le fer à la main: « Maintenant partageons. »

Pour le conduire à la religion, le meilleur moyen est de s'emparer de ses vues, de ses instincts, de ses bons sentiments; il faut entrer par sa porte et le faire sortir par la nôtre. Reliez, soudez la pensée religieuse à sa pensée, aux sentiments qui font le plus vibrer son cœur, et puis élevez les âmes, ravissez-les aux préoccupations de la terre, à l'indifférence, aux mauvaises passions, et donnez-lui les joies de la religion et de la charité.

Profitez de tout, d'un événement, d'un accident, d'une calamité, d'une maladie... Un incendie a ruiné une pauvre famille, faites un appel à la générosité, mettez-vous à la tête du mouvement, et vous verrez des choses admirables! Un ouvrier tombe malade, son champ reste inculte, convoquez les autres ouvriers, et ils seront heureux, et ils oublieront leurs propres intérêts pour venir au secours de leur frère souffrant. On ne connaît pas ce peuple français, on ne sait ce qu'il recèle d'esprit de sacrifice et de générosité. Il faut une grande occasion pour qu'il se

montre tel qu'il est; eh bien, faites venir l'occa_
sion.

Par exemple, vous avez une église à restaurer, à
bâtir même, et il vous faut beaucoup d'argent pour
cela; tant mieux, il y a là de quoi créer des trésors
de charité et de religion.

Montez en chaire, exposez votre projet, soyez un
bon père au milieu de sa famille; dites tout, vos
craintes, vos espérances, votre misère, et puis,
ajoutez: « Nous avons compté sur vous, vous m'aide-
rez, n'est-ce pas? car je serai à votre tête, et ce sera
notre église. »

Alors vous verrez le vieil enthousiasme français et
chrétien se réveiller dans les cœurs; c'est au point
que vous serez tenté de vous demander : « En vérité,
sommes-nous au XIXᵉ siècle? ne serions-nous point
encore au moyen-âge? » Tout le monde se mettra à
l'œuvre: le pauvre vous offrira ses deux bras, le
manœuvre des corvées; les ouvriers vous donneront
des journées, les cultivateurs, s'il y en a, vous donneront des charrois; celui-ci vous donnera de l'argent, celui-là du bois, un troisième de la pierre;
ici on fournira des vitraux, là des ornements; qui
sait même si on ne voudra pas mettre la main à
l'œuvre quoiqu'on n'ait pas coutume de travailler !
le petit bourgeois voltairien qui, plus d'une fois, a
mal parlé de Dieu et de son curé, voudra, lui aussi,
travailler à bâtir son église, et tous seront plus

près de Dieu, plus près de la vérité et du salut.

Voilà ce que nous avons vu dans toutes les parties de la France ; voilà ce qu'on ne sait guère. Nous avons entendu de vénérables pasteurs dire en pleurant : « Voilà vingt-cinq ans que je suis dans ma paroisse, eh bien ! je ne la connaissais pas ; je n'aurais jamais cru mes paroissiens capables de faire tant de bien. »

Au moyen-âge (1), des rois, nous dit Haymon, abbé de Saint-Pierre sur-Dives, des souverains et des hommes puissants dans le siècle, des personnes nobles de l'un et l'autre sexe, comblés d'honneurs et de biens, se sont rabaissés jusqu'à ce point que de s'attacher à des cordes pour tirer des chariots remplis de vin, de froment, d'huile, de chaux, de pierres, de bois, et des autres choses nécessaires pour vivre, ou pour bâtir des églises, et les traîner, comme des bêtes, à la maison de Jésus-Christ. Et, ce qui paraissait en cela le plus admirable, est que ce char, pour sa grandeur énorme, et pour la pesanteur de sa charge, étant quelquefois tiré par mille personnes, et même par un plus grand nombre, il s'y garde néanmoins un silence si profond que l'on n'entend la voix de qui que ce soit, ni le moindre bruit qui se puisse faire, en parlant bas l'un à l'autre, et il n'y a que l'œil qui puisse découvrir qu'il y ait quelqu'un dans une telle multitude...

(1) Voir le *Manuel de charité*, p. 244.

Il n'est pas impossible de revoir quelque chose de semblable; cela se fait, cela se voit tous les jours, cela se fait dans les pays les moins religieux, cela s'est fait cette année même à la prison de Sainte-Pélagie, cela se fait dans les conditions les plus difficiles.

Il y a deux ans, on a créé une nouvelle paroisse dans l'un des plus misérables quartiers de Paris : ce peuple était presque païen. Eh bien! on a fait un appel à sa charité, et, après un sermon, on a trouvé dans la quête pour 500 fr. de sous; il y a plus, des pauvres ont apporté des bons de pain et ont voulu jeûner pour contribuer à bâtir l'église : deux pauvres femmes ont apporté des cotrets que leur avait donnés le Bureau de Bienfaisance; beaucoup ont apporté leurs anneaux et leurs pièces de mariage; des ouvriers se sont cotisés pour orner la pauvre église, et, ce qui est bien mieux, ils y viennent prier maintenant qu'elle est bâtie. O peuple que Jésus-Christ aimait, que n'es-tu connu, que n'es-tu cultivé, que n'es-tu aimé! tu serais sauvé...

En résumé, pour faire du bien au peuple, il faut s'en occuper..., il faut l'aimer, lui faire aimer toutes les bonnes et grandes choses, et puis vous le conduirez où vous voudrez : la charité est populaire en France; faites du bien aux malheureux surtout, faites-en beaucoup et vous posséderez un ascendant que rien ne pourra vous ravir, vous défierez la cri-

tique des gens d'esprit, de la presse, de la haine;
vous resterez en possession de la plus belle royauté
de ce monde, de la royauté des cœurs.

Il faut donc revenir à la nécessité de donner une
direction au peuple, non une direction sèche et
froide comme un argument de métaphysique ou
comme la pointe d'un sabre, mais une direction
bienveillante, sympathique, dévouée... On ne s'est
pas assez occupé du peuple, de son amélioration morale; nous l'avons livré aux intrigants et aux ambi-
tieux, et puis on se plaint et on l'accuse; n'aurait-il
point aussi le droit de se plaindre et de nous accuser?
Le peuple est ce qu'on le fait; il est semblable à ces
terrains vagues qui appartiennent au premier occupant : il est bon ou il est méchant, suivant qu'il est
bien ou mal dirigé; et à la manière dont il a marché
pendant douze ou quinze ans, il ne paraît guère qu'il
ait été mené par les honnêtes gens. Qu'avons-nous
fait? quels maîtres lui avons-nous donnés? à quelle
école l'avons-nous envoyé? A l'école du cabaret et
de l'antre de l'orgie; et les maîtres de ce grand peuple français! des hommes perdus de dettes, des com-
merçants ruinés, des avocats en disponibilité, de
mauvais clercs d'huissier, voilà quels ont été ses
éducateurs, et l'on a eu le courage de trouver qu'il a
été mal élevé! Ah! pour qui sait les tentations et les
séductions qui l'ont environné, la littérature qu'on
lui a servie (8 millions de mauvais livres, chaque

année, par le colportage seulement), une chose doit étonner, c'est qu'il n'ait pas fait plus de mal ; il faut qu'elle soit bonne, cette nature de peuple français, et que le Christianisme soit encore dans beaucoup de cœurs ! Je regrette le bien que nous n'avons plus, mais je bénis la Providence de ce qui nous reste.

Nous avons vraiment fait la part trop belle aux méchants. Quand nous les avons vus se jeter sur ce pauvre peuple, l'accabler sous un poids énorme d'erreurs, de préjugés et de haines ; au lieu de nous lancer au milieu de la mêlée, nous nous sommes trop souvent tenus à l'écart, et dans nos conceptions, nous contentant de dire, avec le sourire du dédain : « Mais ce qu'on lui enseigne est déraisonnable et ne supporte pas l'examen. » Oui, sans doute, mais est-ce que le peuple examine ? Quand la mauvaise presse a été active, prodigue et amusante ; quand elle allait le chercher partout, dans l'atelier, dans la chaumière et ailleurs, nous lui avons donné quelques livres ennuyeux, insignifiants ou chargés de métaphysique. Mon Dieu ! quand donc comprendrons-nous que le peuple ne réfléchit pas, qu'il regarde, écoute et puis marche. Il lui faut quelqu'un qui le dirige, et si les honnêtes gens ne veulent pas accepter cette mission, il trouvera bien ailleurs qui voudra s'en charger...

Il faut nous faire aider, dans cette direction, par les classes supérieures de la société ; il faut les faire travailler à la moralisation du peuple, il y a là une mine excellente à exploiter, et à laquelle on n'a pas assez songé : tout le monde y peut gagner. Il faut moraliser le peuple par les riches et les riches par le peuple.

Hélas! nous gémissons souvent sur le peu de succès de notre parole auprès des classes élevées de la société. Sans doute, comment voulez-vous qu'elles nous comprennent, elles n'ont plus le sens chrétien, elles ne veulent plus souffrir, mais elles veulent jouir. Le sensualisme les dévore et l'égoïsme les endurcit ; eh bien ! commencez par tremper ces âmes dans les eaux de la charité, apprenez-leur le chemin du sacrifice et du dévouement, et alors vous serez écouté ; enrôlez les riches à la moralisation du peuple, des petits et des pauvres.

Ce genre de charité peut être facilement compris en France ; nous avons tous quelque peu la prétention de travailler à moraliser le peuple, alors même que nous ne sommes pas bien en règle avec la morale ; mais l'esprit français est si logique qu'il ne fera pas longtemps ce métier sans en devenir meilleur, ne fût-ce que par pudeur et par respect de soi-même ; il y aura quelque chose qui lui dira : « Mais avant de moraliser les autres je ferais bien de me moraliser moi-même ; » puis la charité attirera les célestes bénédictions et le cœur s'ouvrira aux inspirations de l'Évangile.

Voulez-vous travailler efficacement à la conversion d'un homme, chargez-le d'en convertir un autre un peu plus méchant que lui; vous irez beaucoup plus vite par cette voie que par la voie de la discussion.

Vous avez un jeune homme dont la vertu est plus que chancelante et dont l'imagination vous épouvante, chargez-le de redresser les autres et de moraliser quelque grand coupable; il s'en acquittera à merveille, et de plus sa vertu deviendra forte, sûre d'elle-même, et vous aurez donné un débouché à ce trop-plein de vie dont il ne savait trop quoi faire.

On dit qu'un président de société de St-Vincent de Paul craignait beaucoup que quelques membres de sa Conférence ne remplissent pas le devoir pascal. Or, il avait quelques familles pauvres à convertir, il chargea les suspects de cette mission, et ils satisfirent des premiers au précepte de la Communion; c'était tout simple, avant de mener les autres au confessionnal, il fallait bien leur en montrer le chemin.

Le bien fait aux classes inférieures fait revivre et maintient, dans les classes supérieures, l'esprit de compassion, de bienveillance, de sacrifice, en un mot les meilleurs sentiments du cœur humain; il les fait vivre, car vivre c'est sentir, c'est aimer, c'est être aimé, c'est faire aimer : se faire pauvre de sympathie et de cœur, voilà la vie; mais faire uniquement des affaires, avancer sa fortune, nouer des intrigues, ce n'est pas vivre, c'est s'abrutir et se consumer. Rien n'est immoral et contre nature comme de s'occuper toujours de soi-même.

De plus c'est rapprocher les classes, leur apprendre à se connaître, à s'estimer, c'est calmer les jalousies et les colères; le peuple aime tant qu'on s'occupe de lui, qu'on lui porte intérêt! après il ne demande pas mieux que de se résigner, de se rapprocher, il est même tout fier des marques de bienveillance qu'il a reçues d'un homme riche... c'est une protection pour lui contre les mauvaises passions, il se dit tout bas : « On m'estime et on m'aime... restons honnête et chrétien, ou bien on ne m'estimerait plus. »

Il y a aussi dans l'esprit du peuple une tendance à penser que les riches le méprisent. Il faut que sur ce point le soupçon même ne soit pas possible, il pourrait y avoir là un mal affreux ; sur l'article du mépris, le peuple est implacable, cruel même, il ne sait plus pardonner (1), lui qui pardonne tant de choses. Il pardonne à ceux qui le trompent, qui le volent et l'exploitent, mais il ne pardonne pas à ceux qui le méprisent; être méprisé c'est pour lui la dernière des douleurs et peut-être y a-t-il quelque chose de vrai dans cet instinct populaire. Chose étonnante, Notre-Seigneur Jésus ne s'est plaint qu'une fois dans sa passion... Il a souffert, il est mort sans dire un mot de plainte; mais quand on lui a infligé l'affront du mé-

(1) *Manuel de charité*, chap. vi.

pris, quand un valet l'a soufflelé, il s'est plaint et a fait entendre cette parole qui révèle un cœur profondément froissé : *Si j'ai mal parlé, montrez en quoi, et si j'ai bien parlé, pourquoi me frappez-vous.*

Mais quand le peuple trouve bienveillance et cordialité dans le riche, la jalousie et la haine s'en vont, et on l'entend s'écrier : « Si tous les riches étaient comme celui-là, on les adorerait, on se ferait tuer pour eux, » et après cela il croit davantage à la bonté de Dieu et à la réalité d'une Providence.

Il y a trois ou quatre ans, une femme d'ouvrier avait la haine de la société, des riches et de Dieu; mais une haine implacable, une haine de femme... Méchante, elle en voulait surtout *aux robillons de soie, aux paquets de chiffe,* c'est ainsi qu'elle désignait les femmes des classes les plus élevées; et plus d'une fois elle avait dit à ses enfants : « Souvenez-vous que je vous ai élevés pour la démocratie..., pour humilier les riches, pour rétablir l'égalité, et que si vous n'êtes pas des démocrates, je vous renie... »

Un prêtre chargea une jeune marquise aussi vertueuse que recherchée du monde, d'apprivoiser cette malheureuse. D'abord elle écouta avec bonté ses plaintes, ses injures et se laissa même appeler *coquine.* Cependant sa patience eût bientôt calmé cette âme si aigrie.

Un jour la jeune marquise, sur le point de s'absenter pour quelques semaines, vint dire adieu à sa

protégée, elle lui prit affectueusement la main, et
puis spontanément poussée par son bon cœur et aussi
sans doute par la grâce de Dieu, elle l'embrassa cordialement et disparut en lui disant : « A bientôt. »

La pauvre femme resta là, interdite, bouleversée,
émue jusqu'aux larmes, et puis elle court chez le
prêtre, et au lieu de le saluer commence par lui dire
«Est-ce possible, vous n'allez pas me croire; eh
bien! c'est pourtant vrai. Elle m'a embrassée... Oui,
madame la marquise a embrassé une misérable et
méchante femme comme moi... Ah! j'avais dit qu'il
n'y avait pas de bon Dieu, a présent je dis qu'il y
en a un, car cette dame est un des anges du bon
Dieu. J'avais dit que je ne me confesserais jamais,
à présent confessez-moi tant que vous voudrez; et
depuis ce temps elle est restée excellente chrétienne.

Et le prêtre écrivait le lendemain à la femme
vertueuse dont Dieu s'était servi pour une si belle
œuvre : «Vous êtes bien heureuse, vous... Nous autres prêtres, nous nous donnons beaucoup de peine
pour prêcher et nous ne convertissons pas toujours;
vous, vous convertissez en embrassant... »

Oh! si les femmes surtout savaient! si elles vou-
laient que de bien elles pourraient faire, que de mal
elles pourraient empêcher!..

Et de plus la condition de la vraie vertu pour la
femme du monde, c'est de sortir d'elle-même et de
s'occuper beaucoup de charité... Sachez-le bien, sans

cela vous ne la maintiendrez jamais dans le bon chemin... Une femme est légère, mondaine et passionnée pour les plaisirs du monde, et cela se trouve souvent, vous ne la dominerez jamais que par la charité. Elle vous fera des promesses, mais elle se gardera bien d'y tenir, vous ne serez jamais sûr d'elle... Elle n'y pourra pas être fidèle. En vain vous lui ferez les discours les plus concluants, de fines et spirituelles études de mœurs, en vain vous infligerez à sa faiblesse et à ses travers le châtiment de l'ironie et du sarcasme, en vain vous la foudroierez avec les terreurs de la mort, de l'enfer et de l'éternité... Elle saura bien passer à travers les fissures et se tromper elle-même; cela ne l'empêchera nullement d'être vaniteuse, d'aimer excessivement à plaire, de découvrir ses épaules plus que de raison et de s'en aller mendier dans les cercles un idolâtrique encens. Avant tout elle veut sentir, aimer, être aimée, se dévouer. La charité remplira son âme, *mettra le feu dans la maison, et alors on jettera tout par la fenêtre*..

Enrôlez donc tout le monde, hommes, femmes, enfants même, à la recherche des misères, à la moralisation du peuple; mettez la charité en honneur, qu'il y ait dans votre pays des œuvres de charité, qu'il y en ait pour tous. Faites qu'il ne soit plus permis à un homme, à une femme de n'avoir pas ses *œuvres et ses pauvres*.

Cela a lieu dans certaines villes de France. On ne

peut plus se dispenser d'être membre d'une association quelconque, sans perdre de sa considération.
Brisez les répugnances, surtout l'amour propre.
A ceux qui vous donneront à entendre ceci, et ce
n'est pas rare : « Mais un homme comme moi, une
femme de ma qualité, est-ce que je puis m'occuper
de ces gueux-là, m'en aller chez ces gens-là, » répondez : « Et pourquoi pas? Dans les grandes villes, les
hommes les plus éminents par la fortune, par le talent, par le nom le font bien... Les femmes fêtées,
recherchées du monde, jeunes, belles, comtesses,
marquises, princesses, le font bien, elles! On voit
à Paris des femmes ayant tout ce que l'on peut envier, 200, 300 mille francs de rentes, se priver de
choses permises, confectionner des habits pour les
pauvres, visiter les misérables mansardes et ranger le
ménage de l'indigent malade, » dites-leur tout cela;
faites donc honte, mais avec douceur et bonté, aux
grandes dames de certaines petites villes, c'est-à-dire
aux femmes d'avocats, de juges, d'avoués, de négociants, de commissaires-priseurs ou de vicomtes;
en leur montrant ce que font d'autres femmes, ce
sera les arracher à cette tendance à la médisance, au
sensualisme et au luxe mesquin, qui consiste à se
croire la supérieure de sa rivale, parce qu'on a eu
l'insigne bonheur de trouver une meilleure couturière qu'elle; dites-leur que si elles imitent les mo-
des et les usages de Paris, elles feraient bien d'en

imiter aussi la charité, le zèle et le dévouement.

Pour ne citer qu'un homme que l'on peut louer à présent, — Dieu vient de le rappeler à lui, — presque chaque jour Donoso Cortès disparaissait à certaines heures, on ne savait où il allait, on a appris depuis que c'était le temps de ses visites chez les pauvres. Les pauvres, a dit un homme de bien capable de le comprendre (1), il les aimait avec passion, mais avec intelligence. Du reste, pour faire du bien au peuple, voilà comme il faut l'aimer. C'est par là que vous remettrez ces âmes sur la voie de l'abnégation et du sacrifice de l'Évangile...

Et gardez-vous bien de vous laisser arrêter par cette excuse de certains hommes des classes riches : « Mais le peuple se défie de nous, il suffit même que nous voulions le pousser d'un côté, pour qu'il lui vienne la pensée d'aller d'un autre côté. »

Le peuple se défie des classes riches ! A qui la faute ? Est-ce bien toute la sienne ? Il ne connaît pas ces classes, il ne les voit souvent que de loin et de bas ; il ne les apprécie que par des calomnies, peut-il avoir confiance... Sa confiance, il faut la gagner, il faut l'enlever à force de bienveillance, de charité et de dévouement, et ce n'est pas impossible. Et quoi, avec de la fortune, du talent, avec un nom, on ne pourra pas gagner cette confiance du peuple, que sait bien gagner un maître d'école, un huissier,

(1) M. de Montalembert.

un avocat de village, un homme sans valeur intellectuelle et morale. — A quoi donc sera-t on propre?
— Que sert-il de passer de si longues années à étudier? Qu'est-ce donc qu'une bonne éducation et à quoi
peut-elle servir? Comme on s'est fait une fausse idée
de l'éducation, on la fera bientôt consister à bien
dresser un cheval ou à bien tourner un compliment,
à donner de la vanité à des têtes qui n'ont pas besoin qu'on leur en donne. La science, le talent, la
position et la naissance, ne nous sont pas accordés
pour le plus grand avantage de notre amour-propre,
mais pour le bien de tous.

Il faut que celui qui a plus d'esprit, plus de connaissances, plus de temps, plus d'influence, plus de
cœur, en fasse part à ceux qui en ont moins, ou qui
n'ont pas le temps d'en acquérir.

Du reste, il est si vrai que cette influence peut
être conquise, qu'elle existe dans toutes les parties
de la France Il est des contrées où l'homme riche
est roi et père de sa commune. Ce n'est qu'une
grande famille : Là l'homme de la cabane sourit à
l'homme du château. Les joies et les tristesses du
château sont les joies et les tristesses de la chaumière,
et les peines de la chaumière se ressentent vivement
au château. Jamais on ne fait en bas une démarche
importante, sans savoir ce qu'on en pense en haut.
Aussi que de maux évités, que de procès terminés,
que de haines apaisées. Oh! la belle mission! Que

n'est-elle donc comprise partout! — Essayez de la faire comprendre par la persuasion; faites de fréquents appels au cœur des classes riches, à leur amour de l'humanité; dites-leur de nous aider à tarir la misère dans sa source, dites-leur d'avoir pitié de ces masses qui travaillent et qui souffrent au-dessous de nous; pitié de ces petits enfants dont le père dévore le pain; pitié de ces vieillards qui grelottent et souffrent de la faim; pitié de cette femme qui passe ses soirées du dimanche à attendre et à pleurer, et qui va être livrée à la brutalité d'un homme qui a noyé dans le vin sa raison et son cœur; faites même un appel à leur pudeur, et dites-leur que si c'est bien de protéger les animaux, c'est mieux encore de protéger les créatures humaines, et que, pour remédier à tant de maux, leurs paroles appuyées de bons exemples sont toutes puissantes; que ce sont les riches et les grands de la terre qui sèment le bien ou le mal au sein de l'humanité; que s'ils trouvent que les choses ne vont pas bien, ils doivent commencer par s'accuser euxmêmes... Vous serez compris de beaucoup...; vous serez béni de tous...

Voilà le peuple français; voilà, il nous semble, la manière de lui faire du bien...

Étudier beaucoup dans les livres, c'est bon, c'est indispensable, mais ce n'est pas assez; il faut aussi étudier les cœurs, les âmes, les mœurs, savoir bien à qui nous avons affaire, sans cela notre science sera de l'or caché dans les montagnes de l'Amérique. Le bon pasteur connaît ses brebis et elles le connaissent. Cette parole est-elle toujours réalisée parmi nous ?

Il est un point en particulier dont il faut bien se convaincre : c'est que ce qui suffisait autrefois ne suffit plus. Une grande révolution s'est faite dans les masses. Il y a un siècle, le christianisme entraînait tout dans son grand courant ; il y avait des passions sans doute, il y en a toujours eu, mais du moins on s'inclinait tôt ou tard devant l'Évangile. Aujourd'hui on veut justifier ses faiblesses. Autrefois on ne subissait guère de direction que celle de la chaire chrétienne, aujourd'hui il y a des tribunes partout, et depuis un siècle nous avons de 15 à 18 millions d'hommes de plus qui savent lire ; 15 à 18 millions d'hommes qui peuvent être facilement égarés.

On dit généralement : « La France est bien malade ; » de grâce, ne la traitez donc pas comme si elle était en pleine santé ! Voulez-vous donc l'achever ?

On dit de plus : « Le christianisme seul peut nous sauver. » C'est vrai, encore faut-il qu'il soit mis en contact avec les masses, et si elles ne viennent pas à nous, il faut bien aller à elles. — Nous avons été malheureux du côté de l'apostolat de la parole, essayons de l'apostolat de la charité.

L'éloquence chrétienne n'a-t elle pour but de gagner les cœurs, de s'en emparer et de les incliner vers le bien... Alors profitez de cette porte pour vous jeter dans la place... Le monde est las de paroles, entendez-vous? il veut des actions ; et sous ce rapport qui pourra se plaindre?... Étudier et raisonner c'est bien, agir et aimer c'est mieux encore...

La plus terrible objection contre la religion est celle-ci : « Il est vrai que le christianisme a rendu de grands services à l'humanité, doté le monde d'institutions admirables... mais sa séve est épuisée, son ascendant sur les masses est perdu. » Prouvons que c'est faux, non par des paroles, mais par des faits... par l'abnégation, par le sacrifice ; ce sont des arguments auxquels on ne répond jamais.

Pour remédier à nos maux, n'allons pas compter sur les systèmes des savants et sur les lois humaines. Mon Dieu, si des raisonnements et des articles de code suffisaient à la sécurité et au bonheur d'un peuple, la France devrait être le pays le plus prospère du monde.

Ne comptons pas plus sur la puissance du glaive, elle s'use vite, et comme l'a dit de Maistre, compter sur la force, c'est se coucher sur l'aile d'un moulin à vent pour dormir à l'aise. Et puis la force conduit à d'affreuses extrémités. Ah ! ceux qui l'invoquent ne savent ce qu'ils font, ils n'ont jamais vu la guerre civile, ils n'ont jamais vu les barricades, ils n'ont jamais vu le sang français couler dans la rue, ils n'ont

jamais entendu grouder le canon et la mitraille écraser... Ah ! que Dieu nous préserve de passer par de
pareilles épreuves ! plutôt, à force de persuasion,
de dévouement et d'amour, réconcilions les cœurs
et faisons de la France le premier peuple de l'univers, la nation très-chrétienne et bénie de Dieu.

CHAPITRE III.

Marche du discours.

Nous connaissons le peuple et il nous connaît, nous l'aimons et il nous aime. Maintenant il faut par le discours lui faire connaître et aimer Dieu avec son Evangile..... Pour cela, commencez simplement, allez droit au but, qui est d'exposer le sujet que vous voulez traiter, et de vous faire écouter avec intérêt ; qu'on voie sur-le-champ ce dont il s'agit et ce que vous voulez dire. Jetez votre vérité comme d'un seul trait en quelques paroles vives, sincères et fortement accusées.

Pas de ces considérations vagues et hésitantes qui donnent à l'orateur l'air d'un homme auquel on a bandé les yeux et qui frappe à tort et à travers. Pas de ces exordes inextricables où l'on parle de tout à propos d'une seule chose et qui font dire : « Mais où en veut-il donc venir ? quel sujet va-t-il traiter ? »

Que du premier coup la question soit vigoureusement posée, qu'elle fixe les esprits et gagne les cœurs.

Ordinairement au début du discours il se fait un grand silence et un calme profond, tous les yeux sont attachés sur vous : voilà un des moments décisifs, frappez fortement les imaginations, enlevez cette attention que vous devrez toujours conserver, arrachez les âmes aux choses de la terre et à elles-mêmes, pour les faire vivre de votre vie pendant une demi-heure...

Soyez vif, entraînant dans l'attaque, que l'on entrevoie déjà votre force, vos moyens de défense, et les triomphes de votre vérité. Un discours bien fait peut être tout entier dans l'exorde... « Je veux, dit Montaigne, des discours qui donnent la première charge dans le plus fort du doute. Je cherche des raisons bonnes et fermes d'arrivée. »

Après cela un mot au cœur, afin qu'il ne conseille pas trop mal l'esprit; mais quelque chose de vrai, de cordial qui ouvre l'âme et qui, avec une contenance simple et modeste, révèle un orateur tout ami de son auditoire... En cela, consultez le sujet. Vous prêchez sur la charité pour les pauvres : « Je viens plaider devant vous une cause que je n'aurai pas de mal à gagner, je connais votre charité. Aujourd'hui ce ne sera pas la parole qui réprimande et qui gronde, mais la parole qui encourage et qui bénit. »

Vous avez une dure vérité à prêcher : « Vous me permettrez de vous dire la vérité, vous aimez la vérité. Le peuple n'a jamais été son ennemi... vous autres vous ne vous contentez pas de demi-vérité; il vous faut mieux, aussi je me ferai un devoir de vous la dire tout entière avec une liberté tout apostolique, mais avec une charité toute chrétienne.

En un mot, avoir ce doux mélange de force et de bonté qui sied si bien à celui qui parle au nom de Dieu, se faire aimer, être mère; à l'exemple de saint Paul, être non comme celui qui commande, mais comme celui qui sert; se baisser avec indulgence vers toutes les âmes, les ramasser au sein des douleurs et des passions de la vie, puis les porter à la vérité, à la vertu, au ciel...

Dans les grands sermons c'est un usage vénérable de réciter l'*Ave Maria*; c'est toujours chose très-édifiante de suivre cette coutume; mais ne faites pas d'invocation au Saint-Esprit ou à la sainte Vierge si vous n'êtes bien sûr de la dire avec onction et avec l'accent de la vérité; ici les choses vont souvent à contre-sens: l'un invoque le ciel et regarde la terre; l'autre, au lieu de l'attitude de la prière, a l'attitude de la menace, et ressemble beaucoup à un homme qui demande la bourse ou la vie.

Il doit y avoir de l'ordre dans le discours, et les idées doivent être liées et s'entre soutenir. Mais il ne faut pas se faire une règle invariable de toujours suivre ces divisions catégoriques qui hachent nécessairement une vérité en deux ou trois parties, lesquelles doivent encore être hachées en deux ou trois tronçons de vérité, ce qui donne à l'orateur l'air d'un homme qui s'amuse à démonter une machine et à remettre ensuite chaque chose à sa place. Les saints Pères ne suivirent pas ordinairement cette marche; du reste tous les discours ne peuvent être ainsi coupés, la matière ne le permet pas toujours, et l'intérêt y perd beaucoup .. Tous les sermons paraissent taillés sur le même patron, et dès les premiers mots l'auditeur se dit : « J'ai déjà entendu cela vingt fois et de la même façon; à quoi bon écouter? » sans compter qu'il n'est pas prudent de le mettre dans la confidence du but où on veut le mener... Il se dit : « Hélas! nous n'en sommes encore qu'à la deuxième subdivision de la première partie; que le sermon sera long! » l'ennui le prend, et adieu l'intérêt et le fruit de la divine parole.

Mieux vaut avoir une marche d'idées connue de soi seul, avec des points d'arrêt; vous entraînez l'auditeur à votre suite; il écoute, il est ému, il oublie le temps, et à la fin il n'est pas du tout fâché de vous avoir suivi. Il paraît qu'il y a déjà longtemps qu'on se plaint de cette manie de vouloir tout diviser. La Bruyère en a porté un jugement qui, à part l'exagération, compagne inséparable de la critique, pourrait trouver encore aujourd'hui son application.

« Ils ont toujours, dit-il en parlant des prédicateurs, d'une nécessité indispensable et géométrique, trois sujets admirables de vos attentions. Ils prouveront une telle chose dans la première partie de leur discours, cette autre dans la seconde partie, et cette autre encore dans la troisième : ainsi vous serez con-

vaincu d'abord d'une certaine vérité, et c'est leur
premier point ; d'une autre vérité, et c'est leur second point ; et puis d'une troisième vérité, et c'est
leur troisième point : de sorte que la première réflexion vous instruira d'un principe des plus fonda-
mentaux de votre religion, la seconde d'un autre
principe qui ne l'est pas moins, et la dernière réflexion d'un troisième et dernier principe, le plus
important de tous, qui est remis pourtant, faute de
loisir, à une autre fois ; enfin pour reprendre et
abréger cette division et former un plan... « Encore !
dites-vous ; et quelles préparations pour un discours
de trois quarts d'heure qui leur reste à faire ! plus
ils cherchent à le digérer et à l'éclaircir, plus ils
m'embrouillent. » Je vous crois sans peine, et c'est
l'effet le plus naturel de tout cet amas d'idées qui reviennent à la même, dont ils chargent sans pitié
la mémoire de leurs auditeurs. Il semble, à les voir
s'opiniâtrer à cet usage, que la grâce de la conversion
soit attachée à des énormes partitions : comment néanmoins serait-on converti par de tels apôtres, si on
ne peut qu'à peine les entendre articuler, les suivre
et ne les pas perdre de vue ? Je leur demanderais volontiers qu'au milieu de leur course impétueuse ils
voulussent plusieurs fois reprendre haleine, souffler
un peu et laisser souffler leurs auditeurs. Vains discours ! paroles perdues ! Le temps des homélies n'est
plus ; les Basile, les Chrysostome ne le ramèneraient

pas ; on passerait en d'autres diocèses pour être hors de la portée de leur voix et de leurs familières instructions. Le commun des hommes aime les phrases et les périodes, admire ce qu'il n'entend pas, se suppose instruit, content de décider entre un premier et un second point, ou entre le dernier sermon et le pénultième (1).

La division ne doit pas être cherchée ; il faut qu'elle se présente d'elle-même et sorte du sujet ou du but que l'on se propose ; par exemple, vous traitez le respect humain, établissez ces deux points : 1° il n'y a pas de honte à pratiquer la religion ; 2° y en eût-il aux yeux de certains hommes, il faut savoir la braver...

Quand il s'agit d'un dogme de la foi, devant le peuple et devant personne ne proposez cette vérité sous la forme dubitative, c'est très-dangereux ; ainsi ne dites pas : « L'âme meurt-elle avec le corps, ou bien passe-t-elle à une autre vie ? Jésus-Christ n'est-il qu'un homme, ou bien est-il le fils de Dieu ? » Servez-vous toujours de la forme affirmative et dites : « L'âme ne meurt pas avec le corps, l'âme vivra éternellement... Jésus Christ est le fils de Dieu, est Dieu lui-même. » Autrement vous avez l'air de remettre ces vérités en question et vous éveillez des doutes ; aussi un ouvrier disait en sortant d'une instruction : *Je croyais, moi, qu'il était bien sûr qu'il y a une autre*

(1) La Bruyère, *Caractères.*

vie, mais le prédicateur a dit aujourd'hui qu'il y a du pour et du contre.

Le peuple aime une puissante affirmation qui est bien sûre d'elle-même, qui n'a pas peur, qui s'impose franchement et cordialement au nom de Dieu, qui n'admet pas les *mais*, les *si*, les *car*, mais qui tombe de haut et enveloppe tout le monde dans une parfaite égalité.

Pour enseigner le christianisme, il ne faut pas suivre la voie de la discussion ; il faut que l'on sache bien que la vérité de l'Évangile n'est pas au bout d'un argument, qu'elle ne dépend ni du talent de l'orateur ni même de l'acceptation de l'auditeur, que tout cela ne fait rien à l'affaire ; la discussion le fait trop ressembler à une parole humaine. Il faut simplement exposer le christianisme tel qu'il est, mais d'une façon noble, énergique, qui, du premier coup, le fasse comprendre et aimer, et qui n'admette pas les résistances.

Cependant quelquefois vous pouvez par condescendance à l'humaine faiblesse, justifier Dieu, comme dit la divine parole, et montrer la convenance d'un dogme catholique, mais que ce soit en passant ; replacez-vous aussitôt à la hauteur d'un homme qui parle au nom de Dieu, *tanquam potestatem habens*, qui est lui-même dominé par une vérité à laquelle il ne peut rien changer ; appuyez-vous le plus souvent sur la foi ; prouvez sans dire que vous allez prouver; pour mieux combattre les erreurs, mettez l'autorité de l'homme en présence de l'autorité de Dieu.

Il y a des hommes qui disent... mais l'Évangile, lui, dit... mais ces hommes puissants par la vertu et le génie, que l'on a appelés Saints Pères, ont dit... mais l'Eglise catholique armée de son infaillible autorité a dit... mais Dieu lui-même a dit... et en présence de ces témoignages que me fait à moi une parole d'homme? Et puis je ne veux pas m'incliner, je ne m'inclinerai jamais devant une autorité d'homme; ne suis-je pas homme, moi aussi? n'ai-je pas une raison, moi aussi? il affirme, moi je nie; il nie, moi j'affirme; ma parole vaut la sienne, fût-il même ce qu'on appelle un homme de génie. Oui le génie est beau, oui je le respecte, quand il s'incline devant son maître; mais en dehors de la loi de Dieu, l'homme de génie, qu'est-ce? un pauvre petit être qui travaille et qui sue comme un mercenaire pour trouver en quarante années à peine quelques traits d'un esprit supérieur; qui, le plus souvent, a un amour-propre de femmelette; qui, de son cabinet, prétend gouverner le monde et se laisse mener par sa servante. A moi, il me faut quelque chose de mieux que cela, une autorité plus noble, plus grande, plus sûre d'elle-même.

Ayez là toujours Dieu à côté de vous, retranchez-vous derrière l'autorité de Dieu, effacez l'homme et montrez Dieu, imposez silence à la terre et faites parler Dieu, mais avec force et bonté.

Malheureusement on ne s'est pas tenu dans ces hauteurs : on a trop humanisé la divine parole, on l'a trop faite à l'image de l'homme. Les attaques incessantes des ennemis de la religion, et peut-être aussi nos études scolastiques nous ont rendu l'humeur guerrière et querelleuse. On discute, on prouve, on démontre philosophiquement les choses du christianisme. Vous voyez sans cesse des hommes qui vont vous *prouver* ceci, qui vont vous *prouver* cela, et puis encore cette autre chose. Eh ! mon Dieu, ne le répétez pas tant et faites-le un peu mieux.

La plupart du temps, en voulant prouver certaines choses, on les obscurcit et on les déconsidère. Un orateur énonce une vérité, vous la comprenez et vous la goûtez ; il vous la démontre, alors vous la comprenez beaucoup moins et même les doutes surviennent.

Il y a quelques années surtout, nous avons été pris de la maladie des conférences dogmatiques ; tout le monde a voulu faire des conférences pour montrer la *rationabilité* du christianisme. L'épidémie a diminué, mais nous n'en sommes pas encore entièrement garantis... Que dans certaines grandes villes il y ait encore un ou deux conférenciers, c'est bien ; et encore c'est regrettable, parce que ce genre est le résultat du malheur des temps et n'est pas du tout apostoli-

que ; mais pour traiter ainsi le christianisme avec
utilité pour tous, il faut une puissance extraordinaire,
une connaissance approfondie des dogmes du christianisme, une connaissance aussi profonde du cœur
humain , des erreurs et des systèmes philosophiques,
et une précision de parole mathématique.

Il faut être bien certain que toujours on dominera
de haut les résistances et les passions, que le doute,
que le soupçon même ne pourra pas se glisser dans les
esprits ; et les hommes qui possèdent ces qualités ou
même quelques-unes à un degré élevé sont très-rares.

On n'en a pas tenu compte. Tout le monde bientôt
veut faire la philosophie du christianisme. Il n'est
pas jusqu'au tout jeune prêtre qui ne se prenne aux
dogmes les plus ardus et ne veuille s'en aller en
guerre contre ce qu'on appelle aujourd'hui les *in-
croyants*, c'est le mot dont on se sert ; il paraît que
le vieux mot est usé à force d'avoir servi, et que le
besoin d'en créer un nouveau a dû se faire sentir.

C'était vraiment chose déplorable ! Il n'y avait bientôt plus un discours même devant le peuple où il ne se
trouvât des passages pour les incrédules, des tirades
contre les incrédules, des apostrophes aux incrédules ;
on abandonnait les fidèles qui étaient là pour parler
aux incrédules qui n'y étaient pas.

Mon Dieu, où prenez-vous donc des incrédules ?
Pour moi, j'en cherche partout et je ne sais si jamais
j'en ai trouvé quelque part.

Des hommes qui se disent incrédules, qui le répètent et qui l'écrivent, qui ne seraient pas fâchés d'être incrédules, ce n'est pas rare ; mais des hommes qui soient sérieusement incrédules, qui ne trébuchent pas dans leurs négations, en trouverez-vous beaucoup, en trouverez-vous un seul même au xixᵉ siècle ? On demandait dernièrement à un saint prêtre, qui bien souvent est appelé à Paris auprès des malades des classes élevées de la société : « Mais trouvez-vous souvent des hommes qui aient cessé de croire ? » Il répondit avec une aimable bonhommie : *Mon Dieu ! ne m'en parlez pas ! depuis si longtemps que je suis appelé auprès des grands pécheurs, je n'ai pas encore eu le bonheur de mettre la main même sur un tout petit incrédule ; pour ce qui est de la foi, les hommes valent mieux que leurs paroles et leurs livres.*

Comme on l'a si bien écrit : « L'homme qui, même de bonne foi, dit : Je ne crois point, se trompe souvent : il y a bien avant dans son cœur une racine de foi qui ne sèche jamais. »

L'incrédulité réelle ne peut pas prendre en France, il y a trop de bon sens, trop de rectitude dans l'esprit français et trop de beauté morale dans l'Évangile pour que l'incrédulité absolue soit possible.

Le fond de tout cela, c'est un peu d'ignorance mêlée de beaucoup de faiblesse, et quand on vous dira : « Moi, je ne crois pas ; je ne puis pas croire, » traduisez :

« Je suis faible et j'ai peur. » Gardons-nous de les croire sur parole, ce serait n'avoir aucune connaissance du cœur humain. Un prêtre était appelé auprès d'un homme qui a beaucoup parlé et beaucoup écrit contre la religion, et il lui adressa cette question : « Mais quand vous avez écrit, étiez-vous vraiment sûr de votre incrédulité? » Et cet homme de lui répondre d'un air étonné : « Ah! Monsieur l'abbé... » Ce qui signifiait clairement que vous êtes jeune et que vous connaissez peu le cœur de l'homme!...

Non, la question entre le monde et nous n'est pas de savoir si on croira aux miracles et aux mystères du christianisme, mais bien si on pratiquera la morale évangélique ; voilà la grande question. C'est si vrai, que vous rencontrez souvent des hommes spirituels et sincères qui vous disent avec une charmante franchise : « Écoutez, il ne s'agit pas de discuter ; retranchez seulement de votre religion quelques petits commandements de Dieu et de l'Église que vous savez bien, et puis je suis des vôtres... »

Voilà le secret de l'incrédulité. Ce n'est pas la foi qui manque, c'est le courage du bien...

Qui donc nous délivrera des prédicateurs qui en veulent toujours aux incrédules, des sermons à l'adresse des incrédules? Ils nous font beaucoup de mal et très-peu de bien ; il y a là une maladresse et une erreur : à force de parler d'incrédulité aux hommes, on finira par les rendre incrédules, absolument comme

on hébète quelqu'un à force de lui répéter qu'il
n'a pas d'esprit. Et puis, aux yeux du peuple, quel
coup contre le christianisme que de lui donner à
entendre qu'une notable partie d'une grande nation a pu sérieusement contester sa divine origine!
N'est-ce pas lui suggérer la tentation de devenir incrédule aussi, puisqu'il sera en si belle et si nombreuse compagnie? Au contraire, commencez par
dire à vos auditeurs, mais avec l'accent d'une profonde conviction, que parmi eux il n'y a pas un seul
incrédule, qu'ils ont tous la foi, qu'ils croient comme
vous, qu'ils valent mieux qu'ils ne le pensent, qu'on
ne se dépouille pas de sa foi comme d'un vêtement,
que n'est pas incrédule qui veut, qu'il est affreuse-
ment difficile de devenir incrédule..., que Jésus-
Christ est trop grand dans l'histoire et dans le monde
pour que, de bonne foi, on puisse le regarder comme
un homme seulement..., et vous leur ferez du bien,
et vous serez dans le vrai...

Ils croient tous ; seulement leur foi est une foi
incomplète, blessée. Vous êtes tellement dans le
vrai, que Voltaire lui-même, tout Voltaire qu'il était,
n'a jamais pu se débarrasser de sa foi, tout le monde
le sait... Quoi! Voltaire, avec tout son esprit et si
l'on veut tout son génie, Voltaire, avec son orgueil
de démon, avec sa haine satanique de Jésus-Christ,
avec son demi-siècle de blasphèmes, Voltaire, à la tête
de la plus redoutable cohorte d'ennemis que le chris-

tianisme ait jamais eus, n'a pu tuer sa foi, et l'on voudrait que nos petits hommes du XIXe siècle, avec leur petite science et leur petite malice, pussent étouffer leur croyance quand ce géant de l'impiété n'a pu étouffer la sienne dans ses serres d'aigle...

Pour s'en convaincre, il suffit d'un peu de réflexion. Qu'est-ce que l'incrédulité ? C'est la conviction que le christianisme est faux. Or, le moyen d'avoir une conviction contre dix-huit siècles de génie et de vertu, contre l'Évangile, contre Jésus-Christ ; d'être en état de s'en aller jeter cette parole à tous ces grands hommes et à toutes ces grandes choses... « J'en suis bien sûr, vous avez trompé le monde..., vous avez menti. » Ce n'est pas possible... Dans un moment de passion, cela peut se dire, cela peut s'écrire ; mais cela ne se fait pas, cela ne peut pas se faire.

C'est donc sagesse et vérité de ne pas tant parler des incrédules. Du reste, à quoi bon la plupart du temps, les prétendus incrédules ne sont pas là à vous écouter, et ce n'est pas tant pis. Car ces sortes de sermons ne sont guère propres à les convertir ; leur amour-propre n'y est pas assez ménagé, et nous savons tous qu'ils ne se piquent pas d'humilité. Si nous voulons leur faire du bien, passons bien vite par leur esprit et allons à leur cœur, la place est plus faible de ce côté-là. Ne nous tenons pas tant sur la défensive, portons la guerre au milieu du pays ennemi; faisons du bien, faisons-en beaucoup à l'humanité, sauvons le monde, et il faudra bien après cela qu'ils croient à la divinité du christianisme. Car il est assez démontré que l'homme est radicalement impuissant à cette œuvre...

Dans un discours tout ne doit pas être également bien, également fort. Il suffit, pour le succès, de deux ou trois passages plus travaillés, plus concluants; mais de ces passages victorieux et décisifs, qui renversent les préjugés et les erreurs, et auxquels il n'y ait rien à répondre...

Il faut des intervalles pour rompre la monotonie, écueil de beaucoup de sermons; pour reposer l'esprit, pour donner au cœur le temps de se pénétrer de ce qui a été dit, pour glisser les choses familières qui font tant de bien à l'âme, pour limer les aspérités des grands mouvements, pour panser en quelque sorte les blessés; en un mot, pour être père après avoir été roi, et ravir le cœur après avoir gagné l'esprit.

C'est se tromper que de vouloir que tout soit également fort, également récité; c'est faire quelque chose qui est contre nature. De même, il ne faut pas chercher à donner toutes les preuves d'une vérité... une ou deux c'est assez, et encore la plus forte n'est pas toujours la plus concluante pour votre auditoire; choisissez celle qui fera plus d'impression, et lâchez prise lorsque votre but est atteint. Vous êtes victorieux, restez victorieux et ne vous exposez pas à un revers.

Il est des hommes qui croient n'avoir pas bien prouvé une chose, s'ils n'ont rapporté pêle-mêle toutes les preuves que tout le monde connaît; aussi après leurs discours, la question vous paraît-elle beaucoup plus embrouillée.

Quant aux objections à réfuter, il ne faut jamais énoncer que celles qui sont bien connues là où l'on parle, et ce serait un danger de les formuler d'une manière trop saillante; on pourrait blesser la foi de ses auditeurs. Mais l'objection une fois posée, réfutez-la à l'instant même par quelques paroles décisives, mordantes. Que votre réponse parte preste, saisissante, courte, presque à légal de l'objection... Pas de circonlocutions, pas de retard, pas de grâce, soyez sans miséricorde et sans pitié; qu'elle expire sur-le-champ sous les yeux de votre auditoire; que chacune de vos paroles soit un trait, un coup de poignard, ou du moins un coup de massue qui l'étourdisse! Après cela vous pourrez justifier à l'aise ces coups que vous venez de porter... Mais frappez d'abord, et puis vous vous expliquerez ensuite; autrement ne présentez jamais une objection au peuple; car si, comme on le fait trop souvent, vous commencez par dire : « Avant de réfuter cette objection, il faut d'abord poser deux principes, ou bien faire trois réflexions, » l'esprit de vos auditeurs

se met en campagne, ils n'écoutent pas vos réflexions, et de tout cela ils ne gardent que l'objection, et vous avez perdu votre temps : Dieu veuille
que vous n'ayez pas fait de mal !..

Avec le peuple il faut une péroraison forte, entraînante, chaleureuse, non d'une chaleur de tête
ou de gosier, mais d'une chaleur de l'âme; quelque
chose qui éclaire l'esprit, arrache l'assentiment au
cœur, maltraite les passions et électrise les âmes.

Prenons garde aux péroraisons banales qui ne
sont que la fin d'un discours qu'on ne sait trop
comment terminer. Il ne faut jamais laisser son auditoire sous une mauvaise impression, et soyez d'autant plus affectueux que les vérités ont été plus dures.
En un mot, que la péroraison soit sympathique,
vibrante; qu'elle contienne toute la puissance, toute
la séve, toute l'énergie du discours; qu'il y ait de
ces pensées fortes, de ces phrases en forme de pro-
verbes, qui laissent des traces, qui reviennent à l'esprit comme ces airs qu'on chante sans le vouloir,
une de ces pensées dont on dit : « Je vivrais un siècle,
que je ne l'oublierais jamais. »

CHAPITRE IV.

Le discours doit être populaire.

Mais pour faire connaître et aimer la religion, quelle doit être la parole de l'orateur chrétien?

Elle doit être avant tout 1° populaire; 2° claire; 3° courte...

Pour être efficace, toute éloquence doit être populaire. L'orateur est essentiellement l'homme de tous; il est fait surtout pour le peuple. Le peuple, voilà le maître, le juge de la véritable éloquence et le meilleur terrain à cultiver. *La marque la plus infaillible que l'on est orateur, c'est, dit Cicéron, de le paraître au peuple*; et il en était si persuadé qu'il dit : *Je veux que mon éloquence soit goûtée par le peuple.*

Ceci est encore plus vrai pour l'orateur chrétien. Il s'adresse à tous, aux petits, aux pauvres, aux ignorants comme aux savants et aux riches; et sa parole doit être comprise et goûtée par tous; il n'est libre de priver qui que ce soit de la vérité. Devant l'Evangile tout le monde est peuple, et cet Evangile bat à l'unisson de toutes les âmes. Il se baisse pour les relever, les éclairer et les consoler toutes. Aussi l'orateur vraiment populaire m'annonce dès le commencement un orateur qui n'est pas ordinaire, et qui va être puissant parce que son âme, enlacée dans la divine parole et dans l'âme du peuple, va devenir un colosse, devant lequel les savants eux-mêmes seront bien obligés de s'incliner.

Cette popularité du discours chrétien est devenue rare dans les villes surtout. Au lieu de se contenter de la vie, de la séve de cette parole évangélique qui a remué le monde, on s'est cru souvent obligé de l'habiller de philosophie, de métaphysique, de phraséologie et de rhétorique tourmentée, on a pris l'exception pour la règle; on l'a retenue captive, on l'a emprisonnée dans une terminologie que beaucoup ne comprennent pas. L'orateur parle et l'homme reste froid. Chose désolante, la parole de Dieu passe et elle ne dit rien à votre esprit, à votre cœur, même à vos oreilles.

Mais j'ai hâte de le dire, la popularité du discours ne consiste nullement à se servir d'un langage commun, trivial ou grossier; le peuple lui-même n'en veut pas et le regarde comme blessant pour son intelligence et pour sa dignité. Le peuple a beaucoup plus de tact qu'on ne le pense, il sait parfaitement ce qui convient à chacun, il a un sentiment exquis des convenances; il veut que son orateur parle mieux que lui. Le peuple aime la dignité dans la parole; aussi toutes les fois qu'il nomme de-

vant vous une chose moins élevée, il a soin d'ajouter son mot proverbial : *sauf votre respect*. Du reste,
il s'agit, dans la prédication, d'élever le peuple, il
faut donc être plus haut que lui. La façon de parler
joue un grand rôle dans la moralité de la vie.

Seulement on peut lui emprunter de temps en
temps quelques-unes de ses expressions les plus
frappantes, les plus pittoresques, même les plus
étranges, les bien encadrer et en faire le point de
départ d'un trait, d'une pensée victorieuse ; alors
elles sont d'un puissant effet. Le peuple voit par là
que vous le connaissez, que vous avez dû le visiter,
que vous savez sa vie, son travail, ses douleurs et
même ses faiblesses, et déjà il vous ouvre son cœur,
il sent qu'il est en pays de connaissance, qu'il retrouve comme un vieil ami. Chose étrange, il y a un
instinct chez le peuple qui lui fait faire ce raisonnement : « Cet homme nous connaît, donc il nous
aime, » et puis il donne volontiers sa confiance.

Du reste, c'est chose très-peu difficile d'avoir à la
fois une parole digne et une parole populaire ;
voyez la grande dame chez le petit marchand, même
chez la marchande de poisson, qui n'est pas du tout
renommée pour la distinction et la courtoisie de son
langage ; on discute le prix de l'objet en question,
on conclut l'affaire, on s'entend parfaitement, et
cependant la parole de la femme du monde est toujours restée digne et grave...

Mais la parole populaire n'est pas toute dans l'expression, c'est même la moindre part, elle est surtout dans la pensée et dans le sentiment. — Nous l'avons dit : le peuple a du bon sens, de l'esprit et du cœur..., il faut le prendre par là, entrer dans son esprit, dans son cœur, et puis y faire entrer la religion.

Le peuple a une certaine somme d'idées et de pensées, il a sa manière de saisir les choses et de les apprécier; il faut étudier tout cela, c'est le meilleur fond de l'humanité; se faire peuple en quelque sorte par la pensée, avec la science de plus; étudier les idées dont il ne se rend pas bien compte, les lui formuler en langage expressif et proverbial, comme il l'aime, et puis dans ces pensées engrener la pensée religieuse, pour l'éclairer et le relever.

Mais ce que le peuple possède par-dessus tout, c'est une richesse inexprimable de sentiments, des instincts admirables; il faut s'emparer de ce fond, le cultiver, le remuer profondément, et puis arriver avec le Christianisme et le souder comme tout naturellement à ces bons instincts et à ces nobles sentiments... Descendez dans l'âme du peuple, touchez-en les meilleures fibres, inspirez-vous de son souffle... animez vous de ses passions, je dirais presque frissonnez de sa colère. . et puis enlevez son esprit, son cœur, sa volonté; emparez-vous de ce qu'il y a de mieux en lui, et renvoyez-lui tout cela en expressions saillantes, en brûlantes effusions de cœur... qu'il pense, qu'il sente, qu'il veuille comme vous, que sa pensée ait même l'air de précéder la vôtre, tandis que vous le dominez, et que votre sermon ne soit que l'expression des meilleurs sentiments du cœur humain agrandi par la divine parole. Voilà la vraie popularité, voilà aussi la véritable puissance.

On peut entraîner les hommes bien loin par ce procédé, on peut les élever jusqu'aux plus hautes spéculations, et jusqu'à l'héroïsme. On peut alors être lettré par l'expression pourvu qu'on reste peuple par le cœur.

Il est surtout un sentiment noble et fort à cultiver, un sentiment qui peut être le point de départ des mouvements les plus sublimes et des transports les plus héroïques : c'est l'amour de la patrie. Le peuple aime la France, le peuple aime la gloire de la France, le peuple aime tout ce qui touche la France. Si donc vous voulez l'intéresser, vous faire écouter, le remuer, lui ouvrir le cœur, parlez-lui bien de la France, parlez-lui de la patrie de la terre ; après cela il vous sera facile de l'élever jusqu'à la patrie des cieux.

Un admirable exemple de cette marche nous a été donné par Monseigneur l'Archevêque de Paris dans ses visites, et il a produit un de ces effets magiques qu'on ne croirait plus de notre siècle.

Le vénérable prélat visitait une école d'adultes où

se trouvaient environ 400 jeunes gens, tous dans la fleur de l'âge et dans la force des passions. Lorsque le pontife fut placé, l'assistance tout entière entonna une hymne harmonieuse et populaire toute remplie de sentiments patriotiques ; Monseigneur en fit le point de départ de l'instruction qu'il adressa à cette ardente jeunesse, et bientôt il se fit un tel tonnerre d'applaudissements que le plafond de la salle en frémissait, sans parler des oreilles des spectateurs. Le bon Archevêque en devait être étourdi, mais n'importe, il reprit avec entraînement :

« Savez-vous pourquoi ce mot magique de patrie électrise vos cœurs? C'est, mes enfants, que la patrie est l'arche sainte de l'homme, de ses devoirs et de ses droits. C'est sa vie, c'est son berceau, c'est sa tombe, c'est tout pour lui après le ciel, dont il vient et où il doit remonter, et qui est pour cela la grande patrie, le règne de toutes les justices, la réalisation de tous les droits, la communion de toutes les âmes, de tous les bonheurs, de tous les biens. Chantez-la donc cette patrie terrestre, mais n'oubliez pas la patrie des cieux.

» Oui, chantez-la et aimez-la bien ; elle a besoin de votre amour filial, elle a besoin de vos utiles bras. Elle a saigné beaucoup, elle souffre encore : respectez-la, aidez la, consolez-la, c'est votre mère. Elle vous a donné le jour, l'instruction, le travail et la vie ; mais il faut savoir se montrer dignes de tant de bienfaits, les mériter, les conquérir et les conserver. Jeunes citoyens, soyez hommes; jeunes hommes, soyez chrétiens.

» A l'énergie où je vous vois, je reconnais les descendants de ces braves qui, à l'approche de l'ennemi, se portèrent à la frontière d'un seul bond et comme un seul homme. Ils partirent ouvriers, ouvriers plus malheureux et moins instruits que vous; et ils revinrent, vous le savez, héros victorieux, ou ils tombèrent dans la gloire.

» Si la patrie menacée avait encore à faire un appel à vos bras, oh! je serais bien tranquille! et à peine aurais-je béni sur vos jeunes têtes l'étendard aux trois couleurs, qu'il aurait bientôt repris le vol de l'aigle, et m'aurait répondu par une victoire éclatante, ou du haut des Alpes, ou des rives du Rhin! »

Il faut renoncer à peindre les frémissements que soulevait et comprimait ce discours qu'on ne voulait pas interrompre. Ils éclatèrent enfin : l'ouragan rompit tout, puis se calma soudain comme par remords d'avoir éclaté. Ce silence intelligent disait assez : Parlez encore.

« Oui, vous vaincriez l'ennemi facilement ; mais vous vaincre vous-mêmes, mais dompter vos passions, mais calmer votre fougue, mais être chrétiens, mais être vertueux, le saurez vous (1)? »

_____
(1) *Visites pastorales*, p. 136.

Oui! oui! s'écrièrent ces nobles enfants. Leur
cœur était ému : on pouvait en obtenir tout. Alors
le prélat leur exposa rapidement le bien qu'il fallait
faire, les piéges qu'il fallait redouter, les vices qu'il
fallait écraser, les passions qu'il fallait maudire ; et
l'explosion des transports redoubla. Cette brave
jeunesse ne tenait pas trop à ses erreurs et à ses faiblesses, et quoiqu'elle fût bien un peu battue, elle
applaudissait comme à un succès.

Voilà un des moyens de populariser la religion
parmi le peuple, lui parler toujours en bons termes
de la France...

Sans doute, des excès déplorables dans l'histoire
des soixante-quinze dernières années ont blessé
notre âme de prêtre, et parfois notre parole a pu
sentir l'amertune et la critique à l'égard de la
France ; c'est un tort, il faut toujours aimer son
pays et son siècle alors même qu'on est obligé de
combattre leurs préjugés et leurs erreurs, et j'aime
beaucoup la parole de l'un de nos hommes d'État les
plus chers à la religion et à la patrie (1).

Ne vous méprenez pas sur ce que je veux dire, ne
croyez pas que je veuille exagérer la critique de
notre époque. Non, mon pays et mon temps me
trouveraient plutôt leur avocat passionné que leur
détracteur prévenu, j'aime mon pays et mon temps,
car je ne sépare jamais l'un de l'autre : je crois

(1) M. de Falloux.

qu'on ne peut pas aimer l'un sans l'autre. Qui n'accepte pas l'époque dans laquelle il vit, ses charges, ses dangers, n'aime pas complétement sa patrie,
n'aime son pays que dans les temps qui ne sont plus
ou dans les temps qui ne sont pas encore; c'est dé-
courager, c'est amoindrir les forces que l'on doit
tenir à son service. Le siècle où chacun de nous vit
est tout simplement le cadre dans lequel Dieu ren-
ferme nos devoirs, la carrière qu'il ouvre et qu'il
impose à nos vertus. Étudier son siècle c'est recher-
cher ce que Dieu désire et attend de nous. »

Et puis il faut être juste, si la France a fait du
mal, que de bien elle a fait, elle fait encore tous
les jours! Elles n'ont point cessé d'être vraies parmi
nous ces paroles : *Gesta Dei per Francos*, oui, Dieu
fait encore de grandes choses par les Français. L'œuvre bénie de la Propagation de la Foi, n'est-ce pas
l'œuvre de la France? L'Archiconfrérie pour le
retour du pécheur à la maison paternelle, n'est-
ce pas l'œuvre de la France? La Société de Saint-
Vincent-de-Paul, n'est-ce pas encore une des œuvres de la France? Il y a environ huit cents Conférences dans le monde, et la France en réclame
plus de cinq cents pour sa part. Et partout où il
y a du bien à faire à l'Église, est-ce qu'on ne
trouve pas la parole, l'argent, la prière et même
l'épée de la France? Certes quand on est le citoyen
d'un tel pays, l'enfant d'une telle patrie, on a le

droit de dire un peu de bien de sa mère, surtout quand c'est pour conduire les âmes à la vertu. Réveillez donc le vieil enthousiasme français et chrétien, et remplissez les cœurs des saintes émotions de l'amour de la patrie de la terre et de la patrie des cieux.

Voilà la bonne, la vraie popularité, voilà aussi la puissance de la parole ; on est bien fort quand on a pour soi la raison et la volonté de la multitude, quand on tient l'humanité aux entrailles et qu'on possède le cœur des masses. On a beau dire, tout le monde a plus d'esprit qu'un homme quel qu'il soit, et une parole populaire vaudra toujours mieux que les spéculations, que les inventions d'un homme de science ou même d'un homme de génie.

Du reste entre la popularité et le génie il y a une sorte de parenté, l'un même ne va jamais sans l'autre ; car qu'est-ce qu'un homme de génie ? C'est un homme qui a su saisir la pensée, les aspirations, les besoins de son siècle et les a profondément incarnés dans des pages brillantes, énergiques, sympathiques; c'est un homme qui étonne et réjouit son siècle en lui disant bien ce qu'il est, ce qu'il pense, ce qu'il veut et même ce qu'il souffre. Aussi les plus belles conceptions du génie sont toujours saisies par le peuple; il y a longtemps qu'on l'a remarqué.

D'un autre côté, les pages les plus sublimes sont toujours populaires, je n'en veux citer qu'un exem-

ple que tout le monde connaît... Le prophète Isaïe
veut peindre la chute du roi de Babylone :

« Prince infortuné, dit il, votre mort a répandu
» la tranquillité et la joie sur toute la surface de la
» terre ; les sapins même, de nos forêts et les cèdres
» du Liban s'en sont réjouis, et ils ont dit : Depuis
» que vous êtes tombé, nous ne craignons plus de
» main qui vienne nous abattre : l'enfer s'est trou-
» blé à votre arrivée ; les géants endormis, ces morts
» autrefois si fameux par leur force et par leur cou-
» rage, se sont éveillés pour aller au-devant de vous.
» Tous les princes de la terre et tous les rois des
» nations se sont levés de leurs trônes. Et vous
» aussi, ont-ils dit en vous adressant la parole, vous
» avez été blessé comme nous? De quoi vous a donc
» servi votre faste et votre insupportable orgueil?
» Il est tombé avec vous, et ne vous a pas empêché
» de nous venir joindre dans ce sombre et affreux
» séjour : encore avons-nous sur vous cet avantage,
» que nous reposons dans des tombeaux dignes du
» rang que nous avons tenu dans le monde, tandis
» que votre cadavre pourrit honteusement sans sé-
» pulture et sans nom, parmi ceux que l'épée a fait
» mourir. Aussi brillant parmi les autres rois du
» monde que l'astre du matin au milieu des étoiles,
» vous abandonniez votre cœur à la plus outrée et à
» la plus folle ambition, jusqu'à vous vanter de vous
» élever dans le ciel, de placer votre trône sur les

» nuées et sur les astres du firmament, de vous as-
» seoir sur la montagne du testament et sur les ailes
» de l'aquilon : en un mot, de vous égaler au Très-
» Haut. Cependant, avec vos sublimes projets, vous
» voilà précipité dans l'enfer. Tous ceux qui vous
» apercevront dans ce profond abîme se baisseront
» pour vous envisager de plus près ; et après vous
» avoir reconnu : Est-ce donc là, diront-ils, cet
» homme qui a fait tant de bruit dans le monde, qui
» l'a rempli de désordre et de confusion, qui a
» ébranlé les empires et changé la terre en un dé-
» sert ? Non content de porter la désolation parmi les
» nations étrangères, vous avez fait sentir votre fu-
» reur à vos propres sujets. Vous n'avez pas épargné
» ce peuple même, à qui vous deviez toute votre
» grandeur ; et Babylone serait encore florissante, si
» elle n'avait pas eu le malheur de vous avoir pour
» roi. La postérité de l'impie périra avec lui ; ses en-
» fants ne sont que trop coupables par l'iniquité de
» leur père. Préparez-les au sacrifice, et qu'on les
» immole à la vengeance du Seigneur. »

Tous les grands orateurs ont été populaires, et
cela se conçoit. On ne peut être vraiment orateur,
à l'aide de son propre fonds ou à force d'études... il
faut de plus une multitude qui vous inspire, qui vous
aime, qui vous pousse, qui vous élève, qui vous
stimule même par ses critiques et par ses résistances.

Le plus grand des orateurs des temps anciens, Démosthène, fut un orateur populaire avant tout, et cette popularité seule a fait pour sa gloire autant que tout le reste. Le peuple d'Athènes était tout pour lui; il l'aimait, il le connaissait si bien, il savait sa légèreté, sa vanité, sa générosité et ses heureux élans. Il s'adressait à tout ce qu'il y a de grand et de beau dans le cœur de l'homme, non par de vaines déclamations, mais par des appels énergiques à des sentiments qu'on rougirait de ne pas avoir; il puisait ses inspirations dans le patriotisme le plus pur; sa politique, chose rare, avait sa source dans les plus intimes affections de son cœur.

Aussi comme ce peuple aimait Démosthène, comme son orateur pouvait compter sur lui !

Eschine s'était plaint que Démosthène lui avait reproché d'être l'hôte d'Alexandre. Voici comme il répond : « *Je lui reproche d'être l'hôte d'Alexandre,* a-t-il dit. Moi, te reprocher l'amitié d'Alexandre ! Comment l'aurais-tu acquise? à quel titre? Non, je ne puis te nommer ni l'ami de Philippe, ni l'hôte d'Alexandre; je ne suis pas si insensé. Les moissonneurs, les gens de salaire s'appellent-ils les amis, les hôtes de qui les paie? Il n'en est rien, absolument rien ! Mercenaire de Philippe d'abord, mercenaire d'Alexandre aujourd'hui, voilà comme je te désigne, avec tous nos auditeurs. En doutes-tu? interroge-les..., ou plutôt je le ferai pour toi. Hommes d'Athènes, que vous en semble? Eschine est-il l'hôte d'Alexandre, ou son mercenaire?... Tu entends leur réponse? »

Et saint Jean Chrysostome, il fut peut-être le plus populaire des orateurs; il ne s'amuse pas à des spéculations; il ne va pas chercher bien loin les raisons de tout ce qu'il a à dire, ce sont ses auditeurs eux-mêmes qui les lui fournissent; c'est dans leur esprit, c'est au milieu de leur cœur qu'il va les prendre; sous sa parole les choses simples se revêtent d'un accent d'éloquence qui plaît et qui touche, que le peuple comprend et que les savants admirent.

Quand il est au milieu de son auditoire, on dirait un père au sein de sa famille; il cause, il interroge, il consulte même et toujours il aime.

On sait que de son temps c'était la coutume d'applaudir le prédicateur dans l'église; il paraît qu'on ne lui ménageait pas les applaudissements, et voici en quels termes il s'en plaint :

« Croyez-moi, dit-il, d'autant plus que je ne le dirais pas si la chose n'était véritable, lorsque vous applaudissez à mes discours, il m'arrive je ne sais quelle infirmité humaine, et j'en suis tout satisfait, tout heureux... mais lorsque je suis rentré chez moi je considère que tout le fruit de ma parole s'est perdu par les applaudissements et par les louanges ; je gémis et je m'attriste, et je me dis : Quel avantage ai-je de mes travaux si mes auditeurs ne veulent pas profiter de mes discours ? J'ai même délibéré de faire une loi pour défendre tous les applaudissements et pour vous obliger de m'écouter avec silence, avec ordre et modestie... Je vous prie et je vous conjure de souffrir que je l'établisse présentement. Croyez-moi, ordonnons maintenant que nul auditeur ne fera aucun bruit pendant que le prédicateur parlera, que si quelqu'un veut admirer ce sera seulement par le silence. (On l'applaudit). Pourquoi m'applaudissez-vous encore dans le temps même que je fais une loi pour défendre cet abus ?.. Vous ne sauriez souffrir que je vous en parle ; faisons cette loi puisqu'elle nous est avantageuse... Je ne veux pas néanmoins être trop rigoureux sur ce point, de peur de passer pour incivil dans votre estime ; que si vous trouvez tant de satisfaction dans les applaudissements, je ne les empêche pas, et je vous donne un moyen plus avantageux pour faire paraître une plus grande admiration, c'est de remporter avec vous ce que vous avez entendu et de le mettre à profit... »

Lorsqu'il fut condamné à son premier exil, le peuple se pressait autour de son pasteur, décidé à en venir aux dernières extrémités plutôt que de le laisser partir. Le saint leur fit les plus touchants adieux.

« Une tempête violente, leur dit-il, m'environne de toutes parts, mais je ne crains rien parce que je suis sur un rocher inébranlable. La fureur des vagues ne pourra submerger le vaisseau de Jésus-Christ. La mort n'est pas capable de m'effrayer ; elle est un gain pour moi. Redouterai-je l'exil ? toute la terre est au Seigneur ; appréhenderai-je la perte de mes biens ? je suis entré nu sur la terre et j'en sortirai dans le même état. Je méprise les menaces et les caresses du monde. Je ne désire vivre que pour votre utilité. »

Pendant trois jours le peuple resta auprès de lui pour le défendre, et le saint pasteur, pour prévenir une sédition, s'en alla lui-même par une porte dérobée se livrer à ses ennemis. — Mais bientôt l'impératrice Eudoxie est forcée de demander elle-même le rappel du saint. « Nous n'avons plus d'empire, dit-elle, si Jean n'est rappelé. »

O'Connell, cet orateur qui a conquis une si étonnante puissance, comme il était populaire ! Je laisse parler M. de Cormenin :

« Voyez O'Connell avec son peuple, car il est véritablement son peuple : il vit de sa vie, il rit de ses joies, il saigne de ses plaies, il crie de ses douleurs. Il l'entraîne de la crainte à l'espérance, de la servitude à la liberté, du fait au droit, du droit au devoir, de la supplication à l'invective, et de la colère à la miséricorde et à la pitié. Il ordonne à tout ce peuple de s'agenouiller sur la terre et de prier, et les voilà qui s'agenouillent et qui prient ; de relever leur front vers le ciel, et ils le relèvent ; de maudire eurs tyrans, et ils les maudissent ; de chanter des hymnes à la liberté, et ils chantent ; de se découvrir et de prêter serment, la main haute, la tête nue, devant les saints Évangiles, et ils se découvrent, ils lèvent la main, ils jurent ; de signer des pétitions pour la réforme des abus, d'unir leurs forces, d'oublier leurs querelles, d'embrasser leurs frères, de pardonner à leurs ennemis, et ils signent, ils s'unissent, ils oublient, ils s'embrassent, ils pardonnent !

» Ce qui le rend incomparable aux orateurs de son pays aussi bien qu'aux vôtres, c'est que, sans aucune préméditation, et par le seul entraînement, par la seule force de sa puissante et victorieuse nature, il entre tout entier dans son sujet, et qu'il en paraît plus possédé lui-même qu'il ne le possède. Son cœur déborde, il va par bonds, par élans, jusqu'à en compter toutes les pulsations. Comme un coursier de pur sang qu'on arrête tout à coup sur ses jarrets nerveux et frémissants : ainsi O'Connell, pour s'arrêter dans la course effrénée de son éloquence, tourner court et la reprendre ; tant son génie a de présence, de ressort et de vigueur ! Vous croiriez d'abord qu'il chancelle et qu'il va succomber sous le poids du dieu intérieur qui l'agite. Puis il se relève, l'auréole au front et l'œil plein de flamme, et sa voix, qui n'a rien de mortel, commence à résonner dans les airs et à remplir tout l'espace.

» Il est poète jusqu'au lyrique, ou familier jusqu'à la causerie. Il tire à lui son auditoire, et il le transporte sur le plancher du théâtre, ou bien il en descend et se mêle parmi les spectateurs. Il ne laisse pas un seul moment la scène sans action ou sans parole. Il distribue à chacun son rôle. Lui-même il se pose en juge. Il interroge et il condamne. Le peuple ratifie, lève les mains, et croit assister à un jugement. Quelquefois O'Connell accommode le drame intérieur de la famille au drame extérieur des affaires publiques. Il fait apparaître dans ses discours son vieux père, ses ancêtres et les ancêtres du peuple... Il arrange, il improvise des narrations, des monologues, des dialogues, des prosopopées, des intermèdes, des péripéties. Il sait que l'Irlandais est à la fois rieur et mélancolique, qu'il aime à la fois les figures, le coloris et le sarcasme, et il coupe le rire par les larmes, le grandiose par le grotesque. Il attaque en masse les lords du parlement, et, les chassant de leurs tanières aristocratiques, il les traque un à un comme des bêtes fauves. Il est toujours populaire, soit que sa parole soit grave, sublime ou joviale...

» L'Irlande! Oh! comme ce nom seul prend le Saxon à la gorge!..: Mes amis, mon cœur et mon esprit vous sont connus, et je désire que vous compreniez parfaitement ceci, c'est que j'ai assez de pouvoir pour empêcher Peel et Wellington de mettre le pied sur les libertés de l'Irlande. Je n'ai que ceci à leur dire : « Nous nous retranchons dans la loi et » dans la constitution; mais n'essayez pas de mettre » notre patience à l'épreuve au-dela des bornes; car » s'il y a du danger à exaspérer même des lâches, il » y en a encore mille fois plus à exaspérer ceux qui » ne le sont pas. » (Applaudissements.) Je vous ai dit en commençant que je ne me sentais pas disposé à parler; ce n'est pas un discours que je vous adresse, c'est de l'histoire que je fais en ce moment. Le peuple a mis en moi une confiance sans bornes ; peut-être avec une modestie affectée je pourrais dire que je ne la mérite pas, je veux être plus franc : je crois la mériter. (Applaudissements. Oui! oui!) Étrange fortune que la mienne! Je crois être le seul homme vivant ou mort qui, pendant quarante ans, a joui sans interruption de la confiance et de la popularité.

» *Une voix.* Puissiez-vous en jouir encore deux fois aussi longtemps !

» *O'Connell.* C'est impossible ; car longtemps avant j'aurai comparu devant mon Dieu pour répondre de tous les actes de ma vie publique et privée.

» *Une voix.* Vous avez toujours fait votre devoir.

» *O'Connell.* Puisse le jugement de ce grand Etre être tel! (On applaudit.) Et veuillez me faire grâce de ces interruptions. (On rit.) Notre premier devoir à tous, c'est la légalité. N'allez pas croire qu'en vous donnant ce conseil je pourrais vous en-

S.

gager à vous soumettre à des violences illégales. La
violence, après tout, n'est point à craindre pour
moi, moi qui suis seul en ce monde. (*De toutes parts :*
Non, non, vous n'êtes pas seul!) Pardonnez-moi,
mes amis, je suis seul; car celle pour qui j'eusse pu
concevoir des craintes, et à qui le courage n'eût certes pas manqué, a été enlevée à mes affections. »
O'Connell prononce ces paroles avec une vive émotion, qui paraît partagée par toute l'assemblée.
Plusieurs dames portent leurs mouchoirs à leurs
yeux.)

« Si l'on ne me met pas un bâillon sur la bouche et
des menottes aux mains, je vous indiquerai toujours
le chemin le plus sûr et le plus sage à suivre : j'espère qu'il n'y aura plus de conflit. Serrons nos rangs,
épaule contre épaule, groupons-nous autour de la
constitution, et que l'Irlande ne soit pas livrée à ses
ennemis par la folie, les passions ou la trahison de
ses enfants. (Applaudissements.) »

A l'occasion il sait faire sourire son auditoire et le
repose par quelques piquantes comparaisons que
l'on ne doit pourtant pas toutes employer dans les
discours chrétiens :

« Il y avait autrefois, dit-il, à Kerry un fou (et
cela s'était vu rarement). Ce fou, ayant découvert le
nid d'une poule, attendit que la poule fût partie, et
alors il s'empara des œufs et se mit à les humer.
Quand il huma, le premier, le poulet qui était dans

la coquille se mit à piailler en descendant dans le gosier du fou. Ah! mon garçon, dit celui-ci, tu parles trop tard. (On rit.) Mes amis, je ne suis pas fou, je sais humer les œufs. (On rit.) Si l'Angleterre aujourd'hui s'avisait de me dire qu'elle veut nous rendre justice, je dirais à l'Angleterre, comme le fou de Kerry : Ma bonne, vous parlez trop tard. (Rires et applaudissements.) »

Après cela, il passe aux accents les plus élevés et les plus entraînants.

« En présence de mon Dieu, et avec le senti-
» ment le plus profond de la responsabilité qu'en-
» traînent les devoirs solennels et redoutables que
» vous m'avez deux fois imposés, Irlandais, je les
» accepte! et je puise l'assurance de les remplir, non
» dans ma force, mais dans la vôtre. Les hommes
» de Clare savent que la seule base de la liberté est
» la religion. Ils ont triomphé, parce que la voix qui
» s'élève pour la patrie avait d'abord exhalé sa prière
» au Seigneur. Maintenant des chants de liberté se
» font entendre dans nos vertes campagnes; les sons
» parcourent les collines, ils ont rempli les vallées,
» ils murmurent dans les ondes de nos fleuves, et
» nos torrents, avec leur voix de tonnerre, crient
» aux échos de nos montagnes : L'Irlande est libre! »

On conçoit l'effet magique de sa parole, il est facile à comprendre. J'emprunte encore la plume de M. de Cormenin...

« L'éloquence n'a toute son action, son action forte, sympathique, remuante, que sur le peuple. Voyez O'Connell, le plus grand, le seul orateur peut-être des temps modernes ! Comme sa voix tonnante domine et gouverne les vagues de la multitude ! Je ne suis pas Irlandais, je n'ai jamais vu O'Connell, je l'entendrais que je ne le comprendrais pas ; pourquoi donc suis-je plus ému de ses discours traduits dans une langue étrangère, décolorés, tronqués, dépouillés du prestige du geste et de la voix, que de tout ce que j'ai entendu dans mon pays? C'est qu'ils ne ressemblent pas à notre rhétorique tourmentée par la périphrase, c'est que la passion, la passion vraie l'inspire, la passion qui peut tout dire et qui dit tout. C'est qu'il m'arrache du rivage, qu'il roule avec moi et m'entraîne dans son torrent ; c'est qu'il frémit et que je frémis ; c'est qu'il s'échauffe et que je me sens brûler ; c'est qu'il pleure et que des larmes tombent de mes yeux ; c'est qu'il jette des cris de l'âme qui ravissent mon âme ; c'est qu'il m'enlève sur ses ailes et me soutient dans les saints transports de la liberté ! Sous l'impression de sa grande éloquence, j'abhorre et je déteste d'une haine furieuse les tyrans de cet infortuné pays, comme si j'étais le concitoyen d'O'Connell, et je me prends à aimer la verte Irlande presque autant que ma patrie ! »

Voilà un orateur que devrait sans cesse étudier quiconque peut faire du bien au peuple.

Il y a loin de cette parole puissante à certaines instructions pâles, métaphysiques, à ces phrases régulièrement alignées, à ces raisonnements quintessenciés. — Chez nous souvent, qu'est ce que l'orateur?... Un homme qui se tient dans ses conceptions, qui va, qui vient, qui s'élève, qui s'abaisse sur les hautes régions, tandis que dans la plaine est le pauvre auditoire, qui regarde ou même qui ne regarde pas... qui s'ennuie, qui dort ou qui cause, quand décemment il ne peut s'en aller.

Cependant il est si facile d'être populaire en France! L'esprit est si prompt!... les nobles sentiments y sont si faciles à réveiller! Et puis rendons cette justice aux classes élevées de la société, qu'elles tolèrent et aiment toujours l'orateur qui s'adresse au peuple; elles se mêlent à la foule pour applaudir et, ce qui est mieux, pour profiter. — En présence de cette éloquence, chose étonnante, le savant, l'homme d'esprit jette là ses arguments et ses préjugés, redevient peuple, pense, sent, et applaudit comme lui... Il y a deux moyens puissants de mener les hommes : — s'attaquer aux classes élevées, ou bien aller aux masses. Le dernier paraît plus puissant aujourd'hui, parce que l'opinion et la force dominent toujours là où les volontés sont faibles...

Il faut donc en revenir à la parole populaire, qui consiste simplement, pour nous servir d'une comparaison familière, à entrer par la porte du peuple, pour le faire sortir par la nôtre. La vraie popularité, la voici :

Aimer passionnément le peuple, jeter son âme dans la sienne, s'identifier à lui, penser, sentir, vouloir, aimer comme lui, réveiller ses instincts de justice, de générosité, de pitié ; remplir son âme des plus nobles pensées, exalter sous le souffle de l'Evangile ses plus saintes aspirations, et lui renvoyer tout cela en paroles brûlantes, en explosions, en saillies du cœur ; et puis, comme d'un revers de main, écraser ses erreurs, foudroyer ses vices et l'entraîner après soi quand il croit encore dominer ; l'abaisser jusqu'à l'enfer, le relever jusqu'au ciel ; en tout lui donner une si belle part, qu'il puisse presque dire avec un secret contentement : « Nous avons fait là un bien beau sermon. » Alors, votre parole sera revêtue des deux plus hautes puissances de l'univers, elle sera en même temps la voix du peuple et la voix de Dieu.

CHAPITRE V.

Clarté.

Le discours doit être clair...

Cette vérité a déjà été démontrée par ce qui précède, du moins en partie ; elle est de plus une conséquence de la nature des choses et du but de la parole évangélique. Le discours religieux qui n'est pas clair n'est ni chrétien ni français.

La parole divine doit être comprise de tout le monde, même de la pauvre bonne femme qui est blottie dans un petit coin de l'église, parce qu'elle a aussi une âme à sauver, et que son âme est aussi digne aux yeux de Dieu qu'une âme de riche ou de savant, peut-être davantage.

C'est là une des gloires du christianisme. La parole humaine ne se donne qu'à ceux qui ont assez d'intelligence pour la comprendre ou assez d'argent pour la payer ; la parole de Dieu se communique à tout le monde, et nul ne peut en être privé, sous peine, pour le prédicateur, de manquer gravement à ses devoirs. On a beaucoup accusé les professeurs qui, dans des vues d'ambition, s'attachent à quelques élèves et négligent les autres ; on a dit : C'est une

criante injustice, c'est voler l'argent des parents....
Ici il y aurait plus qu'un vol d'argent.

Nous devons tous prêcher l'Évangile; or l'Évangile est d'une splendide clarté. Si l'on remonte à l'époque où il fut prêché, au temps où les faits qui l'expliquent étaient visibles, palpables, il devait être d'une adorable clarté, et il n'est nullement étonnant que la multitude se soit écriée, lorsque le Seigneur Jésus versait sur elle les torrents de sa divine éloquence : Jamais homme n'a parlé comme cet homme.

Il y a plus; celui-là qui ne parle pas clairement ne parle pas français; car, de sa nature, la langue française est claire, limpide et franche, et la parole obscure n'est vraiment pas une parole française......
c'est tudesque, jargon ou patois; mais ce n'est pas la langue du grand peuple franc.

Aussi tous nos écrivains et tous nos orateurs les plus célèbres et les plus populaires ont eu un style clair et saisissant... Leurs passages les plus sublimes sont les plus clairs, et leurs passages les plus faibles sont les plus obscurs. Voltaire possédait cette clarté à un haut degré; c'est pour cela, en partie, qu'il a possédé une si haute influence et popularisé tant d'erreurs. Sa parole était vraiment française par l'expression et par l'intelligence, mais le cœur n'y était pas... Il avait parfaitement compris et sa langue et le peuple auquel il avait affaire. Ne pas parler clairement, c'est prouver qu'on n'a ni la science des hommes, ni la science de l'Évangile, ni même la science de ses premiers devoirs.

Mais on pourra dire : Est-ce que de temps en temps il n'est pas permis d'envelopper sa pensée, de la mettre au-dessus du vulgaire, afin de relever par là et la religion et l'orateur, aux yeux du peuple qui admire ce qu'il ne peut comprendre?

Je ne m'y oppose pas, si vous croyez qu'il y ait là quelque bien à faire, si vous ne vous sentez pas capable d'intéresser par l'exposition nette des beautés du christianisme; mais je vous avertis que cette méthode sent son charlatanisme d'un kilomètre, et le christianisme n'a pas besoin d'un pareil auxiliaire. Que cela arrive quelquefois, on peut le regarder comme une exception tolérée; mais encore sur ce point souvent l'exception a été mise à la place de la règle.

Aujourd'hui on ne parle plus guère de l'Évangile... on a bien autre chose à faire : il faut qu'on discute, qu'on traite les hautes questions philosophiques et humanitaires. Ainsi on passera une partie de son temps à parler de philosophie à des femmes et à des hommes pieux, et dans quel langage? On fera retentir la chaire de ces mots : rationalisme, philosophisme, protestantisme, matérialisme, panthéisme, socialisme; heureux encore si on ne vient mêler à tout cela : fétichisme, anthropomorphisme, vischnouisme, bouddhisme, kantisme, hégélisme, etc.

9

Aussi une femme du monde s'écriait dans un moment d'impatience : « Dieu ! qui nous délivrera des prédicateurs *en isme* ? »

Sans doute, je le répète, que quelques hommes supérieurs traitent ces questions devant des auditoires choisis, c'est bien... Mais tout le monde veut parler de philosophie, faire de la philosophie de toute chose. Nous avons la philosophie de la théologie, la philosophie des sacrements, la philosophie de la liturgie... et à quoi tout cela tend-il ? A démontrer que Dieu pourrait faire une assez bonne figure parmi les penseurs de ce temps-ci ; ce qui est très-peu prouver en faveur de Dieu...

Oui, ç'a été une véritable manie de faire de la philosophie de toute chose ; nous avons entendu traiter la philosophie du pot au feu... « Vous verrez, dit un mauvais plaisant, que nous aurons la philosophie de la chaussure. »

Aussi l'ignorance en matière de religion est désolante en haut et en bas, partout, même souvent chez les personnes qui suivent fidèlement les instructions...

Les gens du monde sont bien moins instruits des choses de la religion et même des choses de la philosophie qu'on ne le pense habituellement. On n'enseigne plus la religion : on démontre, on discute, on philosophe, mais on n'évangélise pas... ; il y a une telle ignorance chez les hommes instruits d'ailleurs, qu'ils ne seraient certainement pas jugés capables d'être admis à la première communion, même dans une campagne.

Et le monde n'est pas plus fort sur les questions philosophiques que sur les questions religieuses; il s'en occupe beaucoup moins qu'on ne le pense. Nous rencontrons certains systèmes dans des livres spéciaux, ou chez certaines personnes, et il nous semble que ces systèmes vont faire un terrible chemin dans le monde. Est-ce que la masse s'en préoccupe? La plupart du temps même les hommes d'esprit ne savent guère ce qu'on leur demande quand on en parle.

Il y a quelques années un prédicateur avait fait, dans une de nos grandes villes de France, plusieurs conférences sur le rationalisme; il en avait dit beaucoup de mal, et tout le monde trouvait qu'il parlait fort bien. Cependant la femme d'un conseiller à la cour d'appel, ennuyée d'entendre toujours parler du rationalisme, sans pouvoir deviner ce que c'était, dit un jour à son mari, grand admirateur des conférences : « Mais enfin, qu'est-ce donc que ce rationalisme dont le prédicateur parle tant? » Le mari essaya de balbutier quelques mots de réponse et finit par ajouter : « Ma foi ! je n'en sais rien ; demandez cela à M. le curé, il doit le savoir. »

Loin de traîner tous ces systèmes dans les chaires, il eût été mieux de les murer dans les livres et dans les écoles. En France ils ne sont pas dangereux, tant qu'ils restent ensevelis dans les formules où ils ont été conçus, parce que les spéculations de la philosophie n'y sont pas du tout populaires. L'esprit français est trop précis, trop actif pour se plaire à tous ces rêves et à ces systèmes creux.

La preuve pouvait se voir facilement à l'ancienne chambre des députés... Un orateur était pratique, il entrait hardiment dans le vif de la question ; alors il se faisait un profond silence... Mais s'il voulait faire de hautes considérations, se promener dans des spéculations philosophiques, les attentions s'en allaient, il se faisait un vacarme affreux, et le pauvre orateur en était réduit à demander du silence et de l'attention à M. le président qui, plus d'une fois, lui répondait que ces choses ne dépendaient pas de lui... C'était une curieuse étude à faire...

Le Français est, en général, un homme essentiellement pratique.

Il est vrai que nous avons de temps en temps quelques prétentions à la profondeur ; mais c'est maladie ou fantaisie du moment, et cela ne peut durer. Nous sommes comme certains hommes supérieurs qui aiment à affecter une spécialité qu'ils ne possèdent pas le moins du monde, et qui se trouvent plus honorés d'un compliment reçu pour un talent qu'ils n'ont pas que de tous ceux qu'on leur adresse pour un talent réel, éminent.

Donc, pour combattre cette tendance et ces systè-

mes, gardons-nous bien de faire assaut de paroles né-
buleuses, de lourde métaphysique ; traînons tout cela
au grand jour de l'Évangile, disséquons ces systèmes,
traduisons-les en bon français, et bientôt tout aura
disparu. Et puis prenons-y garde, la vérité ne se
comprend bien qu'avec le cœur, la vérité évangélique surtout. On veut toujours raisonner ; ne savons-
nous pas que la raison toute seule est vaniteuse, de
mauvaise foi, hargneuse et parfois impitoyable, et
que de toujours faire appel à la raison, c'est perdre
son temps, engendrer l'ignorance la plus déplorable
en fait de religion.

Le peuple aime beaucoup à comprendre : cela le
relève à ses propres yeux et c'est une jouissance ; ici
il est actif, et quand on l'étonne il n'est que passif,
sans compter qu'il s'en retourne avec son ignorance.

Un prédicateur donnait une station dans une ville, et un jour en se promenant il rencontra une
pauvre bonne femme ; sa vue produisit sur elle
une visible impression de joie qui se manifesta
bientôt par ces paroles : « Que je suis contente de
vous rencontrer ! Il faut que je vous dise que je vais
à vos sermons et que je les comprends ; oui, le croi-
riez-vous ? moi, je comprends vos sermons. Tout le
monde dit que vous êtes savant, mais moi je ne le
crois pas ; parce que, quand M. le curé et nos vicaires
prêchent, je n'y comprends rien du tout, et quand
vous prêchez je comprends presque tout ce que vous

dites : si vous étiez savant, une imbécile comme moi ne vous comprendrait pas... »

Il faut donc revenir à l'exposition claire, limpide, nette et vivante de l'Évangile ; la religion ainsi montrée est toujours aimée. Pour cela il faut étudier beaucoup ; mais quand on connaît le christianisme de la bonne façon et quand on sait bien à qui l'on a affaire, il est possible de saisir tous les esprits et de ravir les cœurs, il est facile de se mettre à la portée de toutes les intelligences. Il faut voir nos grands orateurs parler à des ouvriers... les visages sont en-flammés, les yeux étincelants, les poitrines sont ar-dentes : on comprend, on est remué, on applaudit.

Pour arriver à cette clarté, la parole étant le véhi-cule de la pensée, il ne faut jamais se servir d'expres-sions qui ne puissent être comprises de tout le monde. Il y a dans la langue des termes qui sont communs aux classes lettrées et à celles qui ne le sont pas ; ces termes seuls doivent être employés. Ainsi jamais de terminologie scientifique, philosophique, technique, théologique ni même ascétique, elle ne serait pas comprise. Notre siècle n'est pas fort sur les choses spirituelles ; c'est un langage qu'il ne cherche plus même à entendre, il n'en sent pas la nécessité.

Jamais de ces phrases toutes faites, de ces tournu-res cent fois rebattues, qui courent l'une après l'autre dans tous les sermonnaires depuis 150 ans.. : c'est un langage usé qui ne dit plus rien, qui est impropre à

porter une pensée. Chassez les de votre plume et de
votre bouche, tâchez de vous en donner le dégoût,
la haine : c'est plus inintelligible que du latin et
même du grec. Peut-être serait-il bon de ne pas lire
de sermonnaires, parce qu'on y prend malgré soi
ces tournures banales qui se présentent sans cesse
à vous quand vous ne savez que dire, et parce que
l'on y désapprend à être naturel...

C'est une bonne chose, sans doute, de lire Bourdaloue pour la doctrine ; Bossuet, pour le trait et le
sublime ; Massillon pour le style et pour la forme,
mais c'est assez. Après cela lisez l'Écriture, les
saints Pères, les livres d'ascétisme, les ouvrages qui
vous font bien connaître votre siècle, ses besoins,
ses tendances et la manière de combattre ses passions et ses erreurs...

Il faut même se garder de vouloir prêcher comme
Bossuet, Bourdaloue ou Massillon : ils parlaient à
l'élite de la société de leur temps, ils parlaient à des
gens de cour ; et les hommes de ce temps-ci sont loin
d'avoir la connaissance de la religion qu'on avait
alors. Du reste, si ces grands orateurs vivaient aujourd'hui, tout porte à croire qu'ils ne parleraient
pas toujours comme ils parlaient dans ce temps-là.

Après la clarté dans l'expression vient la clarté
dans la pensée.

Les pensées qui servent de point de départ doivent toujours être simples, naturelles et populai-

res. Le peuple n'entend rien aux abstractions, aux spéculations de la raison, c'est pour lui un langage étranger. Il faut partir du connu pour le mener à l'inconnu. C'est la méthode mathématique et logique. Il faut partir des choses sensibles, visibles et actuelles surtout, pour l'entraîner doucement aux choses spirituelles invisibles, et de l'autre vie. De cette façon, on peut le mener bien loin et l'élever bien haut, jusqu'aux plus sublimes élans de l'âme et du cœur, lui montrer comme nous l'avons dit, par exemple, la religion, belle, bonne, aimable... puis vraie, divine, et ensuite conclure avec entraînement, énergie, à la nécessité de se soumettre à sa loi morale.

C'est chose excellente de se servir de ses expressions usuelles, habituelles et de tous les jours, pour leur donner une signification religieuse : ainsi dites-lui de mettre à la *caisse d'épargne du ciel*, de se faire membre de la grande *caisse des retraites* de l'éternité, et vous serez compris.

Monseigneur l'Archevêque de Paris dans ses visites nous fournit un délicieux modèle de cette façon de parler au peuple.

« Mes enfants, » dit-il, à des ouvriers qui s'étaient réunis dans une cour pour le voir et l'entendre, « mes enfants, tout en vous occupant de vos intérêts, de votre bonheur matériel, pour l'augmentation duquel je fais des vœux bien sincères, pensez donc aussi quelquefois à ce Dieu qui nous a créés, et en qui nous vivons. Savez-vous à quoi devient semblable l'homme qui vit sans espérance et sans Dieu? A un rouage détraqué, à une mauvaise machine qui fonctionne tout de travers, qui ne fait que gâter la besogne, qui blesse la main qu'elle devrait aider, qui force le maître à la briser, à la jeter au rebut.

» Conservez donc, chers enfants, conservez les sentiments et pratiquez les devoirs de votre dignité d'hommes; soyez des ouvriers laborieux, honnêtes, tempérants, et vous serez heureux, dans votre condition, autant qu'on le peut être ici-bas; puis, après les fatigues, viendra le repos, car nous sommes tous les journaliers du bon Dieu, et la vie n'est que d'un jour. Alors, enfin, nous recevrons un riche salaire et un juste dédommagement de nos peines.

» Mes enfants, je suis heureux de voir que mes paroles vous émeuvent : je regrette d'être obligé de me séparer de vous; mais, avant de vous quiter, je vous donne ma bénédiction comme le gage de ma tendresse paternelle, de toutes les grâces divines que j'appelle sur vous, sur tout ce qui vous est cher, sur vos familles et vos industries. »

Il faudrait donc montrer d'abord le côté sensible de la religion et puis entraîner jusqu'aux dogmes et jusqu'aux devoirs, et toujours rester simple, vrai, naturel. Mais ce n'est pas ce qu'on fait, on part du métaphysique, on marche dans une redondante phraséologie et on arrive à l'embrouillé.

Mais soyons juste : toute la faute n'est pas aux prédicateurs... on les pousse souvent dans cette voie. Qu'un prédicateur soit simple, vrai, naturel, évangélique, on viendra lui dire, en certains pays : Votre parole n'est pas assez élevée, ce n'est pas digne de la chaire. Un de nos bons prédicateurs prêchait dans une ville, et quelqu'un vint le trouver et lui dit : Vous parlez bien, mais vous avez un malheur, on vous comprend trop. De sorte que le pauvre prédicateur, pour entrer dans les intentions de son conseiller, se vit réduit à invoquer les lumières de l'Esprit-Saint pour obtenir la grâce de dire des choses inintelligibles... On veut quelque chose de guindé, d'académique, de gourmé, et voilà ce que l'on regarde comme un discours profond, élevé et digne : cela ressemble à de la dignité, absolument comme un suisse d'église ressemble à un général.

Qu'on regarde donc Notre Seigneur Jésus-Christ, il se connaissait en dignité celui-là ; que l'on étudie l'Évangile, est-ce qu'on y trouve de ces grands airs, ce ton roide et emphatique ? Tout y est simple, clair et profond. On dit quelquefois aujourd'hui de certains hommes : Il ne peut se mettre à la portée de tous ; il a une science trop élevée, trop profonde ; c'est-à-dire que le pauvre homme entasse pêle-mêle dans son cerveau une foule d'idées mal digérées, dont il ne peut faire une évocation régulière, et voilà tout. L'homme

vraiment profond, au contraire, est toujours clair ;
il se promène avec calme dans les plus hautes régions
de la science ; il y est à l'aise comme dans sa propre
maison ; il voit les choses et il les raconte ; il tourne
et retourne sa pensée sous mille formes, il la mettrait à la portée des plus faibles intelligences. Voyez
M. Arago : il est capable de faire comprendre, et en
fort peu de paroles, les plus hauts problèmes de l'astronomie à de tout petits enfants...

Ici encore c'est méconnaitre l'esprit français : on
aime beaucoup en France, même dans les hautes
régions de la société, ce qui est simple, naturel et
clair.

Tout le monde connaît, à Paris, un prédicateur
qui fait des instructions familières, de vrais prônes,
même dans les stations ; il y a environ vingt ans
qu'il parle, il ne se ménage pas, il parle en toute occasion. Eh bien ! néanmoins la foule du monde
élégant se presse encore autour de sa chaire : c'est
toujours la même affluence ; dans un autre genre, le
plus célèbre des prédicateurs serait usé depuis longtemps.

Il y a quelques années, est mort, à la fleur de
l'âge, un prêtre rempli de l'esprit de Dieu, qui avait
l'art de faire des instructions simples et claires.
Eh bien ! ces instructions tronquées, recueillies par
une femme, se sont vendues à des milliers d'exemplaires, à l'égal des plus célèbres conférences...

La parole claire plaît à tout le monde et fait du
bien à tous, tandis que ce qu'on appelle parole élevée amuse seulement quelques esprits et fait du bien
à peu de personnes.

Mais le meilleur moyen de faire comprendre la
vérité au peuple, c'est l'image, la comparaison ; il
parle et comprend ce langage, surtout quand les
comparaisons sont tirées de choses visibles, présentes, actuelles, et quand elles sont grandes et nobles
ou populaires; l'Écriture sainte est toute remplie de
ce genre de démonstrations. Les sermons du Père
Lejeune contiennent, dans le même genre, une riche
mine à exploiter.

O'Connell ne pouvait oublier ce moyen d'action
sur le peuple et il l'employait quelquefois de la
façon la plus pittoresque et la plus spécieuse ;

Un jour il combattait l'hérédité de la pairie : « Que
sont les lords? dit-il ; des législateurs héréditaires.
Attendu que le père était regardé comme bon légis-
lateur, le fils doit être aussi tenu pour tel ; c'est
comme si un homme voulant vous faire un habit
répondait à la question : « Etes-vous tailleur? —
Non, mais mon père l'était. » Est-il un seul d'entre
vous qui voulût employer un tailleur héréditaire
de cette espèce? Ce principe du sens commun touchant les lords deviendra populaire. Législateurs ou
tailleurs héréditaires, nous ne voulons pas de pareilles gens. Et qui rend ce principe populaire ? Les

lords eux-mêmes, qui se montrent les pires des tailleurs. » Les comparaisons tirées des choses actuelles
font surtout plus d'impression.

Ainsi tout le monde aujourd'hui parle de la vapeur et des chemins de fer : il y a là un trésor de
comparaisons, d'émotions et d'enseignements. Vous
voulez, je suppose, montrer la nécessité de vaincre
ses passions, de les contenir par la loi de Dieu,
dites : Le cœur de l'homme, c'est une terrible machine à vapeur... dont il faut se défier et qui a
besoin d'être puissamment dirigée...

Voyez la vapeur... emprisonnée dans son sillon
de fer, c'est une admirable chose : elle rapproche les
distances, développe le commerce, ajoute à la vie de
l'homme ; il y a là de quoi bénir la Providence.
Mais sortie de son sillon, mais déraillée... ô Dieu !
qu'entends-je ? que vois-je ?... J'entends des cris déchirants, des cris de détresse ; je vois du sang couler, des membres brisés, des têtes broyées, et je
détourne mes yeux d'un si horrible spectacle et je
maudis presque l'inventeur. De même le cœur de
l'homme, contenu par la loi de Dieu, est admirable,
il enfante les plus nobles et les plus sublimes vertus,
il répand des bienfaits et de bons exemples autour
de lui ; il apporte joie et bonheur au foyer domestique, il rend heureux tous ceux qui l'aiment, et en
le voyant je suis plus fier d'être homme. Mais une
fois sorti de cette loi, déraillé aussi, ô Dieu ! qu'en-

tends-je et que vois-je? J'entends des plaintes amè-
res, des cris déchirants de mère, de femme, de pauvres petits enfants! je vois le vice, le crime... et de
la honte sur le front de ceux qui l'aiment; et à la
vue de tant de bassesses, je me prendrais à jeter des
malédictions et à rougir presque d'être homme...

Enfin un dernier moyen de rendre les vérités
claires, c'est la narration; le peuple aime tant cette
manière. Il arrange tout, même les choses spirituelles, en histoires, en légendes, en faits, qu'il raconte. En cela il faut l'imiter : il faut mettre en
action une vérité dogmatique ou morale, l'attacher à
un fait, et puis la *raconter*, en faire un petit drame,
en quelque sorte. Ce moyen est puissant sur le peuple et aussi sur les lettrés, et il produit toujours un
grand effet, quand il est bien employé. Les *Paroles
d'un croyant* lui ont dû une partie de leur retentissement. Il faut des faits aux peuples et souvent rien
que des faits. Aussi l'Evangile raconte, et ne discute
que très-peu. L'Ecriture sainte est toute remplie de
ces vérités mises en scènes et rendues palpables.

Le prophète Isaïe veut démontrer la sottise de
l'idolâtrie et il parle ainsi :

« Un ouvrier mortel a fait ces divinités éphé-
» mères;... il a coupé des cèdres, abattu quelque
» yeuse, ou renversé des chênes parmi les arbres
» d'une forêt; peut-être encore a-t-il fait choix d'un
» pin qu'il avait planté lui-même et que la pluie a

» nourri. Il en a pris une moitié pour la livrer aux
» flammes ; du feu qu'elle alimentait il a fait cuire
» sa nourriture ; il s'est rassasié, s'est chauffé, puis
» il a dit : Va ! je n'ai plus froid ; assez longtemps
» j'ai tenu le foyer ! Alors, prenant les restes de cette
» tige mutilée, il en a tiré une statue et l'a transfor-
» mée en dieu ; il s'incline devant elle ; il l'adore ; il
» la prie en s'écriant : Délivre-moi, tu es mon dieu !
» Misérables ! qui ne se rappellent pas ce qu'ils ont
» fait l'heure qui précéda, et ne savent pas se dire :
» Mais j'en ai brûlé la moitié ; la viande et le pain de
» ma table ont rôti sur les charbons qu'elle a formés ;
» et j'irais me créer une idole des débris qui demeu-
» rent ! Je me prosternerais devant une tige déchi-
» rée ! Mais non ; le cœur insensé de l'homme a pris
» la poussière pour son partage ; et le voilà qui se
» courbe devant ce tronc sans vie ! »

Le Père Lejeune, à part certaines expressions et
certaines tournures vieillies ou étranges, a en ce
genre des choses charmantes, et qui devaient être
d'un merveilleux effet.

Il veut prouver l'énormité du péché et il raconte
ainsi la punition d'Adam et d'Ève.

« Représentez-vous donc le pauvre homme et sa
femme sortant du paradis terrestre, le bâton à la
main, sans en rien emporter que deux peaux d'animaux, que le juge leur donna par compassion pour
couvrir leur nudité ; ils se trouvent au milieu des

champs, comme s'ils fussent tombés des nues, expo-
sés aux injures du temps, aux attaques des bêtes
sauvages, aux infirmités de leur nature, sans maison, sans lit, sans linge, sans pain, sans chapeau,
sans chausses ni souliers, sans fil ni aiguille, sans
couteau ni marteau, et sans autres instruments que
leurs pauvres bras ; ils ramassent des pierres comme
ils peuvent, ils en font une chambre basse, qu'ils
cimentent avec de la boue, ils la couvrent de quelques branches d'arbres qu'ils rompent avec leurs
mains, car ils n'avaient ni scie ni cognée ; ils recueil-
lent des feuilles pour leur servir de couche, ils vivent des fruits et du blé qu'ils arrachent ; mais si
aux années suivantes ils en veulent avoir, il faut
qu'ils labourent la terre, ou, pour mieux dire, qu'ils
la déchirent avec quelque bâton, n'ayant point
d'autre bêche. Quelle incommodité, quand la femme
accouchant de son premier enfant commença à sentir
les douleurs de l'enfantement, qu'on n'avait jamais
éprouvées ; quand elle vit son fruit au monde, tout
sale, gémissant, tremblant de froid, et qu'elle se vit
sans langes, sans berceau, sans bonnet, sans bande-
lettes et sans les autres accommodements nécessaires
aux femmes accouchées et aux enfants nouveau-
nés ! Comment connut-elle sa faute !

» Mais quand tous deux virent leur fils Abel, un
jeune homme beau comme un astre, doux comme un
agneau et dévot comme un ange, étendu roide mort

sur la terre, tout souillé de son sang, horrible et affreux par ses blessures, la vive couleur de son visage effacée, ses joues pâles, ses lèvres livides, ses
yeux qui brillaient auparavant entièrement éteints
et amortis; d'abord ils n'eurent pas la pensée qu'il
fût mort, parce qu'ils n'en avaient jamais vu; mais
s'approchant de lui, ils lui disent : « Abel, que faites-
vous là? Qui vous a ainsi accommodé? » Abel ne dit
mot. « Mon cher Abel, ne dites-vous rien? Mon fils,
mon cœur, répondez donc. » Abel n'a plus de paroles,
plus de voix, plus de vue, plus de mouvement. Abel
un peu après commence à se corrompre, il devient
puant et infect, il oblige son père et sa mère à le
couvrir de terre; mais quand ils virent que c'était
leur péché qui avait ouvert la porte et donné entrée
à la mort, quels regrets, quels déplaisirs, quelles
larmes, quelle colère contre l'arbre funeste, contre
le tentateur, et contre eux-mêmes, et contre
tout ce qui avait coopéré à leur désobéissance! Que
ne l'avons-nous arraché, cet arbre? que ne l'avons-
nous jeté au feu pour n'être pas en danger d'en cueil-
lir le fruit? Que ne sommes-nous sortis du paradis
terrestre? Que ne sommes-nous allés au bout du
monde pour nous éloigner de l'occasion d'un mal
si terrible et épouvantable? Que ne me suis-je crevé
les yeux plutôt que de regarder ce qu'il ne m'était
pas permis de connaître? Malavisée que j'ai été,
comment me suis-je amusée à parlementer avec le

serpent? Menteur, tu me disais que nous serions
comme des dieux, et nous sommes plus humiliés et
plus misérables que de pauvres bêtes !

» Ainsi quand vous serez en enfer, vous aurez des
regrets, vous vous lamenterez, vous ferez des souhaits
et il ne sera plus temps; vous enragerez de dépit
et de colère contre tout ce qui aura servi à votre
damnation. Hé! que n'ai-je coupé ma langue quand
on me prêchait si souvent que mes jurements me
damneraient, et que n'ai-je plombé et meurtri de
coups ce sein scandaleux? Que n'ai-je tourné le dos
à ce jeune homme quand il me parlait de mon dés-
honneur? Que n'ai-je jeté au feu les papiers de ce
procès que je poursuivais injustement, la cédule et
l'obligation de ce pauvre homme qui me payait l'u-
sure de l'argent prêté à intérêt? Que ne suis-je sorti
de la ville et de la province; que ne suis-je allé au
fond du Canada plutôt que de demeurer dans l'occasion du péché? »

Enfin qu'il me soit permis de citer un exemple
plus récent :

M. l'abbé Ledreuil, parlant aux ouvriers, veut
leur démontrer qu'il ne faut pas envier le sort des
riches, et que l'ouvrier lui-même a ses joies et son
bonheur...

Et il s'exprime à peu près ainsi; je lui demande
pardon d'abréger et de défigurer son instruction :

« Mes amis, ne portez pas envie aux riches et ne

les croyez pas heureux parce qu'ils n'ont rien à faire.
Les riches doivent tous travailler, à leur façon, sous
peine d'être malheureux, sous peine de trainer sur
la terre une misérable existence. Aussi la plupart
d'entre eux se condamnent au travail comme vous...
et celui qui ne veut pas travailler, savez-vous bien
à quoi il passe sa vie, ce qu'il fait du matin au soir ?
il s'ennuie... il bâille...

» Le matin il a à peine commencé à s'habiller qu'il
s'arrête : il est si fatigué ! il cherche à dilater ses
membres, et il bâille...

» Après cela il faut se mettre à sa toilette : c'est une
grosse affaire. Il entre dans son cabinet de toilette,
vraie boutique de parfumerie ; il regarde tout cela,
et il bâille...

» Vient le déjeuner, il se rend à la salle à manger,
il regarde les mets servis, il ne sait lesquels choisir,
il n'a pas faim, le pauvre homme, et il bâille...

» Après le déjeuner il prend un journal, il le par-
court ; ah ! la politique ce n'est guère amusant : alors
plus que jamais, il bâille.

» Vers midi, une heure, il faut sortir, et il se dit :
Où vais-je aller aujourd'hui ? chez madame une telle ?
ce n'est pas possible, elle est aux eaux. Allons chez
monsieur un tel... à propos, il est à la campagne ; et
il bâille.

» Faute de mieux il accepte la promenade publique ; il rencontre un ami digne de lui, on se serre le

bout du doigt de peur de se faire mal, on met la main au petit bout de son chapeau, on se regarde, et puis ensemble, à qui mieux mieux, on bâille...

» Il va ensuite s'asseoir sur une chaise, il ajuste ses pieds dans les bâtons d'une autre chaise, il se met à l'aise, il ne pense à rien, regarde en l'air ou mord la pomme de sa canne, et puis il bâille.

» Le soir il va au théâtre, s'étend dans sa loge, examine, écoute, et il bâille...

» Après cela il rentre chez lui bien tard; il est fatigué, il a besoin de dormir et il finit par où il a commencé, il bâille.

» Voyez l'ouvrier : lui, il se lève prestement et s'en va de grand matin à son travail, il chante ou il siffle...

» Le déjeuner arrive, il n'examine pas longtemps le mets qu'il va choisir, il n'y en a que d'une espèce; il ne bâille pas, celui là, il mange et de bon appétit, et ainsi de suite pour le reste de la journée.

» Mes amis, ne soyez donc pas malheureux de votre position, ne dites pas : Si j'étais donc riche pour me reposer ! le travail est un bienfait. Oh ! non, ne portez pas envie aux riches, remerciez Dieu de ce qu'il a fait pour vous. L'ouvrier honnête et laborieux qui a de la probité et du cœur est l'enfant gâté de la Providence. »

CHAPITRE VI.

Le sermon doit être court.

« Les longs discours nous ennuient, a dit M. de Cormenin, et lorsque le Français s'ennuie il quitte la place et s'en va ; s'il ne peut s'en aller, il reste et cause; s'il ne peut causer, il bâille et s'endort, » et en tout cas il se dit : Je ne reviendrai pas...

Le sermon doit donc être court; à tout prix il ne faut pas ennuyer : l'ennui est mortel en France, on ne pardonne pas. On a dit : Il y a deux choses qui ne sont pas permises en France : être ridicule et être ennuyeux. Malheureusement la première chose est permise aujourd'hui et il y a bien des gens qui en usent et même qui en abusent; mais sur l'article de l'ennui, on est resté inflexible, implacable ; l'homme qui ennuie est fui et détesté... Il faut prendre garde de provoquer ce sentiment à l'occasion de la religion, d'autant plus que presque toutes les âmes recèlent un fonds d'ennui qui se réveille surtout lorsqu'elles sont mises en contact avec les choses sérieuses.

Du reste, pourquoi parler si longuement? Je ne sais comment il se fait qu'on s'est laissé entraîner aux longs discours? A quoi bon ? Pour quel motif? Nous parlons au nom de Dieu ; or, la puissance et la majesté sont toujours sobres de paroles, et ces paroles n'en sont que plus efficaces. Notre Seigneur Jésus-Christ, notre maître à tous, était court dans ses instructions, et il ne paraît pas que le discours sur la montagne qui a révolutionné le monde ait duré une demi-heure. Les Saints Pères étaient courts dans leurs homélies et saint Ambroise a dit : *Nec nimium prolixus sit sermo ne fastidium pariat, semihoræ tempus communi'er non excedat.* Saint François de Sales veut des instructions courtes et dit que la longueur était le défaut le plus général des prédicateurs de son temps.

« Le bon saint François, dit-il, ordonne dans sa règle aux prédicateurs de son ordre d'être courts.

» Croyez-moi, c'est par expérience et longue expérience que je vous dis ceci : Plus vous direz, et moins l'on retiendra. Moins vous direz, plus on profitera : à force de charger la mémoire des auditeurs on la démolit, comme on éteint les lampes quand on y met trop d'huile, et on suffoque les plantes en les arrosant démesurément.

» Quand un discours est trop long, la fin fait oublier le milieu, et le milieu le commencement.

» Les médiocres prédicateurs sont recevables, pourvu qu'ils soient courts ; et les excellents sont à charge quand ils sont trop longs. »

Prêcher longtemps, n'est-ce pas viser à la prétention de mieux faire que ces hommes remplis à un si haut degré de l'esprit du christianisme?

D'un autre côté, nous avons affaire au peuple le plus intelligent, le plus spirituel et le plus sensible du monde; il comprend les choses à demi-mot, il les devine même souvent; vous avez à peine parlé que son âme est remuée, aime ou repousse, et on l'accable de longues et lourdes démonstrations; ici encore ce n'est pas savoir son peuple, c'est faire preuve d'ignorance malgré toute sa science, et créer l'antipathie. Le Français ne veut pas qu'on le traite en Allemand, il ne veut pas qu'on lui dise tout et qu'on le prive du plaisir de trouver lui-même la vérité. Ouvrez la veine, lancez son imagination et son cœur sur le chemin de cette vérité, et seul il ira plus vite et plus loin que vous. Rien ne nuit à l'intelligence, au sentiment et à l'effusion de la pensée, comme l'exubérance de mots et même d'idées.

Un ouvrier de beaucoup d'esprit avait assisté à un sermon et on lui demanda :

— Qu'a dit le prédicateur? qu'avez-vous retenu?

— Rien du tout.

— Mais l'avez-vous entendu ?

— Parfaitement.

— Et comment se fait-il que vous n'ayez rien compris?

— Ah ! répondit-il dans un langage original et que le peuple seul sait trouver : *C'est parce que tout ce qu'il a dit, était caché derrière les mots.*

Il y a dans nos sermons trop de réminiscences des études philosophiques et scolastiques. Il semble souvent que nous parlons à une réunion de jeunes bacheliers en théologie. On ne croit pas avoir bien développé une idée si on n'a parlé trois quarts d'heure ou une heure ; c'est convenu.

On accable son auditoire sous le poids d'une érudition massive, on ne lui fera pas grâce d'une preuve, il faut qu'il les subisse toutes, et, suivant la pensée de M. de Cormenin, on viendra donner avec une preuve faible des coups de plat de sabre quand auparavant on avait donné du tranchant de son glaive par une preuve décisive. On répète ce qui a été tant de fois dit, on démontre longuement ce que tout le monde sait, ou ce que personne n'a besoin de savoir.

Il faut être doué d'une intelligence remarquable pour avoir des pensées fortes sur un même sujet, pendant une heure ; mais on ne s'en embarrasse pas le moins du monde, on bouche avec des mots les vides de la pensée, et cela s'appelle développer une idée.

En général nous sommes tous convaincus que les autres parlent trop longtemps, mais ce qui nous trompe, c'est le monde et ses flatteries.

Nous avons prêché, et le monde est bien élevé, et il ne manque pas de nous envoyer des gens qui nous disent à l'oreille que c'était fort bien, et que l'on nous eût écouté plus longtemps très-volontiers.

Mais nous savons mieux que qui que ce soit que le monde ne dit pas toujours la vérité, et plus d'une fois nous avons mal parlé de son manque de sincérité. Comment se fait-il donc que nous nous laissions prendre à ses belles paroles? En nous flattant, le monde fait son métier, et notre devoir à nous est de ne pas l'écouter. Car aujourd'hui il y a une conviction forte, universelle : c'est qu'en général on prêche trop longuement.

Interrogez qui vous voudrez, ennemis et amis, interrogez même les plus fervents chrétiens ; grâce à Dieu, nous avons des hommes intelligents, dévoués à la religion, admirables de charité : eh bien! interrogez-les, et ils vous répondront: « Les sermons et les offices sont trop longs. » Et si les hommes de foi et d'intelligence en sont là, où en est la masse ?

Sans doute l'intention est bonne... En prolongeant les offices et les sermons on veut procurer un plus grand bien; mais à coup sûr il n'y a là ni prudence ni charité. On répète chaque jour, et nous le disons nous-même : « La France est bien malade; » on ne peut donc lui servir la même nourriture spirituelle que si elle était en bonne santé. C'est toujours la méthode de la femme qui, voyant son mari malade, lui fait une *bonne soupe*, sous prétexte que cela le fortifiera mieux que tous les médicaments du pharmacien. Son intention est excellente ; il n'en est pas moins vrai

10

qu'au lieu de le guérir, elle peut finir par le tuer. Hélas! plus d'une fois ce résultat a été produit sur les âmes.

Un homme d'une haute portée intellectuelle, récemment converti, a avoué que l'ennui qu'il avait éprouvé pendant ses jeunes années, aux offices, l'en a tenu complétement éloigné pendant vingt ans. Nous nous plaignons de ce que les masses ne viennent plus à l'église et nous avons raison de nous en plaindre; les offices ne sont plus populaires; mais ne les en chassons-nous point un peu? Il paraît que les offices sont plus longs aujourd'hui qu'ils ne l'étaient aux xviie et xviie siècles, et il y avait beaucoup plus de foi parmi les populations.

Ce serait peut-être faire du bien à la religion, que d'abréger les sermons et les offices aussi. Pour les offices, c'est facile. On peut toujours moins prolonger le chant et le plus souvent, prenez votre musique et jetez-la par la fenêtre ou plutôt par la porte, car le premier mode ne sera pas parlementaire; ou du moins obtenez que les polkas dont votre organiste émaille le *Magnificat*, ne durent pas plus d'un quart d'heure. Quant aux sermons, il est très-facile de les abréger sans que rien n'en souffre. Retranchez les considérations banales de l'exorde, les démonstrations inutiles du corps du discours, les phrases vagues de la péroraison; coupez cette exubérance de mots, chassez les épithètes parasites, n'admettez

que celles qui triplent la force du substantif ; soyez
sobre de mots, de phrases ; économisez les mots,
comme l'avare économise les pièces de cinq francs.
Le peuple aime beaucoup les pensées formulées dans
un seul mot ; il aime ces expressions : vive!.. à bas!..
mort!.. à la porte!.. vengeance!.. liberté... justice.
Ces mots seuls le remuent souvent plus que tout un
long discours.

Du reste, il y a déjà sur ce point une grande amélioration dans beaucoup d'églises. A Paris, il se
trouve des paroisses où c'est une règle, que nul ne
prêchera plus de 40 minutes ; dans les réunions populaires, souvent il est défendu à chaque orateur de
parler plus d'un quart d'heure, et c'est là que se
fait le plus grand bien.

La brièveté est aujourd'hui une des premières
conditions du succès et du bien des âmes.

Le prédicateur qui a été le plus suivi pendant le
carême de cette année, à Paris, ne dépasse guère la
demi-heure. Il a certainement bien d'autres droits à
la vogue, mais cette qualité ne gâte rien dans cette
affaire.

Les masses sont impressionnables ; elles veulent
être remuées, mais rien ne passe vite comme une émotion. Pour les faire revenir à l'église, il faudrait des
sermons de 10 minutes, de 7 minutes, même de 5 minutes ; il faudrait que la messe avec l'instruction ne
dépassât que de très-peu la demi-heure. Ce serait un
moyen efficace de replacer la foi dans les cœurs.

Ce moyen a été tenté. L'expérience a été faite et elle a produit les résultats les plus heureux et les plus inattendus. Des curés aussi intelligents que zélés, désolés de voir que la majeure partie de leur troupeau n'entendait presque jamais la parole de Dieu et même n'allait pas à l'église, ont établi à une messe basse, dite spécialement pour les hommes, une instruction de 10 minutes, de 7 minutes, même de 5 minutes chaque dimanche... Et la foule est venue, et l'église s'est trouvée parfois trop petite. Ce n'est pas tout : on a été à la grand'messe et même jusqu'au confessionnal où on n'allait plus depuis 20, 30 et 40 ans; et cela s'est fait dans les pays chrétiens et dans des pays non chrétiens, dans les conditions les plus difficiles, dans des villes populeuses, remplies de fabriques, et cela est possible partout : il ne faut souvent qu'un homme d'initiative et de bonne volonté, pour rapprocher la foule de l'église et de la religion.

Mais on objectera ceci : Que peut-on dire en 10 minutes, en 7 minutes? beaucoup de choses, beaucoup plus qu'on ne le pense, quand on se prépare bien, quand on connaît les hommes et les choses de la religion... Est-ce qu'il ne suffit pas souvent de quelques paroles pour soulever, révolutionner les âmes et produire un immense effet ?

Les harangues de Napoléon ne duraient que quelques minutes et elles électrisaient des armées. Le discours de Bordeaux n'a pas duré un quart d'heure et il a eu un profond retentissement dans tout l'univers; plus long il eût produit moins d'impression. En quinze mois, avec un sermon de sept minutes chaque dimanche, on peut faire un cours complet de religion, si les instructions sont bien préparées.

Vous voulez réussir, avant tout fixez la durée du sermon, ne dépassez jamais l'heure, soyez inflexible. Si vous avez été trop long d'une demi-minute, demandez-en humblement pardon à votre auditoire et prouvez que dans la chaire de vérité on sait être fidèle à sa parole.

Dans votre cours d'instruction, ne suivez donc plus la vieille méthode qui consiste à commencer par les questions et les principes métaphysiques, mais suivez la marche que nous avons indiquée, allez du connu à l'inconnu...

D'abord dégagez la religion des préjugés, des passions, de tout ce qui n'est pas elle; écartez les objections et les répulsions; montrez-la belle, bonne, puis vraie, puis divine... puis obligatoire... puis arrivez aux commandements de Dieu et aux sacrements; si vous craignez que les mots *Commandements de Dieu* n'effarouchent, appelez cela les devoirs de l'honnête homme...

Quand il s'agit de composer votre sermon, méditez profondément le sujet, attachez-vous aux parties saillantes de la vérité à exposer, puis écrivez... Mais n'en restez pas là, recommencez. Vous avez quatre pages, je suppose : réduisez-les à deux; mais

10.

que toutes les pensées, que tous les sentiments forts restent... Usez de ces expressions qui à elles seules sont une pensée, de ces tournures qui saisissent les âmes, qui y burinent la vérité comme avec une pointe de fer, suivant ce que dit l'Écriture, et qui la jettent toute vivante et toute victorieuse. Rien n'est profitable comme ce travail : il cultive et assouplit l'intelligence, il apprend à connaître le Christianisme et les hommes ; il apprend à penser, il apprend à écrire...

Pendant l'Évangile montez en chaire et soyez prêt, déposez votre montre à côté de vous... et commencez ainsi : « Dimanche nous avons dit telle chose, telle chose ; continuons... » Puis entrez avec plénitude dans votre sujet ; éclairez les âmes, remuez les cœurs suivant ce qui sera dit plus tard ; l'heure arrivée, coupez court et finissez...

On vous dira, on vous écrira : « Mais parlez donc plus longtemps, mais vous avez tort... mais vous faites souffrir votre auditoire, vous le privez d'une jouissance. » Ne les écoutez pas, restez inflexible, ce sont des ennemis sans le savoir ; soyez plus fidèle que jamais à la règle que vous vous êtes prescrite. Alors on parlera de votre sermon, ce sera un vrai phénomène, tout le monde voudra aller *voir* un sermon de sept minutes ; le peuple viendra, les riches le suivront ; la foi y mènera les uns, la nouveauté y mènera les autres, et la parole divine sera toujours entendue...

Si on ne vient pas, faites un appel aux femmes, dites-leur de vous aider, et si vous voulez faire venir les femmes, annoncez que vous prêcherez spécialement pour les hommes. Le moyen est infaillible... et les hommes viendront après...

Du reste allez vous-même les chercher, visitez les ateliers, les fabriques et les chantiers; ayez d'affectueuses paroles, surtout pour les figures méchantes; en les quittant dites-leur, avec le sourire sur les lèvres, que la politesse française, à laquelle vous êtes bien sûr qu'ils ne manqueront pas, fait un devoir de rendre les visites qu'on a reçues, mais que vous les dispensez de venir chez vous, que ce sera au sermon de sept minutes qu'ils viendront vous visiter, et vous verrez que vous serez compris.

Lorsque vous aurez beaucoup d'hommes, vous leur réserverez une enceinte; les femmes se plaindront bien un peu de ce qu'on les éloigne, mais vous les apaiserez par un compliment : vous leur direz que vous connaissez leur charité et que certainement elles ne voudront pas vous empêcher d'annoncer la parole de Dieu à ceux qui en ont le plus de besoin.

Quand vous aurez bien cultivé votre auditoire, quand un grand courant de sympathie et de charité ira de lui à vous et de vous à lui, quand il se sera fait beaucoup de conversions, alors vous songerez à en envoyer quelques-uns à la grand'messe et même aux vêpres. Ne manquez pas de les féliciter : « Vous venez m'écouter, c'est bien, j'en suis si heureux ! mais cependant il y aurait quelque chose de mieux à faire : ce serait d'aller à la grand' messe; » et puis vous donnerez les motifs et vous conclurez :

« Maintenant j'espère que les hommes de bonne volonté assisteront à la grand' messe de temps en temps ; je ne veux plus à mon sermon que des gens de mauvaise volonté, de pauvres et bons pécheurs; » et vous serez écouté par un certain nombre et vous repopulariserez la religion, et quand ceux qui ne se convertiront pas tomberont malades, ils diront : Qu'on aille me chercher l'homme au sermon de sept minutes, je n'en veux pas d'autre, et Dieu sera ainsi béni, adoré...

Voilà un moyen bien simple et peu coûteux de ramener le pauvre peuple à la religion, il peut être pratiqué partout, dans les grandes villes, dans les petites villes, dans les bourgs même. Il y a là de quoi sérieusement réfléchir. Même dans les villes les plus chrétiennes à peine le tiers des habitants entendent habituellement la parole de Dieu ; c'est bien autre chose dans celles qui ne le sont pas, et cependant tous sont les brebis du pasteur, et tous ont une âme à sauver, et de plus il y a, d'après tous les théologiens, obligation *sub gravi* pour le curé de faire prêcher aux messes basses, quand la foule des fidèles ne va plus à la grand' messe. Il y a donc là un moyen de sauver les autres et de se sauver soi-même.

CHAPITRE VII.

Tact et bonté.

Ce n'est pas assez, en France, de dire de bonnes choses, il faut encore les bien dire ; c'est vrai pour tout le monde, et c'est encore plus vrai pour celui qui parle au nom de l'Évangile. Il doit suivre cette divine parole : *Soyez prudents comme des serpents et simples comme des colombes*, mais je la veux commentée par saint François de Sales : *Ah ! ma chère Philothée, je donnerais cent serpents pour une colombe.*

C'est ici le moment de réduire en pratique ce qui a été dit sur la science du peuple et sur la nécessité de l'aimer, pour lui bien parler. Il faut nous faire les Sœurs de Charité des âmes, en avoir toute la souplesse et toute la bonté... afin de nous plier à toutes les exigences de ces natures légères, faibles, vaniteuses, inconstantes, sans parler des défiances et de la malice... Notre siècle est habillé de préjugés depuis les pieds jusqu'à la tête, et quand on en brise un, il s'en trouve aussitôt un autre pour prendre sa place.

La plupart du temps on se méprend sur ce besoin

de tact à l'égard du peuple; on dit: Nous avons affaire à de petites gens, qu'est-il besoin de tant de précautions, pourquoi tant se gêner? Oui, c'est vrai; mais les petites gens sont souvent des gens fort susceptibles, et cela partout, chez les laïques et chez les ecclésiastiques aussi.

Le peuple a ses exigences, ses convenances et sa politesse à lui, qu'il faut savoir respecter, car une fois froissé il revient plus difficilement que les classes instruites et cultivées. On se plaint souvent de son auditoire, et l'auditoire ne pourrait-il point quelquefois se plaindre aussi de son orateur?... Y a-t-il toujours prudence et ménagements? Et cependant le succès dépend de ce mélange de tact et de bonté...

Avant tout il faut supposer, dans ses sermons, le peuple tel qu'on le voudrait, le relever à ses propres yeux, et le prendre par la meilleure partie de lui-même... alors vous vous trouvez tout-à-coup à l'aise, et malgré tout le désir qu'il en peut avoir, il ne saura vous résister, il y a en lui un sentiment exquis qui l'en empêche.

Un religieux donnait une mission dans une campagne, et il avait annoncé qu'à l'avenir une tribune occupée par les hommes serait réservée aux dames qui composaient le chœur de cantiques; or les hommes aimaient cette tribune et ils y tenaient; aussi le lendemain, bien longtemps avant le sermon, ils s'en étaient emparés.

Le prédicateur monte en chaire et il voit que ses prescriptions ont été fort mal observées. Que va-t il faire? commander? gronder? Il y avait de quoi pour un homme vulgaire; mais lui, en homme habile, il s'en tira par un compliment.

Il se tourna vers ceux qui occupaient la tribune et leur dit avec l'accent de la cordialité : « Mes bien chers amis, vous savez que la tribune a été destinée aux dames. Or, la politesse française veut qu'on cède toujours la place aux dames, et non pas qu'on s'en empare; et certes, d'après ce que je sais déjà, ce n'est pas chez vous, j'en suis bien sûr, que l'on manquera à cette règle.. » Et les hommes de se dire les uns aux autres : « Nous sommes perdus, la position n'est plus tenable; ah! le malin, il nous a joués, il faut s'en aller. » Et la tribune fut évacuée et cédée aux dames, à la grande satisfaction de tout le monde, même des battus. C'est ainsi qu'il faut prendre le peuple. Il eût pu faire de l'autorité à outrance, il aima mieux faire de la prudence et de la charité...

Oui, le suprême moyen de dire la vérité au peuple, de le redresser, de le changer, c'est de ne pas lui ménager les compliments quand il les a un peu mérités, c'est de lui témoigner de la confiance; ce procédé épanouit son âme, le dispose au bien, l'exalte, le *grise*, comme il dit. On ne devrait jamais le négliger, parce qu'il peut transformer même les âmes les plus rebelles.

Après la révolution de février 1848, on avait formé aux Carmes une réunion d'hommes désœuvrés. Il y avait là, industriels, faiseurs de barricades, ouvriers éternellement à la recherche du travail, gens déguenillés, débraillés, en état de complète débine. Il y en avait environ 1,200 ; on leur donnait d'abord à manger et puis on leur faisait une instruction.

Bientôt les prêtres qui leur parlaient, eurent conconquis sur cette masse redoutable un invincible ascendant, et il ne manqua pas d'hommes pour trouver que c'était trop de puissance pour des prêtres, et qu'il y avait là un danger. Donc on alla recruter ailleurs quelques mauvais sujets, que l'on paya pour siffler et troubler la réunion.

L'orateur en fut averti lorsqu'il montait en chaire. Il ne se déconcerta pas, et avant le sermon il promène un long regard de bienveillance sur l'assemblée, sur toutes ces figures sinistres et sur ces toilettes en loques, et puis de la voix sa plus expansive, il leur dit : « Quelle belle réunion, mes amis, quel bel auditoire, quel silence, quelle attention! je reconnais bien là le peuple... »

« Le P. Lacordaire prêche à Notre-Dame, aux riches, aux messieurs, et il faut des sergents de ville pour faire la police parmi ces gens-là... Ici il n'y a que du peuple et pas de sergents. Nous n'en avons pas besoin, parce que le peuple fait lui-même sa police, le peuple est sage... »

Après cela il fit son sermon et il fut écouté avec le silence le plus absolu. Jamais auditoire de religieuses ne fut plus attentif que ces hommes-là... c'était admirable : les siffleurs avaient compris qu'il n'y avait rien à faire et que ceux qui les avaient envoyés ne feraient pas leurs frais, et ils s'étaient retirés, vers la porte.

Lorsque le sermon fut fini, ils hasardèrent en s'échappant quelques coups de sifflet, mais cinquante bras vigoureux les eurent bientôt atteints et leur administrèrent une correction qui n'était pas du tout fraternelle.

En prenant les hommes ainsi, on peut les entra bien loin...

Il faut bien se garder de supposer son auditoire méchant, impie, incrédule. Le peuple n'aime pas ces qualifications, n'aime pas les reproches, ni vous non plus, cher lecteur; ils font rarement du bien et souvent beaucoup de mal.

On veut corriger un défaut, un vice, un scandale : on en peut parler en général, le maltraiter avec énergie, et puis adoucir sa parole dans l'application en disant : Voilà ce qui se fait ailleurs, et on dit même chez vous ; mais ce sont les méchants qui disent cela, et si vous l'avez fait vous ne le ferez plus; car il faut toujours donner tort au méchant ; et puis ajoutez : Du reste, il faut que je vous rende cette justice : toutes les fois que je vous ai donné un avis, j'ai tou-

11

jours eu la satisfaction de voir quelqu'un en profiter.

C'est manquer de tact, c'est manquer de charité, et c'est même d'une désolante vulgarité que de parler ainsi à son auditoire : C'est en vain que je prêche, c'est en vain que je me donne tant de peine, vous n'en devenez pas meilleurs; la foi s'en va en France... je vous abandonnerai à votre destinée... j'ai beau prêcher, on ne vient plus aux sermons... C'est vulgaire, c'est misérable, c'est au-dessous de la mission évangélique. Nous l'avons dit : saint Chrysostome ne parlait pas ainsi, c'est le moment de le rappeler... » Si vous repoussez ma parole, dit-il, je ne secouerai pas contre vous la poussière de mes pieds, non que je veuille en ce point désobéir à mon Sauveur, mais parce que la charité qu'il m'a donnée pour vous m'empêcherait de le faire... »

On ne vient pas au sermon, à qui la faute? C'est à nous de l'examiner. Mais enfin, s'il y a peu de monde, ce n'est toujours pas la faute des personnes présentes, il ne faut donc pas leur adresser des reproches, autrement quelque auditeur malin, et il s'en trouve partout, pourrait se glisser par le petit coin de votre chaire, et vous dire : Prenez garde, M. le prédicateur, vous parlez mal des absents, et vous savez mieux que moi que c'est défendu...

L'assistance est peu nombreuse et vous avez bien envie de le dire, et même un peu de vous fâcher; faites mieux : commencez par féliciter ceux qui sont là, remerciez-les cordialement de ce qu'ils sont venus vous entendre et dites-leur ensuite avec bonté que ce serait chose excellente d'amener chacun un ou deux compagnons à la prochaine réunion, et au lieu de reproches à reporter pour les absents, pour les pécheurs, chargez vos auditeurs de reporter des paroles de bonté : Dites bien, mes chers frères, à ceux qui ne viennent pas aux instructions que nous ne leur en voulons pas, que nous les aimons tous, que ce sont aussi nos enfants, et que nous ne cessons de prier Dieu pour eux. Et tout le monde sera fort édifié et Dieu en sera moins offensé...

Il est aussi imprudent de s'en aller dire à son auditoire : Il y a tant de temps que je vous prêche, vous êtes toujours les mêmes, je ne vois nul amendement, au contraire le mal augmente chaque année, je m'en lave les mains ; vous vous perdez, vous serez damnés... Le peuple n'aime pas qu'on le damne et qu'on le décourage, et puis c'est fort dangereux... Ne peut-il pas se dire : Puisqu'il paraît que je suis damné, au moins jouissons de la vie. Enfin n'y aurait-il point souvent dans le relâchement du troupeau une part pour le pasteur ?

Un curé faisait un jour cette récapitulation en chaire : Je perds mon temps avec vous, vous devenez de plus en plus impies.

La première année il n'y eut que cinq personnes qui ne communièrent pas à Pâques.

La seconde il y en eut onze.

La troisième il y en eut trente.

Enfin ç'a a toujours été en augmentant... Aujourd'hui il y en a plus de quatre-vingts. Or, après la messe, un malin paysan s'approcha du curé et lui dit tout bas : Monsieur le curé, croyez-moi, ne faites pas tant de bruit. Quand vous nous avez pris on était bons, c'est vous même qui l'avez dit, et c'est sous votre *règne* qu'on est devenu mauvais...

Il ne faut pas plus dire de ces choses banales et malheureuses : La foi s'en va... l'enfer est déchaîné sur la terre, tout le monde abandonne la religion ; mais c'est la faire abandonner aussi aux autres ; le peuple ne se sentira guère porté à pratiquer une religion dont personne ne veut plus ; il aimera autant se perdre en nombreuse compagnie.

Au contraire, il faut dire : Allez, la foi n'est pas morte. Il y a encore de bonnes âmes sur la terre, dans tous les rangs de la société, il y a des hommes admirables de religion. Si vous saviez ce qui se passe dans les villes, dans les classes élevées de la société ! On voit là des hommes, jeunes, riches, savants, occupant un poste distingué, assister avec piété aux offices, se présenter souvent à la sainte Communion, visiter les pauvres et se confesser avec la docilité de petits enfants. Et puis quelles femmes admirables ! Et ajoutez : « Allons, mes bien chers frères, il faut que nous les imitions, il ne faut pas nous laisser vaincre par eux, » et le peuple dira tout bas : « Il paraît que la religion est une bien belle chose ; » et il s'y attachera davantage.

Quant à la manière de prémunir le peuple contre les mauvais exemples et les mauvais discours de ceux qui affectent l'incrédulité, nous en avons déjà parlé, et nous allons en dire encore un mot.

En général, il faut ne pas paraître craindre ces attaques et n'y attacher que peu d'importance ; faire sentir que c'est Dieu qui a donné du talent et de l'esprit aux hommes et que c'est une preuve qu'il n'en a pas peur.

Surtout il faut appuyer sur cette pensée que ceux qui se disent incrédules ne le sont pas du tout, qu'ils valent bien mieux que leurs paroles, qu'ils ne seraient peut-être pas trop fâches d'arriver à l'incrédulité... qu'ils ont bien certaines raisons d'avoir peur de l'enfer, absolument comme d'autres ont leurs motifs d'avoir peur des gendarmes et de la police; qu'à force de répéter qu'ils sont incrédules, ils se sont figuré que cela pouvait être vrai... Dites par exemple qu'ils sont semblables aux vieux soldats de l'Empire. Ces vieux braves ont beaucoup voyagé, et quand on a été loin, on dit qu'on a le droit de broder et même d'inventer un peu. Or ils en usent largement de cette permission ; ils arrangent certaines histoires dans lesquelles ils se ménagent un assez joli rôle; ils les répètent sans cesse, et à force de les répéter, ils finissent par se persuader qu'elles sont vraies et que les faits se sont bien passés comme ils les racontent... Ceux qui veulent passer pour incrédules en sont là. Il ne faut donc pas se laisser impressionner par leurs paroles. Au fond du cœur ils sont chrétiens bien meilleurs et plus près de Dieu qu'on ne le pense. Dites surtout qu'il faut prier pour eux ; de cette façon, nul ne sera blessé, et la femme, la fille ou la mère de ces prétendus incrédules s'en retourneront plus heureuses à la pensée que toute espérance n'est pas perdue pour ceux qu'elles aiment.

Plus on doit dire de dures vérités, plus on doit y mettre de tact et de bonté, de peur de briser les âmes. Il est une erreur que l'on commet souvent : on est terrible en chaire, on tonne, on foudroie, et on est doux, on est père au confessionnal. C'était bon pour les temps de foi, mais aujourd'hui il faut faire absolument le contraire, ou vous éloignerez les cœurs. Soyez paternel dans la chaire, soyez encore paternel au confessionnal, mais de plus, soyez ferme dans les principes. Il est beaucoup de choses qui épouvantent de loin, et que l'on fait accepter dans la familière causerie du saint tribunal.

On dit quelquefois après une longue tirade ; après une sortie véhémente, on dit avec un accent qui respire bien un certain contentement de soi-même : « Je les ai poussés à bout, je les ai réduits au silence, je les ai écrasés.... » Vous les avez écrasés? Alors tant pis, vous me faites l'effet d'un homme qui

prend ses devoirs à rebours. Ce n'est pas à les écraser
que Dieu vous appelle, mais à les relever, à les sauver.
Et puis j'ai peur que ceux que vous avez écrasés ne
courent néanmoins fort vite dans la voie du mal.

Aussi faut-il adoucir les mouvements trop forts
par quelques-uns de ces bons retours... Mes frères,
pourquoi faut-il que je sois contraint de vous dire
de si dures vérités? Mais pardonnez-moi, c'est mon
devoir, ce que je vous dis me blesse moi-même......
Ou bien cette autre manière : Si je voulais, si je ne
craignais de vous faire de la peine, si je ne vous ai-
mais, je pourrais vous infliger le châtiment de l'ironie et de la défaite, je pourrais dire ceci... je pourrais dire cela, et je serais dans la vérité et dans la
justice. Mais non, je vous abandonne à votre conscience, elle vous dira plus énergiquement que moi
vos torts et vos faiblesses. J'aime mieux vous tendre
la main, j'aime mieux vous plaindre, vous sauver...

Il faut se faire le serviteur de tous...c'était la marche de saint Jean Chrysostome. « Un homme, disait-
il, qui n'est obligé d'obéir qu'à un seul maître et de
ne se soumettre qu'à une seule opinion, peut s'en ac-
quitter sans peine ; mais j'ai une infinité de maîtres,
étant obligé de servir un si grand peuple qui a tant
de différentes vues. Ce n'est pas que je porte cette
servitude avec quelque sorte d'impatience, ni que je
veuille par ce discours me défendre de l'autorité que
vous exercez sur moi en qualité de maîtres. A Dieu

ne plaise que j'aie cette pensée. Au contraire, rien n'est plus glorieux qu'une servitude si aimable. »

En effet, tout cela doit être dans un cœur de prêtre, il doit pouvoir dire avec saint Paul : J'ai été comme une mère au milieu de vous, exhortant chacun avec humilité, larmes et prières...

Vous savez qu'il y a certaine disposition à la malveillance ; vous avez peur du ridicule, mettez-vous entre les mains de votre auditoire, faites-le votre juge, et vous serez traité avec indulgence. Saint Augustin a dit : « Vous avez peur de Dieu, jetez-vous dans ses bras, et sa main ne pourra plus vous frapper. » Vous avez peur de l'esprit et des moqueries du peuple français, jetez-vous dans son cœur et ses coups de langue ne pourront plus vous atteindre...

Il y a certaines pensées et certaines expressions auxquelles on tient beaucoup en France ... progrès, liberté, lumière... n'y touchons pas sans une véritable nécessité, respectons même les illusions de nos frères quand elles ne font mal à personne ; lorsque nous sommes obligés de les combattre, que ce soit avec une courtoise et douce ironie ou avec une profonde habileté ; parlons, nous aussi, de lumières, de progrès, de liberté, et montrons que la religion seule peut mener à ces grandes choses...

Du reste, il y a amélioration sur ce point. Nous nous corrigeons et bien des yeux s'ouvrent. Nous sommes bien loin du temps où l'on ne parlait que d'avenir, de la philosophie de l'avenir, du bonheur de l'avenir, où l'on disait que la société était grosse d'avenir, grosse d'une philosophie nouvelle, voire même d'une religion nouvelle, tandis qu'elle n'était grosse de rien du tout, si ce n'est de misère, comme les événements l'ont trop bien prouvé...

Ces illusions, il ne faut pas trop les maltraiter de front, il ne faut pas imiter ce brave prédicateur qui disait : *Il paraît que nous sommes dans le siècle des lumières, soit ; alors c'est le diable qui tient la chandelle.* Au contraire, ayez l'air d'entrer dans ce courant d'idées du siècle, et retournez-le vigoureusement du côté de la religion, ou bien servez-vous des erreurs et des illusions pour relever votre auditoire.

Le révérend Père Ventura fournit un beau modèle, en ce genre, dans une de ses conférences, et sans la sainteté du lieu il eût amené une large explosion de bravos. Il voulait démontrer que l'on s'était trompé en cherchant à implanter en France les systèmes creux de la philosophie allemande, qu'elle ne peut convenir à l'esprit français, si positif, si sensé, si chrétien, et il termine ainsi : « Français, ce qui vous perd, c'est que vous ne vous estimez pas assez vous-mêmes, c'est que vous voulez imiter les étrangers lorsque vous êtes assez riches de votre propre fonds. Vous avez imité au siècle dernier la politique de l'Angleterre, et vous n'avez pas été très-heureux. Pourquoi voulez-vous emprunter une philosophie à

11.

l'Allemagne protestante ? Français, soyez vous-mêmes... Comment ! vous n'êtes pas assez riches de votre esprit, de votre talent étonnant de comparaison, de développement, de votre extrême activité à déduire les conséquences les plus éloignées des principes ? Comment ! vous n'êtes pas assez riches des vérités que dix-huit siècles de christianisme ont déposées dans votre sein, et auxquelles vous devez votre civilisation, votre grandeur ? Français, ne singez pas les autres, vous n'avez besoin que d'être vous-mêmes pour être grands. (Mouvement prolongé.)

Il faut se faire tout à tous, mais jamais il ne faut se faire paysan; il faut toujours rester simple, naturel, vrai et digne : ce sont là choses aimées de tous, des petits et surtout des grands...

Souvent de riches habitants des villes vont passer une partie de la belle saison à la campagne, et alors le curé pour relever la religion, et aussi un peu le pasteur à leurs yeux, se croit obligé de se mettre en frais de phrases et d'imagination. Ce n'est ni adroit ni apostolique : des phrases, ils en entendent bien assez dans les villes; et puis vous serez censé leur parler et vous pourriez les blesser; de plus ils penseront que vous ne savez guère bien faire votre métier.. Au contraire, n'ayez pas l'air de vous apercevoir qu'ils sont là; parlez bravement à votre peuple, comme à l'ordinaire, et néanmoins, si l'occasion s'en présente, dites-leur quelque bonne vérité, quelque bonne parabole, comme celle de l'homme à la petite brebis, du prophète Nathan, et battez le riche citadin sur le dos de vos paysans, avec bonté toutefois, et riches et pauvres seront plus contents de vous, et Dieu sera de leur avis.

Rappelez-vous que dans la petite ville le terrain est difficile, que l'on ne peut dire tout ce que l'on a dit dans la grande ville ; que les petites choses y prennent d'énormes proportions. Un de nos bons prédicateurs a complétement échoué pour n'avoir pas fait réciter l'*Ave Maria* après l'exorde, et pour n'avoir pas donné à son auditoire le temps de tousser, de cracher et de respirer un instant ; c'est à peine si l'on ne se défiait de son orthodoxie.

Dans la petite ville aussi, on aime la phrase, la rhétorique, le flon flon ; on est friand de toutes ces bagatelles, on appelle cela de la poésie et du sublime. Vous pouvez vous en servir quelquefois par forme d'accompagnement. Cependant ne vous y méprenez pas, ce n'est pas avec tout cela que vous empêcherez le brave bourgeois de médire de son prochain, de prendre d'une façon quelconque le bien d'autrui et de faire bien autre chose encore.

On est si sensible en France aux bons procédés, on pardonne tant de choses à celui qui sait les dire avec habileté !

Un célèbre prédicateur était attendu dans une église de Paris pour un sermon de charité. L'auditoire était nombreux et serré, et il voit monter M. le curé en chaire, qui annonce que l'orateur désiré est malade et qu'il va essayer de le remplacer. A cette parole, on se lève et on s'en va. Cependant le curé qui attendait, voyant la foule s'écouler, et avec elle la quête disparaître, la retint par un bon mot : *Mes frères*, dit-il, *quand tout le monde sera sorti je commencerai.* On fut enchanté, on resta, le curé fit une fort bonne instruction et la quête fut excellente.

Il nous faudrait avoir tout le savoir-vivre, toute la politesse du monde avec la sincérité de plus. Par notre naissance nous sommes presque tous enfants du peuple; ce n'est ni une faute ni une honte : c'est une ressemblance de plus avec les Apôtres. Mais notre première éducation a été négligée; le moyen de réparer cette lacune, c'est de reprendre au monde les formes qu'il a empruntées au christianisme et d'y joindre le fond. Alors nous serons des hommes puissants.

Ce siècle nous a donné un grand modèle de ce tact, de cette bonté, de cette urbanité dans la parole, en la personne du cardinal de Cheverus.

« Il parlait, dit M. Hamon (1), avec tant de tact, de modération et d'à-propos, que loin d'offenser personne, il laissait toujours son auditoire content : les uns convaincus, les autres ébranlés, tous au moins désabusés de quelques préjugés. Et quand il s'adres-

(1) *Histoire du cardinal de Cheverus.*

sait à des hommes d'une communion différente, il n'avait à la bouche que des paroles d'affection et de bonté, comme il n'avait dans le cœur que charité et bienveillance. A son air, à sa voix, à tous ses accents, l'auditoire sentait que c'était un ami qui leur parlait, et un ami non-seulement sincère, mais tendre et dévoué, qui leur voulait tout le bien possible ; et cette disposition leur rendait sa parole aimable, lui ouvrait le chemin de tous les cœurs.

» Dans le cours de la discussion, il s'attachait à ne rien laisser échapper qui pût blesser, jamais un reproche ou une invective contre ses adversaires, jamais un air de triomphe de la faiblesse de leur logique ou de la futilité de leur système ; il louait, au contraire, en eux tout ce qu'il y découvrait de bon et d'estimable, vantant dans les uns l'austère probité, la sévère morale dont ils faisaient profession, dans les autres la décence de leur église, la fidélité à observer le jour du Seigneur. Il portait même l'attention jusqu'à éviter dans ses discours l'apparence d'une controverse ou d'une réfutation, parce que, disait-il, dans toute contestation l'amour-propre se met toujours de la partie, et il a pour principe de ne jamais s'avouer vaincu ; pour cela prévenant les objections, il en donnait ordinairement la réfutation sous la forme de preuve ou d'exposé de son sujet, sans même les énoncer.

Voici donc quelle était sa marche : il commençait

par exposer clairement l'état de la question, ex-
pliquant avec netteté la vraie doctrine de l'Eglise et
éliminant tous les faux sens par lesquels les héréti-
ques l'ont travestie pour pouvoir ensuite la décrier ;
puis il présentait ses preuves sous une forme si simple, si naturelle, avec des raisons si accessibles aux
intelligences les plus communes, qu'aucun effort
d'esprit n'était nécessaire pour en sentir la force. Il
s'attachait surtout aux preuves qui parlent au cœur,
montrant tout ce qu'il y a d'aimable et de touchant,
de noble et de digne de Dieu dans les croyances ca-
tholiques ; et plus d'une fois il avait éprouvé les
heureux effets de cette méthode. »

Mais le tact et la bonté sont encore plus nécessaires là où les esprits ne sont plus calmes, où les
passions sont surexcitées. Il faut bien se posséder
soi-même pour dominer les autres.

Avant tout soyez juste. Le peuple a un sentiment
exquis de la justice, il aime tant la justice! Dans la
peinture de ses torts et de ses débordements, ne dites
pas tout le mal, et il s'accusera lui-même avec énergie ; dépassez la limite du vrai, et il se révoltera, et
vous aurez perdu toute espèce d'influence. De plus,
expliquez-lui en détail, avec bonté, le pourquoi des
choses, montrez que vous n'êtes pas du tout un ennemi, mais un bon conseiller, et il se résignera même
à souffrir.

Un homme qui fut un grand orateur nous a laissé

un parfait modèle en ce genre; il est peu connu, je ne résiste pas au désir d'en citer des fragments. Quelque temps avant la Révolution de 89, la cherté du pain avait excité des troubles à Marseille. Des excès avaient été commis, et l'exaltation des masses en faisait redouter de plus grands encore.

Mirabeau fit afficher sur tous les murs un *Avis* où se trouvaient les passages suivants :

« Mes bons amis, je vais vous dire ce que je pense sur ce qui s'est passé depuis trois jours dans votre superbe ville : écoutez-moi ; je ne désire que vous être utile et je ne veux pas vous tromper.

» Chacun de vous ne veut que le bien, parce que vous êtes tous des honnètes gens; mais chacun ne sait pas ce qu'il faut faire. On se trompe souvent, même sur son propre intérèt.

» Vous vous plaignez principalement de deux choses : du prix du pain et de celui de la viande.

» Occupons-nous premièrement du pain, et puis le reste viendra.

» Le pain est l'essentiel ; il faut deux choses pour le pain : d'abord qu'il y en ait, ensuite qu'il ne soit pas trop cher.

» Eh bien, mes bons amis, j'ai une grande nouvelle à vous donner : c'est que le blé ne manque pas au moment où je vous écris. Il y en a cinquante mille charges dans la ville, ce qui donne du pain pour trois mois et douze jours. Ce n'est pas tout, mes bons amis, vos administrateurs et les négociants en attendent encore une grande quantité.....

» Ainsi, soyez tranquilles, parfaitement tranquilles; remerciez la Providence de ce qu'elle vous donne ce que tant d'autres n'ont pas.

» Vous le savez, vous l'avez ouï dire, les saisons ont été généralement très-mauvaises dans tous les pays; on souffre ailleurs bien plus qu'ici, et cependant ceux qui souffrent prennent patience.

» J'espère donc que vous serez tous satisfaits et tranquilles et votre exemple mettra la paix partout. Oui, mes amis, on dira partout : Les Marseillais sont de braves gens. Le roi le saura, ce bon roi qu'il ne faut pas affliger, ce roi que nous invoquons sans cesse, et il vous aimera et vous estimera davantage. »

Après cela tout rentra dans le calme. Cela devait être. Le peuple ne résiste pas, ne sait pas résister à un pareil langage, à moins que des brouillons ne viennent réveiller ses colères.

Enfin, il est une chose dont je dois dire un mot... et sur laquelle il faut s'expliquer franchement avec le peuple... c'est la question d'argent pour les chaises, pour les mariages et les inhumations, c'est la différence qu'il y a là entre les pauvres et les riches.... Il y a là une cause d'éloignement de la religion dans les villes, et celui qui ne le sait pas ne connaît pas son peuple. Riches et pauvres, alors mêmes qu'ils sont chrétiens, ont besoin d'être redressés sur ce point. Leur foi n'est plus assez grande pour comprendre ces exigences, ils sont tentés de penser que l'Eglise aussi s'est laissée aller à la passion de tous, qui est l'amour de l'or. De plus, il y a chez le peuple un grand sentiment de l'égalité : il la voudrait au moins dans la religion, s'il ne la trouve ailleurs.

Aussi, quelquefois il fait à cet égard dans les ateliers des réflexions fatales pour les auditeurs : Ce n'est plus, dit-il, la religion de l'Evangile que la religion d'à présent, l'Evangile aime, préfère les pauvres, et la religion préfère les riches et encourage les voleurs.

Voilà deux hommes qui étaient nés d'une pauvre famille : l'un reste ouvrier et honnête toute sa vie : il travaille, et il meurt pauvre ; l'autre s'enrichit par toutes sortes de moyens : il vole d'une façon, il vole d'une autre, et il meurt riche. Alors on le place au beau milieu de l'église, on l'entoure de cierges et de prêtres qui chantent... Le pauvre diable, parce qu'il est resté honnête, on le met derrière le curé avec deux ou trois cierges et deux ou trois prêtres, et puis on le jette dans un coin... Et vous me ferez croire que c'est là la religion de Jésus Christ ! Non, c'est la religion des prêtres, c'est la religion de l'argent.....

Pour des hommes qui ne savent guère réfléchir et qui ne regardent guère au-delà de la vie présente, cet argument est terrible; il froisse l'instinct du peuple, et chez le peuple l'instinct c'est presque tout...; qui le tient par ses instincts, le tient bien; qui ne le tient pas par là, ne tient presque rien... Il faut lui expliquer avec indulgence et sincérité cette prétendue inégalité.

Lui dire cordialement : Cela vous blesse, mes bien chers frères, cela nous blesse aussi, nous; nous en souffrons autant que vous; mais, vous le savez bien, il y a de tristes nécessités dans la vie : l'Eglise est pauvre aujourd'hui, et cependant elle a des dépenses à faire : il faut entretenir les temples, il faut payer les employés qui donnent leur temps... il faut payer le mobilier; nous-mêmes, mes bien-aimés frères, il nous faut vivre... Voulez-vous que nous allions mendier notre pain? dites, le voulez-vous? Non, certes; si vous nous saviez dans le besoin, vous seriez les premiers à nous secourir.. dussiez-vous pour cela vous priver. De plus nous sommes obligés d'aller visiter les pauvres; voulez-vous nous condamner à la plus cruelle douleur qui soit au monde, celle de voir la misère et de ne pouvoir la soulager? dites voulez-vous nous infliger ce supplice? Eh bien! mes frères, cet argent, il sert à payer ces dépenses, à nous donner du pain, à en donner aux pauvres...

Alors, loin de vous plaindre, laissez les riches, à l'occasion du mariage ou de l'enterrement, pourvoir à tous ces besoins; laissez l'Eglise leur accorder, en

retour. quelques petites distinctions; et puis, mes
bien-aimés frères, élevons donc un peu nos âmes.
Mon Dieu, nous traînerons-nous donc toujours sur
la terre; vous le savez, cette vie n'est pas toute la
vie, il y en a une autre qui réparera les inégalités de
celle-ci et où chacun recevra suivant ses œuvres et
non suivant sa fortune. Pourquoi donc attacher tant
d'importance à toutes ces choses? Est-ce que Dieu
s'en occupe? Est-ce qu'il compte le nombre de cierges, de tapis et de fauteuils... Dieu examine si on a
été un brave et honnête homme, remplissant bien les
devoirs du citoyen et du chrétien. Soyez tout cela,
et alors, mes chers frères, il vous donnera une belle
place au ciel, ce qui vaudra mieux que la plus magnifique place dans l'église à votre mariage ou à votre
enterrement...

CHAPITRE VIII.

Intérêt, mouvement et vie.

Nous l'avons dit dans un autre chapitre : la divine parole, surtout au jour du dimanche, devrait être, pour le peuple fatigué des travaux et des soucis de la semaine, un repos, une joie, un rafraîchissement, comme dit l'Écriture... Elle devrait être pour lui ce qu'est une petite fontaine entourée de verdure pour nos soldats exténués par la marche, brûlés par le soleil et par le sable de l'Afrique.

Sous son souffle, l'âme devrait se dilater, s'épanouir et se trouver moins malheureuse. L'Évangile n'est-ce pas une *bonne nouvelle?* A la naissance du Christ, n'a-t-il pas été dit : *Je vous annonce une grande joie?*

L'instruction chrétienne devrait être une sorte de paternel entretien tout avivé de foi et de charité, une réunion de famille où l'on vient parler de ses peines, de ses travaux, de ses faiblesses, de ses espérances et des bontés du Père qui est dans les cieux. De sorte que chacun s'en retourne un peu meilleur et moins malheureux et puisse se dire : « Oh ! je suis mieux ; cette parole m'a fait du bien ; que n'a-t-il parlé un peu plus longtemps! Pendant qu'il parlait, mon âme était toute de feu. » *Nonne cor ardens erat in nobis, dum loqueretur in via?...*

Malheureusement, ce n'est plus cela : le sermon est

regardé comme quelque chose de froid, d'officiel,
d'ennuyeux, ou même comme l'accompagnement nécessaire d'un office. C'est fatigant, mais enfin pour
le bon exemple il faut bien qu'on le subisse, et encore
le plus souvent la majeure partie des fidèles est ab-
sente. Il y a là seulement de bonnes âmes, plus de
femmes que d'hommes. On s'arrange le mieux qu'on
peut avec sa double chaise et on se résigne à subir
l'instruction; après cela on dit : C'est bien, ou c'est mal;
et puis on s'en retourne absolument comme on est
venu, ne se croyant tenu à rien.

C'est vraiment un pénible métier que de prêcher.
Le pauvre prédicateur étudie, médite son sujet, compose, apprend par cœur, quel travail! Ensuite il monte
en chaire et il a la douleur de voir son auditoire dis-
trait, ayant tout l'air de quelqu'un qui s'ennuie, bienheureux si par certains mouvements de tête, on ne
lui prouve invinciblement qu'on fait toute autre chose
que d'écouter. Le sermon est regardé comme une
peine, comme une sorte de corvée; quand les fidèles
voient que l'on ne va pas prêcher, il y a une joie visible sur toutes les figures, l'on semble se dire avec bonheur : encore un sermon de passé. Aussi vous entendez
souvent dire : « Je ne vais pas aller à telle messe, on y
prêche. » C'est triste, c'est désolant pour la parole
divine.

Mais à qui la faute? est-ce la nôtre, est-ce celle des
fidèles?

D'abord il est certain qu'il y a en France une aversion décidée pour ce qui est sérieux, ce qui exige attention et violence; on ne veut plus que ce qui est
amusant. Aussi les gens les mieux rétribués chez nous
sont ceux qui amusent : ils se font des revenus fabu-
leux. S'amuser, voilà la grande question. Vous entendez
dire : « Je ne veux plus revenir, cela ne m'amuse pas. »

La maladie de l'ennui est dans l'air et dans toutes
les têtes, et tout ce qui est sérieux réveille nos douleurs. Cet ennui vient de ce qu'on s'occupe trop de
soi... on passe les trois quarts de son temps à s'ennuier
de sa personnalité: alors on veut quelque chose qui
nous en debarrasse, qui nous donne des émotions, et
on va les demander à tout ce qui est romanesque.

Puis on n'aime guère la vérite, on a peur de la vérité, on est d'une inconcevable faiblesse en face de la
vérité qui s'adresse à vous. Quand une vérité forte
s'adresse à un autre, on dit: « C'est bien, on a raison de
reprendre de pareils et de si criants abus; » mais qu'elle
s'adresse à nous, alors on fronce le sourcil et on dit:
A quoi bon parler de cela, je n'y vois pas tant de mal.
On a aussi une tendance à tout juger, sacré et profane :
on jugera un sermon comme on juge un morceau de
littérature...

Il y a donc de la faute des auditeurs, mais est-
ce bien toute leur faute? On dit: « C'est la faute du
monde, c'est la faute de sa légèreté, c'est la faute de
la littérature, c'est la faute des romans, c'est la faute

du besoin d'émotion. » Mais ne serait-ce point un peu
notre faute aussi? Il est bon de l'examiner. Nous disons
la vérité aux autres, il faut commencer par nous l'administrer à nous-mêmes : ce sera bonne charité, d'autant plus que si on ne nous la dit pas en face, nous
n'y perdons rien, on s'en dédommage en arrière.

Je m'empresse de le proclamer : nous avons à Paris
beaucoup de vrais talents, nous ne manquons pas
d'hommes qui savent saisir, intéresser, dominer un
auditoire; et que d'orateurs inconnus qui font un bien
immense dans les provinces! L'éloquence chrétienne
est encore une des gloires de la France et des plus
pures et des plus incontestables. Comme l'a dit un
spirituel écrivain : « Dieu a fait évidemment la France
son enfant gâtée : le malheur est qu'elle ne profite pas
toujours de cette paternelle faiblesse. » Oui, nous
avons encore des prédicateurs, des apôtres, dont la
parole remue les cœurs et sauve les âmes. Mais parfois n'y a-t-il point absence d'intérêt, de clarté?..
quelque chose de trop monotone et de trop didacti-
que, abus du raisonnement, abus de la phrase et de
la rhétorique? une sorte de langage de convention,
une regrettable absence du cœur et de l'âme, de mouvement et surtout d'accent de conviction, la première
puissance de la parole...?

Avant tout il faut intéresser, c'est la condition du
bien... Le monde veut qu'on l'intéresse : il est peut-
être exigeant, c'est peut-être faiblesse; mais que vou-

lez-vous? ne faut-il pas se faire tout à tous, ne faut-il pas le prendre tel qu'il est? Il est malade, on le répète chaque jour; ne faut-il pas que l'on passe quelque chose aux malades? Après tout, la question n'est pas de savoir s'il a tort ou s'il a raison. La question est de le sauver, par conséquent de se faire écouter, de faire arriver la vérité évangelique à son oreille, à son esprit, à son cœur. Car à quoi bon se donner tant de peine, pour composer un sermon s'il ne doit pas être écouté? c'est un désolant et stérile travail. Aussi quelqu'un disait : « On m'apprend à faire de magnifiques sermons, je voudrais bien qu'on m'apprît aussi à faire venir le monde les écouter... »

Voilà le but : se faire écouter. Pour cela, d'abord il faut intéresser...

Il y a différentes manières de créer l'intérèt. On peut intéresser par un langage vrai, sympathique, varié par des études de mœurs bien faites, par des traits piquants, par des images liées aux incidents de la vie, par des mouvements et des élans du cœur...

D'abord pour intéresser un auditoire, il ne faut jamais le perdre de vue, il faut qu'il vous suive toujours. Faites-le penser, sentir avec vous; que souvent même il devance votre pensée et la devine : ce sera une jouissance pour lui. D'autres fois ménagez-lui une surprise: ce sera une nouvelle jouissance.

Lorsque vous voyez que l'attention s'échappe, on peut la rappeler par une parole piquante, un trait qui

réveille, épanouit l'âme ; et parfois amène sur ses lèvres ce léger sourire qui signifie : «C'est bien vrai. » Les
Français aiment beaucoup cette manière, et qui peut
y trouver à redire? Le peuple à tant d'occasions de
s'attrister, que l'on doit être heureux de voir son âme
s'épanouir un peu sous le souffle de la divine parole.
De plus, c'est un moyen de dire de bonnes vérités.

Le peuple français aime les traits alors même qu'il
en est percé.

Tous les grands orateurs n'ont pas manqué de s'en
servir. Saint Jean Chrysostome lui-même, ce docteur
toujours si grave et si grand, ne les dédaigne pas : il
se moque spirituellement de la vanité des hommes de
son temps : « Voyez donc, dit-il, ce jeune homme, il
marche délicatement sur le bout du pied, de peur de
salir sa chaussure. Eh mon ami, si vous craignez
tant la boue pour votre chaussure, mettez-la sur
votre tête et elle en sera garantie. »

Ailleurs il attaque la vanité des femmes : Pourquoi
êtes-vous si fières de vos superbes vêtements? vous
allez répondre : Mais regardez donc cette étoffe,
comme elle est belle! touchez-la, voyez comme elle
est soyeuse. — Ce n'est pas du tout votre mérite, c'est
celui de l'ouvrier qui l'a travaillée. — Mais voyez
comme ce vêtement me va bien! — C'est le mérite de
la couturière.

« O faiblesse de l'homme ! s'écrie-t-il; il s'en va enlever la dépouille d'une plante, d'un animal, d'un vil

12

insecte, puis s'en pare, va se montrer au monde et lui dit : Regardez-moi bien, aujourd'hui je vaux quelque chose. »

Tous nos grands orateurs modernes, tant de la tribune que de la chaire, sont féconds en traits incisifs qui donnent presque toujours raison parce qu'ils font sourire, et qu'ils sont compris de tout le monde...

« La France, dit M. de Falloux, repousse également les hommes qui sont capables de tout et ceux qui ne sont capables de rien. »

Le R. P. Lacordaire excelle en ce genre, c'est encore un de ses talents, et plus d'un de ses auditeurs a été attiré *par ses malices.*

Un jour, il voulait prouver que le rationalisme n'a pas la charité de la doctrine et de l'apostolat; au lieu de faire une longue démonstration, il s'exprime ainsi :

« Je ne dirai qu'un mot du rationalisme sur la question qui nous occupe : je n'ai jamais ouï parler d'un rationaliste qui ait reçu des coups de bâton à la Cochinchine. Ces esprits-là sont trop polis et trop ingénieux pour se hasarder dans une semblable gloire, au profit de la vérité. Il sera donc toujours temps de s'occuper d'eux lors de la prochaine place vacante à l'Académie. Nous sommes trop bien élevés pour leur offrir autre chose qu'une branche de laurier, et ils la méritent sans contestation. »

Une autre fois il dit avec le sourire sur les lèvres à ceux qui affectent l'incrédulité : « Eh ! Messieurs, vous avez de l'esprit, vous en avez beaucoup, mais sachez-le, c'est Dieu qui vous l'a donné... preuve qu'il n'en a pas peur ! »

Le R. P. Ravignan lui-même, toujours si austère, jette bien aussi, de temps en temps, quelques-uns de ces traits.

Récapitulant un jour les erreurs philosophiques de ce temps-ci, il dit : « Le rationalisme est une autre erreur, il a même la grande part. C'est la classe des penseurs manquant de foi, véritables chercheurs éternels qui ne trouvent jamais, promeneurs fatigués par les oscillations du doute, jouets abusés des grandes et belles sentences. Suivant eux le jour va luire enfin, la solution va venir. S'il fallait par hasard attendre longtemps encore... Patience, il y aura la religion de l'avenir (ôtant sa barette et saluant ironiquement), bien obligé !... »

M. Lecourtier en sème tous ses discours. « Ne soyez pas maîtresses, dit-il aux femmes, ne faites pas les maîtresses chez vous : je ne connais personne de plus ridicule que la femme qui fait la maîtresse, si ce n'est le mari qui lui obéit. » Ces traits restent et conservent le souvenir de tout un discours. De plus ils ouvrent l'âme et la disposent aux grands mouvements qui viendront ensuite.....

« Pour faire du bien aux enfants, disait quelqu'un qui s'y connaît, il faut les intéresser, les faire rire, les faire pleurer et puis les renvoyer contents. » Le peuple n'est-il pas encore enfant? ne sommes-nous pas encore tous enfants... par plus d'un côté? Non que je veuille dire qu'en tout cela il faille jeter le ridicule ou le mépris sur quelqu'un; oh non! jamais. Qu'il n'y ait d'ironie que pour les préjugés, les vices ou les erreurs.

Un autre moyen d'exciter l'intérêt, c'est une peinture vive, fine, spirituelle et délicate de mœurs..... Le Français aime beaucoup qu'on lui parle de lui-même, de ses travaux, de ses qualités, de ses souffrances, même de ses faiblesses et de ses travers... On le perd trop de vue; on parle de tout et de tout le monde; on parle des Hébreux, des Juifs, des Egyptiens, des Madianites et des Philistins, des gens du passé. Laissez tout cela, parlez de l'Evangile et des Français, des Français et de l'Evangile, et encore des Français de ce siècle-ci, des qualités et des vices des hommes de ce temps-ci; alors vous intéresserez, vous forcerez l'intérêt.

M. Lecourtier excelle dans ce genre; aussi, nous l'avons dit, sa chaire est toujours entourée et il n'est jamais aussi écouté que quand il fait avec délicatesse l'histoire d'un cœur de femme ou d'homme du XIXe siècle. Quelquefois on se fâche, on se plaint, on dit : Je n'y retournerai pas; mais on se garde bien de tenir à sa parole; on revient parce qu'en définitive on trouve cela très-intéressant.

Nous ne nous piquons pas d'humilité, nous ai-

mons tous beaucoup qu'on s'occupe de nous ; on
aimera mieux être un peu maltraité que d'être
oublié, et cette faiblesse est prise sur le fait dans une
lettre adressée à un homme célèbre par un écrivain
peu connu : « Je vous prie d'avoir la bonté de me
réfuter, et même au besoin de me dire des injures,
cela me fera connaître. »

Les études de mœurs sont de tous les temps, de
tous les lieux ; elles sont comprises de tout le monde
et elles intéressent tout le monde, parce qu'elles font
répéter la parole de la femme de Samarie : « J'ai vu
un homme qui m'a dit ce que j'étais... »

Cependant il n'en faut pas rester là. Après avoir
dépeint le mal, il faut le combattre, le vaincre, le
chasser par la puissance de la logique, par les mouvements de la pensée et du cœur ; ici encore il est facile d'intéresser.

Toute vérité doit être prouvée. L'esprit français
avant tout est logique, mais aussi il est prompt et vif
et il n'aime ni ce qui est long, ni ce qui est pesant, ni
ce qui affirme sans prouver, ni ce qui veut trop
prouver.

Jetez donc vos principes d'une manière nette et
incisive, et puis avec une parole preste et magique
démontrez votre vérité ; que du premier coup l'auditeur sente que l'affaire va être sérieuse, que la
résistance ne sera pas possible à la bonne foi et
même à la mauvaise foi, et qu'en vous entendant, il

12.

répète la parole du grand Condé lorsqu'il voyait monter Bourdaloue en chaire ; *Attention ! voilà l'ennemi.*

Nous sommes bien loin de là... On sert aux fidèles des raisonnements froids, compassés, dogmatiques et même obscurs ! et on ne lui sert que cela... et puis on dit : C'est solide. Mais qu'importe, si ce n'est pas écouté, si ce n'est pas compris ? C'est solide; mais le pain sec est solide aussi et le monde ne l'aime pas comme cela, ni vous non plus ; et si vous ne servez sur votre table que ce mets-là, soyez sûr que vous trouverez peu de convives.

Il faudrait animer, passionner la raison elle-même, c'était la marche de Démosthène et c'est la marche de tous les grands orateurs. Le R. P. Ravignan, toujours si fort de raisonnement et de logique, sait donner à ses preuves le mouvement et la vie.

Dans le sermon sur la divinité de notre Seigneur Jésus-Christ, après avoir démontré qu'il faut admettre le mystère de l'incarnation ou subir bien d'autres mystères, il ajoute : « Mais j'entends crier au mystère inexplicable, insoluble ! N'importe : ne pas l'admettre, c'est le plus épouvantable chaos... Le christianisme faux ; l'univers dans le faux, converti, régénéré, civilisé par le faux ; le faux dans la foi, dans l'amour, dans toutes les inspirations du christianisme ; le faux dans tous ses bienfaits versés au sein de l'humanité au nom du Dieu sauveur ; le faux dans l'héroïsme d'innombrables martyrs; le faux dans tous les génies chrétiens, et quels génies ! le faux dans toute la chaîne de science, de zèle, de dévouement, de vertus surhumaines ! Le faux dans toute la série des âges de l'Eglise, dans tous ses monuments, dans tous ses témoignages ; le faux dans tout le sacerdoce catholique, dans l'apostolat de tous les siècles ; le faux dans le bonheur de la foi et d'une conscience pure ; le faux dans la chaire; le faux sur mes lèvres; le faux dans mon cœur. Quoi !.. votre langue légère et dédaigneuse trouverait un moindre mystère dans toutes ces conséquences issues forcément de vos principes ? MOI, ELLES M'ÉPOUVANTENT !

Il faut en quelque sorte mettre la vérité en action. Qu'elle aille, qu'elle vienne, qu'elle parle, qu'elle questionne et qu'elle réponde; que la scène soit toujours occupée et que l'esprit de l'auditeur ne puisse pas un instant se distraire. Ici encore le R. P. Lacordaire sera pour nous un modèle.

Dans sa conférence *sur la société intellectuelle fondée par l'Eglise*, il montre les efforts du monde pour ruiner l'immutabilité de doctrine et il est vraiment dramatique : « Quel privilége pesant, dit-il, à tous ceux qui ne l'ont pas, une doctrine immuable quand tout change sur la terre ; une doctrine que les hommes tiennent dans leurs mains, que de pauvres vieillards, dans un endroit qu'on appelle le Vatican, gardent sous la clef de leur cabinet, et qui, sans autre défense, résiste au cours du temps, aux rêves des sages, aux plans des rois, à la chute des empires, toujours une, constante, identique à elle-même! Quel prodige à démentir! Quelle accusation à faire taire! Aussi tous les siècles, jaloux d'une gloire qui dédaigne la leur, s'y sont-ils essayés. Ils sont venus tour à tour à la porte du Vatican, ils ont frappé du cothurne ou de la botte; la doctrine est sortie sous la forme frêle et usée de quelque septuagénaire, elle a dit:

« Que me voulez-vous? — Du changement. — Je ne change pas. — Mais tout est changé dans le monde: l'astronomie a changé; la chimie a changé; la philosophie a changé; l'empire a changé; pourquoi êtes-vous toujours la même? — Parce que je viens de Dieu, et que Dieu est toujours le même. — Mais sachez que nous sommes les maîtres, nous avons un million d'hommes sous les armes, nous tirerons l'épée; l'épée qui brise les trônes pourra bien couper la tête d'un vieillard et déchirer les feuillets d'un livre. — Faites, le sang est l'arome où je me suis toujours rajeuni. — Eh bien, voici la moitié de ma pourpre, accorde un sacrifice à la paix, et partageons. — Garde ta pourpre, ô César, demain on t'enterrera dedans, et nous chanterons sur toi l'*Alleluia* et le *De profundis*, qui ne changent jamais. »

Voilà quelque chose que tout le monde comprendra... et qui sera toujours goûté avec joie et profit pour la vérité.

Mais allons plus loin. Ce n'est pas assez de bien parler à l'esprit, ce n'est presque rien; l'esprit n'est que le vestibule de l'âme, entrons jusque dans le sanctuaire du temple, c'est-à-dire, jusqu'au cœur. Le cœur, c'est presque tout l'homme, nous ne sommes bien quelque chose que par le cœur. C'est le cœur qui croit, *corde creditur...* et c'est le cœur qui enfante les vertus; c'est le cœur que Dieu demande.

Mais pour parler au cœur, il faut avoir soi-même un cœur et s'en servir. Or, c'est une question aujourd'hui de savoir si beaucoup de prédicateurs en ont un. Nul ne peut s'en apercevoir ; ils se garderont bien de vous en montrer un petit coin : cela pourrait déranger la chaîne massive de leurs arguments et puis, qui sait ? cela les exposerait à manquer de dignité. Le cœur est descendu de chaire et c'est à peine s'il ose y remonter quelquefois... on ne veut plus lui permettre de se mettre de la partie, il pourrait gâter les affaires; il est devenu suspect, et Dieu s'est trompé quand il a dit : *Fili mi, præbe cor tuum mihi.* On se figure que c'est assez pour le bien que de démontrer clairement ou non clairement la vérité aux hommes. Mais entre savoir et faire, il y a la différence de la terre au ciel et c'est avec son cœur qu'on franchit cette distance... Rien ne fait de bien à un auditoire, rien n'est victorieux comme ces retours, ces élans du cœur, même au milieu des raisonnements.

Tous ceux qui ont entendu la conférence du P. Ventura, *sur la raison philosophique des temps modernes,* se rappellent l'impression profonde et sympathique qu'il produisit lorsqu'après avoir parlé des erreurs d'un philosophe très-connu, il ajouta : « Mais après tout, cet homme était une intelligence d'élite, un cœur généreux, une excellente nature, qui, trompée, égarée par les fausses lueurs des doctrines du jour, a reconnu et avoué à temps le triste marché qu'il avait fait en échangeant les croyances de la foi pour les vaines conceptions de la science. Quelques instants avant de mourir, il versa des larmes sur sa fille bien-aimée qui venait de faire sa première communion. Ah ! laissez moi croire que cet aveu et ces larmes ont été des actes de foi, de repentir et d'amour qui lui auront valu le salut de la part du Dieu de miséricorde. Laissez-moi croire cela, c'est un bonheur pour moi de croire que mes frères ont en mourant retrouvé, devant le Dieu de bonté, cette grâce que j'espère retrouver pour moi-même. »

Ah ! le cœur, si on voulait lui parler, on le trouverait souvent si bon, si vrai et si sincère... et pour le changer, il faut si peu de chose, une parole, un souvenir, une larme, un regard, un soupir ; et nous avons négligé ce puissant moyen... Il est pourtant si facile. Tout le monde ne comprend pas une belle démonstration, mais tout le monde comprend un beau sentiment.

En résumé, le discours doit être intéressant, animé, vivant; il doit y avoir pour dix ans de vie dans un sermon d'une demi-heure. Parlez à l'esprit, au bon sens, à l'imagination, au cœur de l'homme; mettez le feu dans tout cela, saisissez-le par tout ce qu'il y a d'émotions vives et profondes, par la douleur et par les joies, par la colère et par la pitié, par la haine et par l'amour, par les larmes et par les consolations, par l'enfer et par le ciel. Que votre parole soit toujours puissante et victorieuse. Faites bien ce que vous faites; vous raisonnez : que vos raisonnements coupent, tranchent, abattent; vous faites de la charité : qu'elle coule à pleins bords, qu'elle inonde et qu'elle enchante; vous lancez des colères : qu'elles s'échappent en saillies ardentes et irrésistibles. Vous ne savez plus quelle puissance invoquer : alors faites un appel à la pitié. Après cela, de temps en temps des repos, des retours, comme pour adoucir... pour regretter ce que vous avez fait, mais au fond pour enfoncer le trait plus avant, en vous jetant sur une autre corde du cœur. Les contrastes de la pensée et du sentiment sont toujours d'un puissant effet. M. Berryer ne pouvait les ignorer, et souvent il s'en est servi de la manière la plus victorieuse.

Dans la célèbre discussion sur les affaires d'Orient, après avoir montré la France humiliée, il a ajouté : « Quant à ce qui s'est fait, n'en parlons plus, surtout n'invoquons plus jamais, ah! plus jamais, les humiliants aveux, que l'on a fait venir de Londres et de Constantinople (profonde sensation).

» Laissons dans l'oubli cette dépêche où l'on nous déclare que Palmerston a dit : La France cédera, l'affaire d'Orient aura été réglée comme l'Angleterre l'aura voulu... Et il y a un pays où les ambassadeurs entendent de telles paroles et restent ambassadeurs, et il y a un pays où ils deviennent ministres (bravo, bravo)! Non, ce pays n'est pas la France (nouvelle salve d'applaudissements.) Non, l'Angleterre n'a pas dit cela. Non, ceux qui nous ont vus, même à Waterloo, n'ont pas pu dire cela... »

Mais après cette suspension d'armes, il faut retourner à la charge avec plus de verve et de vaillance, enfoncer de nouveau le trait dans le cœur, le tourner et le retourner dans la plaie. Que la pensée soit encore plus énergique, le sentiment plus puissant; qu'il y ait du drame, quelque chose de tragique ; que la vérité et l'erreur se serrent de près, se prennent corps à corps ; que la lutte soit ardente, acharnée, mais que la vérité abatte, terrasse l'erreur, qu'elle triomphe du vice, et puis, qu'elle relève l'homme, l'embrasse et l'emporte avec elle, à la vertu, au bonheur, au ciel...

Ce chapitre se trouve complétement et admirablement résumé dans cette page de M. de Cormenin.

« Choisissez avec un instinct rapide et sûr, parmi les moyens qui s'offrent à vous, le moyen du jour qui peut-être n'est pas le plus solide, mais qui, d'après la disposition particulière des esprits, la nature de l'affaire et la singularité de la circonstance, est le plus propre à faire impression sur l'assemblée.

» Emparez-vous fortement de son attention. Soulevez sa pitié ou son indignation, ou ses sympathies, ou ses répugnances, ou sa fierté. Paraissez vous animer de son souffle et recevoir ses inspirations, tandis que c'est vous qui lui communiquerez les vôtres. Quand vous aurez, en quelque sorte, détaché toutes ces âmes de leurs corps, qu'elles viendront d'elles-mêmes se grouper au pied de la tribune et que vous les tiendrez sous la puissance de votre regard, alors ne les ménagez pas, car elles sont à vous, car on dirait véritablement que toutes ces âmes ont passé dans votre âme. Voyez comme elles en suivent les ondulations et les reflux! comme elles veulent ce que vous voulez! comme elles font ce que vous faites! Continuez, point de repos! marchez, pressez votre discours, et vous verrez bientôt toutes les poitrines haleter, parce que la vôtre est haletante, tous les yeux s'illuminer, parce que les vôtres lancent des flammes, ou se remplir des pleurs de la pitié, parce que vous vous attendrissez. Oui, vous verrez tous les auditeurs suspendus à vos lèvres par les grâces de la persuasion, ou plutôt vous ne verrez rien, vous serez dominé vous-

19

même par votre propre émotion, vous plierez, vous succomberez sous votre génie, et vous serez d'autant plus éloquent que vous aurez fait moins d'efforts pour le paraître !

» Soyez, clair, exact, précis, impartial.

» Ne cherchez pas à tout dire, mais à bien dire. »

CHAPITRE IX.

Puissance et accent de conviction.

Jusqu'ici nous n'avons parlé en quelque sorte que des moyens humains, maintenant il faut nous élever plus haut. Avoir de la raison, de l'imagination et du cœur, ce n'est pas assez; il nous faut de plus la force de Dieu, car il s'agit de saisir et de dominer les âmes. « Or rien, a dit Bossuet, n'est indomptable comme un cœur d'homme; quand je le contemple soumis, j'adore. » Pourquoi adore-t-il, ce puissant génie? parce qu'il a reconnu une force surhumaine.

Cette puissance, nous l'avons dans le Verbe qui est la force de Dieu, devant lequel toute tête s'abaisse, tout genou fléchit sur la terre, au ciel et en enfer. Avec la parole divine, notre puissance est immense; seulement il faut bien nous en pénétrer et surtout en convaincre les autres. Il faut qu'on la sente, qu'on la voie, que l'on comprenne que Dieu est là avec nous.

La parole divine, c'est la première puissance de la terre; elle a bravé, vaincu toutes les autres puissances... Elle a parlé partout; elle a parlé dans les catacombes; elle a parlé au pied de l'échafaud; elle a parlé sous la hache du bourreau ou sous la dent des tigres; elle a parlé les pieds dans le sang...

Au moyen âge, de puissants barons, abrités derrière leurs terribles créneaux, avaient jeté le réseau de leur domination sur la France tout entière, et le silence était sur toutes les lèvres ; mais plus d'une fois cette divine parole, sous la forme de quelque prêtre ou de quelque moine, osa monter les degrés du redoutable donjon, et à sa voix le frisson de la peur coula dans les veines de l'homme bardé de fer.

Il fut un roi dans lequel la puissance sembla s'incarner, ce roi s'appela Louis XIV. Il osa dire : « L'Etat, la France, c'est moi... » Toutes les grandeurs et toutes les gloires viennent s'incliner devant lui ; sous son regard inspirateur, le génie militaire gagne des batailles, la poésie enfante ses plus sublimes conceptions, la toile parle, le marbre s'anime et les arts peuplent de chefs-d'œuvre jusqu'aux jardins de sa royale demeure.

Or, au jour consacré par la religion, Louis XIV entouré de sa cour va s'asseoir dans sa chapelle de Versailles, un prédicateur est en chaire et il ose laisser tomber sur la tête du superbe monarque et de cette cour, la plus brillante et la plus orgueilleuse de l'univers, ces terribles paroles : « Malheur aux riches ; malheur aux grands... » et le monarque baisse les yeux, et les courtisans murmurent... Plus tard on parle de donner une leçon à ce prêtre, et Louis XIV de répondre avec une justice qui l'honore : « Messieurs, le prédicateur a fait son devoir, à nous maintenant de faire le nôtre... »

Quelle puissance! et c'est la même parole qui est sur nos lèvres...

Auprès de la divine parole, qu'est la parole de l'homme, alors même qu'elle est portée par l'orateur le plus intrépide, alors même qu'elle se dresse dans tout l'éclat de sa force?... On a beaucoup parlé de la puissance de cette apostrophe de Mirabeau : « Les communes de France ont résolu de délibérer. Nous avons entendu les intentions qu'on a suggérées au roi ; et vous qui ne sauriez être son organe auprès de l'assemblée nationale, vous qui n'avez ici ni place, ni voix, ni droit de parler, allez dire à votre maître que nous sommes ici par la puissance du peuple, et qu'on ne nous en arrachera que par la force des baïonnettes (1). »

On a dit : C'est beau, c'est grand, c'est hardi, c'est audacieux. Mon Dieu ! qu'est-ce que cela? il n'est pas de si petit, de si pauvre prêtre qui n'en puisse faire autant, qui ne puisse dire beaucoup mieux, avec plus de vérité et beaucoup moins d'orgueil ; il n'est pas de si petit prêtre qui ne puisse dire : Nous sommes ici au nom de Dieu, et nous y resterons et nous y parlerons en dépit de la mitraille et des baïonnettes....

Nous ne sommes vraiment pas assez convaincus de notre puissance, de notre supériorité sur tout ce qu'il y a dans le monde aujourd'hui. Même avec notre pe-

(1) La vérité de ce fait a été révoquée en doute.

tit livre qu'on appelle l'Evangile, dans notre main,
nous pouvons mettre le monde à nos pieds : parce
qu'après tout l'Evangile est et reste, au rapport de
tous, le premier livre de l'univers.

Il ne manque pas d'hommes qui nous disent :
Suivez votre siècle, suivez le progrès, hommes d'un
autre âge, hommes rétrogrades; depuis deux cents ans
surtout nous avons marché... nous avons fait du chemin... Mais nous sommes en droit de leur répondre :
Oui, c'est vrai, l'esprit humain s'est développé, vous
avez travaillé, vous avez remué des idées, vous avez
peuplé nos bibliothèques de chefs-d'œuvre ; vous avez
eu de profonds penseurs, de sublimes génies; vous avez
enfanté des conceptions admirables... c'est vrai...
mais enfin montrez-nous un livre supérieur à notre
Evangile, un livre même qu'on puisse lui comparer,
dites, où est-il? Vous nous parlez de progrès, vous
nous dites de vous suivre, mais c'est nous qui sommes devant, et vous qui êtes derrière... Recommencez à étudier, faites quelque chose de mieux, puis re-
venez, et alors nous verrons. En attendant nous
tenons la première place et nous la gardons. Voilà
notre puissance, nous sommes plus forts que le glaive,
plus forts que la mitraille, plus forts que la foudre.

Le prédicateur a derrière lui dix-huit siècles de
science et de vertu qui ont cru ce qu'il dit... plus de
dix millions de martyrs qui sont morts pour attester
la vérité de ce qu'il dit, et par-derrière tout cela, la

grande voix de Dieu qui lui crie : « Parle, parle, n'aie pas peur, je suis avec toi : *Loquere, noli timere, ego tecum sum.* »

Il faut donc nous bien convaincre de la puissance que nous confère la parole divine, mais il faut aussi la faire sentir à nos auditeurs ; il faut qu'ils comprennent, en nous entendant, que nous parlons vraiment au nom de Dieu, que nous ne sommes pas des hommes qui ont médité, rêvé dans leur cabinet et qui viennent exprimer leurs propres conceptions... Que nous venons simplement apporter à la terre les ordres et les consolations du Dieu devant lequel nous nous inclinons profondément nous-mêmes ; il faut qu'on lise tout cela sur notre figure, dans notre voix, dans nos gestes et surtout dans notre charité. En un mot, il faut que nous ayons *l'accent de conviction*, cet accent qui croît, qui parle, qui saisit, qui épouvante.

L'accent de conviction... c'est un mélange de foi, de puissance et de charité. C'est quelque chose de simple, de pieux, de grand, qui sent l'inspiration, la sainteté ; c'est la puissance, la vie de la parole ; le *feu sacré*, ce que Mirabeau appelait la divinité dans l'éloquence. « *Je n'ai jamais entendu parler aussi long-temps*, disait-il de Barnave, *aussi vite, aussi bien ; mais il n'y a pas de divinité en lui...* L'accent de conviction, c'est la magie de la parole... Ce qui fait qu'on ne discute plus, qu'on ne fait plus attention à l'homme qui parle, qu'on ne songe plus qu'à ce qu'il dit... ou plutôt qu'à ce que Dieu dit.

Malheureusement sur ce point il y aurait beaucoup à désirer. La foi est certainement dans nos âmes, mais on ne la sent pas toujours dans notre parole... Le moyen cependant de faire croire ce que nous n'avons pas l'air de croire nous-mêmes ?

Nous avons affaire à un monde léger, raisonneur et quelque peu sceptique, accoutumé à regarder chaque chose comme un rôle qu'on joue... et si vous n'avez l'accent de conviction, il vous suspecte d'hypocrisie ou il vous flétrit en admirant en vous toutes les ressources du *métier*, et l'habileté avec laquelle vous savez faire jouer les *ficelles.*

On prononce une malheureuse parole aujourd'hui; quelqu'un parle d'un prédicateur... on lui fait cette question : « *A-t-il la foi?...* » ce qui signifie : Paraît-il croire ce qu'il dit? et si on répond : Non... il a une belle parole !... Alors je n'irai pas l'entendre : je veux quelqu'un qui ait la foi. Non que l'on veuille révoquer en doute la foi intérieure de l'orateur, mais on veut dire qu'il parle absolument comme s'il ne croyait pas.

Rendons cette justice au monde, que, quand il trouve sur son chemin l'accent de la conviction, le fier accent de la foi, comme dit saint Jean Chrysostome, il est profondément impressionné. Un homme qui croit et qui parle l'étonne, le bouleverse, le terrasse. Quelques paroles dites avec l'accent de conviction, c'est plus que beaucoup de discours. Que voulez-vous que l'on fasse contre un homme dans lequel on sent Dieu... Le beau langage, l'esprit, l'imagination, une brillante argumentation, tout cela est chose fort commune chez nous, nous y sommes habitués; mais ce qui est neuf, ce qui est imprévu, ce qui est victorieux, c'est le langage de la foi et d'un cœur, qui semble fulminer au nom de Dieu lui-même.

Il y a deux ans le pieux et brave capitaine Marceau, que la mort nous a enlevé depuis, se trouvait à Paris à une réunion d'ouvriers où il ne manquait ni mécréants, ni mauvaises têtes. Il voulut bien leur adresser quelques paroles; l'impression fut magique. Il n'avait pourtant jamais parlé en public, mais il le fit avec cet accent épouvantable de conviction et de franchise qui va jusque dans les entrailles, qui ne permet pas la résistance et ôte même parfois jusqu'à la respiration.

« Mes amis, leur dit-il, il y a sans doute parmi vous
» des hommes qui ne sont pas encore chrétiens, qui
» n'aiment pas la religion. Eh bien! sachez-le, j'ai été
» impie comme vous, plus que vous peut-être, nul
» plus que moi n'a détesté le christianisme; mais je
» dois lui rendre cette justice que tant que je n'ai pas
» été chrétien, c'est-à dire jusqu'à l'âge de trente-cinq
» ans, j'ai été malheureux, profondément malheu-
» reux... Je n'ai pas vécu jusque là, mes amis; non,
» ce n'était pas là vivre... je m'agitais ou plutôt mes

» passions me poussaient, me tiraient, m'entraînaient,
» mais je ne vivais pas... j'étais une machine... mais
» je n'étais pas un homme... »

Eh bien! chose étrange, on se préoccupe assez peu
de cet accent de conviction qui est la vie de toute
éloquence, surtout de l'éloquence sacrée. On parle
de toute autre chose à ceux qui sont destinés à annoncer la divine parole... aussi, souvent le langage de la
chaire, c'est quelque chose de froid, de monotone, de
roide, de tendu, de gourmé, de convenu, d'officiel, et qui sent le compliment de bonne année...
rien qui respire l'effusion d'une belle âme, pas de ce s
heureux retours du cœur, de ces tons insinuants et
familiers dont parle Fénelon, qui font sur vous comme
une impression divine.

Nous avons pourtant de saints prêtres, des hommes
qui sont vraiment hommes de Dieu; eh bien! tel est
l'empire de la malheureuse routine que leur sainteté
semble quelquefois les abandonner dans la chaire,
c'est-à-dire là où elle devrait paraître davantage...

Vous avez souvent, comme moi, dans votre vie,
rencontré un de ces prêtres admirables, tout rempli
de foi et de charité, sa vue vous fait du bien, sa parole vous réchauffe dans une causerie intime, ou bien
au confessionnal... Il monte en chaire, j'en suis ravi
et j'écoute avec une attention empressée. Mais hélas!
je ne le reconnais plus, ce n'est plus lui, ce n'est plus
la parole de vie; je demande où est mon apôtre, mon

saint... car je n'entends plus qu'une parole déclamée, chantée... un ton uniforme qui prononce de la même façon: « Allez, maudits, au feu éternel! » et : « Venez, les bénis de mon Père... » Je n'entends plus que quelque chose que j'ai cent fois entendu, un pauvre homme qui fait, comme il peut, l'évocation de pensées et de phrases assez rebelles, et je me prends presque à douter s'il ne joue pas un rôle.

Il faut nécessairement briser cette monotonie, cette uniformité, cette manière empruntée, et reprendre notre personnalité, notre esprit et notre cœur, agrandis et divinisés par le souffle de Dieu...

Autrement avec ce ton, avec cette marche froidement philosophique, avec ces phrases alignées et cette parole sans inflexion, nous perdrons complétement notre temps, notre peine, et les âmes aussi...

Mais est-ce donc que nous n'avons pas le sentiment de notre mission, du but que doit se proposer l'homme qui parle au nom de Dieu! Nous parlons pour ramener les âmes à leur Créateur, *ad reducendas animas suo Creatori*.

Ici encore, l'esprit philosophique, la tendance à la discussion, nous ont détournés de notre fin et du terme de nos efforts. Otez l'accent de conviction, ôtez une foi énergique, que reste-t-il dans un discours pour l'auditoire? des phrases, voilà tout.

Or, savez-vous à quels ennemis vous avez affaire, en présence de quelles difficultés vous êtes placés? Il s'agit de reprendre le cœur de l'homme, qui, dans sa soif, sa rage de bonheur, s'est jeté sur les choses sensibles, visibles, enivrantes qui l'entourent; il s'agit de lutter avec les passions, de dire à l'orgueil : Abaisse ta tête superbe; à la volupté : Sois maudite; à l'amour de l'or; dépouille-toi toi-même; donne, donne... Et vous croyez que vous pourrez arriver là avec des phrases? Mais les passions savent mieux faire les phrases que vous, elles savent mieux leur donner la vie... et elles vous en jetteront à la face de toutes brûlantes, qui bientôt auront dévoré votre phrase froide et décharnée... Pour vaincre les passions, pour les repousser, il faut le souffle de Dieu, il faut la force de Dieu...

Il est temps de revenir à l'accent de conviction; l'âme est si bien sur ce terrain, elle se sent le pied si ferme, et puis elle est si bonne! Pourquoi se fâcherait-elle! elle est sûre de sa force; il n'y a que les pouvoirs qui doutent d'eux-mêmes qui soient soupçonneux et tracassiers. Quand on a Dieu pour soi, on ne peut qu'être épris d'une profonde pitié pour les faiblesses, pour les préjugés, pour les blasphèmes et pour les mauvais raisonnements de l'humanité.

CHAPITRE X.

L'action.

L'action, ce n'est pas seulement le geste, ce n'est pas du mouvement et du bruit : c'est la manifestation, par les organes, de la pensée et des sentiments de l'âme ; c'est l'âme qui, ne pouvant se révéler elle-même, force son écorce matérielle à porter à une autre âme ce qu'elle contient de vérité et d'amour.

Le principe de l'action doit être le cœur... L'action est dans la voix, dans le geste, dans le visage, dans la main, dans toute la contenance et même dans le silence...

L'action joue un grand rôle dans l'éloquence. On sait la parole de Démosthène ; interrogé trois fois, quelle était la première qualité de l'orateur ; il répondit trois fois : L'action. Ce jugement est exagéré ; Démosthène estimait l'action en proportion des fatigues qu'elle lui avait coûté ; mais il est certain qu'elle ajoute beaucoup à la clarté, à la force, au mouvement et à la puissance d'une pensée, c'est le charme de l'éloquence. « Dites merveilles, écrit saint François de Sales, mais ne les dites pas bien, ce n'est rien ; dites peu et dites bien, c'est beaucoup. »

Peu d'hommes savent apprécier la valeur intrinsèque d'un discours, mais tous peuvent voir si vous parlez avec sentiment de la vérité, du cœur, et de la conviction.

C'est sur le peuple surtout que l'action fait un effet puissant; elle le séduit, elle l'enivre. Ayez une pensée solide, noble, du sentiment et une belle action, le peuple ne vous résistera pas, il n'en est pas capable. Allez, il y aura des vaincus, des morts ou plutôt des sauvés; il ne le confessera pas toujours, mais il ne manquera pas de dire : *Pourtant c'est beau, c'est vrai, j'ai tort.*

Mais pour l'impressionner, l'action doit être 1° vraie et naturelle, 2° concentrée, 3° édifiante...

1° Avant tout l'orateur doit être lui-même, et parler comme un homme. C'est surtout dans la chaire qu'il faut que tout soit vrai, que tout soit en harmonie avec la pensée ; que l'œil, le visage, la main disent avec la parole : Oui, oui, c'est vrai.

Chose étrange, on ne se préoccupe guère de cela. Une fois monté en chaire, on ne croit plus avoir rien à démêler avec la vérité. On enfile des mots à des mots, et l'on croit qu'un son de voix quelconque c'est assez... On parle comme jamais personne au monde n'a parlé; on déclame, on chante, on psalmodie, quelquefois sur le même ton, sans variété, sans inflexion, sans sentiment : aussi, un mauvais plaisant entendant un prédicateur prononcer mollement ces terribles paroles : Allez maudits..., se mit à dire à son voisin : *Viens, mon petit, que je t'embrasse; voilà ce que cela exprime.*

Ailleurs on parle, au barreau on parle, à la tribune on parle, en chaire on ne parle pas, on a un langage factice et artificiel et un ton faux...

Cette façon de dire n'est tolérée à l'église que parce qu'elle est trop commune, ailleurs elle ne serait pas supportable... Que penserait-on d'un homme qui se mettrait à parler ainsi dans un salon? Il ferait au moins sourire.

Il y avait, il y a quelque temps, un brave gardien au Panthéon, qui, pour énumérer les beautés de son monument, prenait absolument le ton de beaucoup de prédicateurs, et toujours il provoquait l'hilarité chez les visiteurs, et ils s'amusaient autant de sa façon de parler que des belles choses qu'il leur montrait.

On ne devrait pas laisser monter en chaire un homme qui n'a pas une parole naturelle et vraie, au moins est-il convenable que le faux soit banni de la chaire de vérité...

Est-ce donc si difficile d'être soi-même? Prenez votre voix habituelle, votre manière habituelle, agrandissez tout cela en proportion de l'auditoire et de la vérité que vous traitez. Ayez une parole franche, sincère, cordiale, qui révèle une âme vraie et aimante. Soyez vous-même, mais vous, et soyez persuadé que vous êtes bien comme vous êtes. Montrez votre cœur, votre âme ; rien n'est beau comme une âme. Si on voyait une âme, a dit sainte Catherine de Sienne, je crois, on en mourrait de bonheur...

Regardez un homme qui plaide sa cause ou qui est possédé d'une forte passion, il est toujours vrai et même beau.

Aujourd'hui, en ce temps de doute, il faut bannir tout ce qui est faux ; et le meilleur moyen de se corriger, c'est d'aller entendre souvent certains prédicateurs monotones et emphatiques ; on s'en retourne avec tant de dégoût, tant d'horreur de leur manière de parler, qu'on aimerait mieux se condamner au silence que de les imiter. Du moment que vous sortez du naturel ou du vrai, vous n'avez plus le droit d'être cru, ni même celui d'être écouté.

2° Elle doit être concentrée, c'est-à-dire qu'elle doit procéder d'une âme convaincue, pénétrée, brûlante, qui se retient pour ne pas dire tout ce qu'elle sent si ce n'est de temps en temps comme la flamme qui s'échappe par intervalle d'un volcan. La chaleur interne sied bien à la parole sacrée. Beaucoup de bruit ou de mouvement ne lui convient pas. Il faut laisser quelquefois échapper le cri de la passion, aussitôt le comprimer. Le P. Ravignan est encore admirable en ce genre ; après avoir foudroyé son auditoire, il reprend aussitôt la contenance de la bonté.

Avant tout, il faut être calme, maître de soi-même, maître de son sujet, avoir une contenance ferme, ramasser bien toutes ses forces, ne sortir de sa puissance qu'à propos, et ne cesser jamais de se dominer soi-même ; *se livrer en se possédant* et se *posséder en se livrant...*

Il y a souvent grand abus de la puissance vocale et du mouvement.

Plus on crie haut, plus on croit produire d'effet, plus on croit être grand orateur, c'est souvent le contraire. La véritable passion, la passion poussée à l'extrême, parle bas, parle peu, et encore ce ne sont que quelques mots entrecoupés. L'éloquence la plus entraînante est celle qui dit beaucoup en peu de paroles et sans bruit...

La puissance vocale, c'est la partie animale de l'homme; elle nous est commune avec les êtres dénués de raison, et ils la possèdent souvent à un très-haut degré. Mais le signe de l'intelligence, c'est la consonne! Les hommes bien élevés donnent moins au son, beaucoup plus à l'articulation; la voyelle, c'est la lettre qui tue la consonne, c'est l'esprit qui vivifie.

Quant à l'agitation du corps, elle doit être modérée ; trop de mouvements fatiguent l'orateur et l'auditoire, et détournent l'attention. On peut être très-éloquent sans gesticuler beaucoup; il est tel orateur qui parle le plus souvent la main dans son habit et qui n'en possède pas moins une très-grande puissance... Ici encore revient la même reflexion : la grande passion ne s'agite guère, elle reste immobile, atterrée, et elle ne se révèle que par quelques mouvements brusques. On se trompe souvent, on croit qu'un discours chaleureux est celui où il y a beaucoup de cris et beaucoup de mouvement.

Il est vrai, suivant la parole de M. de Cormenin, que le peuple aime les gestes expressifs, qui s'aperçoivent de loin et par-dessus les têtes, qu'il aime aussi les voix chaudes et vibrantes...; mais tout cela ne peut longtemps durer, l'orateur et l'auditeur en seront bientôt fatigués, et puis le peuple aime la variété et s'endort au bruit de la monotonie. Qu'il y ait quelquefois des gestes expressifs, que la passion s'échappe de temps en temps par un cri, c'est bien; mais comprimez en vous cette puissance, et que l'on sente que vous avez dans votre âme une force triple de celle que vous montrez... Plus vous voulez que votre discours soit véhément, plus il faut comprimer l'air au passage, le forcer à se faire jour par des éclats vibrants et par une articulation de-métal; alors *on tue aussi avec le glaive de la parole.*

3° Elle doit être édifiante.

L'homme qui parle au nom de l'Évangile doit avoir un air de..... *bonté* et de *vérité.* Avoir de la science, c'est bien; avoir du talent, c'est encore bien, mais ce n'est pas assez; il faut de plus un extérieur de vertu, de sainteté même. On est beaucoup plus sensible à tout cela en France qu'on ne le pense ordinairement. Qu'un homme de Dieu paraisse, soudain il inspire respect et même vénération; qu'un saint paraisse au milieu de nous, et il est certain qu'il reproduira beaucoup de scènes du moyen âge. Le saint est essentiellement l'homme aimé du peuple, parce qu'il est entouré d'une auréole divine.

L'orateur chrétien paraît avec simplicité et modestie, il s'agenouille et s'incline profondément, se relève, regarde son auditoire avec bienveillance, puis fait bien son signe de croix, et commence en visant simplement à se concilier l'attention de ses auditeurs.

Loin de nous ce temps où l'on voyait le prédicateur entrer en chaire avec de grands airs, la figure enluminée, une chevelure excessivement soignée, déposer un beau mouchoir blanc sur la chaire ou même un foulard que de temps en temps il se passait méthodiquement sur la figure. Ce n'est plus de notre temps; il ne faut pas s'occuper de soi, ni de son mouchoir, ni de son rabat, ni de son camail, ni de ses cheveux; il ne faut pas non plus en occuper les autres : ici que l'homme disparaisse et qu'il ne reste que l'apôtre...

Le peuple, qui a un sentiment si exquis des convenances, est très sensible à tout cela ; et Dieu se moque souvent de nos phrases en les rendant vaines et stériles, et en se servant de bien petites choses pour convertir les âmes.

Un ouvrier de Paris était revenu à la foi. C'était une

de ces natures méchantes, mais franches, ardentes et remplies d'esprit; souvent il avait parlé dans les clubs avec un grand succès.

Un jour le prêtre qui l'avait réconcilié avec Dieu lui dit : Racontez-moi donc par quelle voie vous êtes revenu à la religion, vous qui en étiez si éloigné; cela pourra me servir pour faire du bien à d'autres.

— Oh! répondit-il, je ne peux pas vous le dire à vous, parce que dans cette affaire-là, vous ne jouez pas un très-beau rôle.

— Qu'importe, dites toujours, ce n'est pas la première fois de ma vie que cela m'arrive.

— Si vous y tenez, je vais vous le dire en deux mots, c'est tout simple : une religieuse m'avait *embêté* malgré moi de votre petit livre (pardon de l'expression, c'est comme cela que je parlais dans ce temps-là); j'en lus quelques pages et ça me fit impression, c'est-à-dire que ça me donna le désir de vous voir.

On me dit que vous prêchiez dans une église, j'y allai. Je vous entendis, votre sermon me fit encore quelque chose, mais franchement, entre nous, pas grand'chose, rien du tout, quoi! mais ce qui me fit plus que tout cela, c'était votre air franc, simple et *bon enfant*, surtout vos cheveux mal peignés, *car j'ai toujours détesté les prêtres qui ont des têtes de garçon perruquier.* Je me dis : Voilà un homme qui s'oublie pour nous, il faudrait bien faire quelque chose pour lui. Je pris la résolution d'aller vous voir, j'y vins, vous me mîtes dans le *sac*, et voilà toute l'affaire.

Il ne faut jamais perdre de vue cette pensée que nous prêchons l'Evangile, et que l'Evangile avant tout aime l'humanité. Donc jamais ces airs d'empire, de domination... jamais de paroles violentes; le peuple appelle cela se mettre en colère, et il en est peu édifié.

Du reste, pour réussir il faut que le cœur soit pénétré de ce que l'on enseigne; après, le bon accent vient comme de lui-même. Il y a des hommes qui apportent avec eux quelque chose de Dieu; on les écoute, puis on croit et on aime...

De ce qui vient d'être dit, il est facile de conclure qu'il faut s'exercer à l'action.

L'action, c'est la manifestation des pensées de l'âme par le corps, mais le corps est souvent rebelle, *il pèse à l'âme;* et, sur ce point comme sur bien d'autres, il a besoin d'être assoupli, mortifié, discipliné à l'obéissance; l'âme a beau être forte, elle ne domine que très-rarement le corps du premier coup, il s'exécute de fort mauvaise grâce; au contraire, l'exercice lui donne souplesse et aisance; il arrive ce qui a lieu à l'égard des militaires. Voyez le jeune conscrit arrivant au régiment, il est lourd, embarrassé, son arme lui pèse, on dirait que c'est pour lui un fardeau; retournez six mois après, ce n'est plus le même; il est preste et alerte et il porte son arme avec une élégance toute française. Il en pourrait être de même pour la parole.

Aussi un homme qui a longtemps dirigé des séminaires a écrit cette page que je me fais un devoir de transcrire en entier :

« C'est un devoir pour le prédicateur de bien possé-
» der l'action oratoire, et de s'y exercer jusqu'à ce
» qu'il y soit parfaitement formé. La conscience, en
» effet, lui dit qu'il ne peut pas négliger une chose
» d'où dépend le succès de son ministère ; et que si
» pour perdre les âmes, les acteurs de théâtre s'effor-
» cent avec tant de sollicitudes d'arriver à la perfec-
» tion de l'action, lui, pour les sauver, doit travailler,
» avec un zèle au moins égal, à se rendre habile en
» cette partie de son art. Quoi ! les ministres de Dieu
» énerveraient par le vice de leur action la force de
» tout ce qu'ils disent, tandis que les ministres de Sa-
» tan, par la perfection de cette même action, relè-
» vent la vanité de leurs discours et font pénétrer les
» passions dans les âmes ! Ce serait une honte au
» clergé, et un outrage à la parole de Dieu.

» Si on objecte que l'art est ici inutile, que la nature
» seule apprend tout, nous répondrons avec Quinti-
» lien : *Nihil licet esse perfectum, nisi ubi natura curâ
» juvatur.* Tous les talents sont bruts et informes, si
» l'art des préceptes ne les fait éclore et ne leur donne
» ce poli qui en fait le prix. Démosthène avait reçu
» de la nature peu de dispositions pour parler en pu-

» blic, l'exercice et l'application lui donnèrent ce que
» la nature lui avait refusé.

» Si on objecte encore que les Apôtres n'ont pas
» appris les règles de l'action, nous répondrons qu'ils
» avaient reçu le don des miracles, bien capable de
» suppléer à l'éloquence humaine, et de plus, les dons
» du Saint-Esprit qui leur enseignait à annoncer di-
» gnement l'Évangile; qu'inspirés par cet Esprit divin,
» ils savaient être éloquents en action comme en pa-
» roles, et que saint Paul, au milieu de l'Aréopage,
» n'eût point été écouté, si, par une action extérieure
» jointe au sublime du langage, il n'eût su captiver
» l'attention de ce peuple orateur (1). »

Saint Charles veut que dans son séminaire les
jeunes lévites soient exercés plusieurs fois chaque
semaine à parler en public, et l'Eglise a toujours suivi
cet usage; les saints Pères eux-mêmes avaient beaucoup donné à la forme de la parole.

Prenez-moi tout, dit saint Grégoire de Nazianze, je
me réserve l'éloquence, et je ne regretterai jamais les
voyages que j'ai faits par terre et par mer pour l'é-
tudier.

Ce qui nous manque surtout, c'est l'articulation,
cette articulation puissante qui détache, burine, et
ciselle une pensée... qui remplit l'oreille d'harmonie,
et l'âme de vérité; qui donne à l'orateur une force de
vie extraordinaire, en mettant en jeu tout le système
nerveux. Nous l'avons dit, toute la valeur d'un mot est

(1) M. Hamon, curé de Saint-Sulpice, *Traité de la prédication.*

dans la consonne, tandis qu'on la met souvent dans
la voyelle. L'émission vocale, c'est le bloc informe;
la consonne, c'est le ciseau de l'artiste qui en tire un
chef-d'œuvre... On se figure souvent qu'il faut faire
beaucoup d'efforts pour lancer des flots d'air, comme
on lance à pleine volée un gros bourdon; pas le moins
du monde. Ce qu'il faut faire, c'est comprimer et tritu-
rer cet air, le réduire en sons expressifs et harmonieux.
Aussi on sue, on se fatigue et l'on fatigue les autres;
quelques-uns ont l'air d'hommes qui dégorgent des
mots qu'ils ont avalés par mégarde. Un peu d'exercice
empêcherait de tomber dans tous ces écarts.

Cependant il ne faut pas s'exercer comme on le fait
quelquefois à chaque sermon que l'on prononce, ce
serait s'exposer à le dire fort mal; préparer les sentiments d'avance, ce n'est guère dans la nature. Comme
le dit M. de Cormenin: « Ayez de la passion, tonnez,
indignez-vous, pleurez juste au cinquième mot du
troisième alinéa du dixième paragraphe de la dixième
feuille. Comme cela est facile! comme cela surtout
est naturel! »

Mais il faut s'exercer à bien dire les différentes
parties d'un discours, et celles qui exposent et celles qui démontrent, et surtout celles qui expriment
les différentes passions; et puis une fois monté en
chaire, ne plus se préoccuper de ces études.

Voilà ce qu'il faudrait faire; on s'exerce partout,
les hommes qui se livrent au théâtre cultivent leur
voix et leurs organes.

Les jeunes élèves en droit et les jeunes avocats ont leurs conférences, où ils s'exercent à plaider plus tard le mur mitoyen, et ceux qui sont appelés à sauver les âmes ne cultivent pas le talent que Dieu leur a donné !

Un tout jeune homme compose un sermon au séminaire, il le coud de pièces, de morceaux et de phrases rapportés. Il s'efforce autant que possible de n'être pas lui-même, et puis avec ce bagage, il monte dans une chaire, chaire de ville, même chaire de cathédrale, et le voilà orateur. Et après cela on s'étonne que les fidèles s'ennuient, qu'ils ne viennent pas nous écouter ; on devrait plutôt s'étonner qu'il y ait tant de personnes au sermon.

Cependant il faut être juste, tout le monde n'entend pas ainsi l'éloquence sacrée. Dans certaines congrégations religieuses, les choses se passent d'une tout autre façon, dans la compagnie de Jésus, par exemple. Je lui demande pardon de révéler ses secrets de famille, mais c'est pour le bien des âmes.

Un novice entre chez les Jésuites, il a été dans le monde ce que vous voudrez, avocat, grand seigneur, écrivain, prédicateur, chanoine, grand vicaire, évêque ou même cardinal... n'importe. Trois ou quatre fois par semaine, il ira à la classe de lecture. Là on le fera lire comme un petit enfant, on lui apprendra à articuler, à marteler, puis de temps en temps on l'arrête, on demande à l'assistance ce qu'il y a de bien, ce qu'il y a de réprehensible dans sa lecture, et ainsi jusqu'à ce qu'il prononce parfaitement et qu'il se soit débarrassé des accents trop désagréables.

Ce n'est pas tout : chaque lundi pendant le temps du noviciat et pendant le temps des études, c'est-à-dire pendant cinq, six, huit ou dix ans, il y a l'exercice des *tons*, ce qui consiste à faire réciter ce qu'on appelle la formule des tons généraux, c'est-à-dire un petit discours où se trouvent réunis tous les tons dont on se sert ordinairement dans les morceaux oratoires. Il y a le ton de la persuasion et le ton de la menace, le ton de la bonté et le ton de la colère, le ton de la miséricorde et le ton des justices de Dieu, le ton de la prière et le ton de l'autorité. Il faut que le jeune orateur s'habitue à assouplir, à briser son organisme, afin de se façonner à ces tons divers...

Après viennent les tons particuliers, c'est un petit discours composé en deux heures, sur un texte donné, et qui doit surtout contenir des mouvements oratoires. Trois ou quatre jeunes novices sont ainsi exercés chaque semaine, sans parler des sermons que l'on prêche au réfectoire.

Mais ce qui est plus profitable, quand l'orateur a récité ses *tons*, il reste debout dans la chaire, et le maître des novices interroge une partie des spectateurs. Il demande ce qu'ils pensent du fond, de la forme, de l'expression, etc..., et le pauvre patient

est là qui entend raconter ses défauts ; mais cela se
fait en toute charité, et on ne manque pas de signa-
ler aussi ses qualités.

C'est chose fort intéressante ; il y a jeunes avocats,
jeunes ecclésiastiques, hommes d'expérience, et puis
il y a les gens de raisonnement, les gens d'imagination et les gens de la prédication apostolique, et
chacun formule sa pensée avec une grande liberté.

Les plus jeunes sont interrogés les premiers, et
naturellement quand on est jeune, on est toujours
difficile, on trouve toujours beaucoup de choses à reprendre ; mais patience, ils se corrigeront de ce défaut.

Après viennent les vieux novices, puis les Jésuites
brisés au métier de la prédication. Enfin le maître
des novices, qui résume les différentes opinions et
exprime la sienne ; mais quelquefois il y a des
jugements si bien formulés, si bien motivés, que,
malgré toute son envie de critiquer ou de louer, il
est bien obligé de modifier sa pensée.

Le jeune orateur descendu de chaire peut s'en
aller écrire dans ses cahiers ses défauts et ses qualités aussi, et relire le tout de temps en temps...

Ce qui est bien, c'est que l'on vous encourage,
qu'on ne vise pas seulement aux défauts, mais que
l'on cherche surtout à développer le talent que Dieu
vous a donné. On vous fait comprendre que l'on peut
encore faire du bien, alors même qu'on a une demi-
douzaine de défauts, car on s'y trompe souvent : il

suffit d'une seule qualité pour être un orateur remarquable, tandis qu'on peut bien n'avoir précisé-
ment aucun défaut, et être un fort pauvre homme
en fait d'éloquence. Dieu nous délivre des prédicateurs irréprochables, car ils sont souvent fort ennuyeux ; ils sont aussi incapables d'un trait de
génie que d'une irrégularité. Préoccupé sans cesse
d'éviter ce défaut, et puis encore celui-ci, et puis encore cet autre, il perd sa personnalité; ce n'est plus
un homme, ce n'est plus un prêtre, c'est un écolier
qui récite...

Pour bien former à la prédication un jeune orateur, il faudrait surtout commencer par le faire parler au peuple... Avec cet auditoire, il saura mieux
trouver son propre talent et se servir de ses moyens;
c'est encore la marche suivie dans la compagnie de
Jésus.

Le jeune Jésuite va parler dans les prisons, dans
les hôpitaux ; il donne des missions à la campagne
quand il est prêtre; il va faire le catéchisme s'il
n'est pas encore honoré du sacerdoce, et toujours il
a avec lui l'indispensable *socius*, qui ne lui ménage
ni les critiques, ni les compliments ; voilà sans doute
ce qui donne aux membres de la compagnie de Jésus cet aplomb, cette puissance, cette onction, que
l'on remarque généralement chez eux.

Cet exercice a de plus un grand avantage, il apprend
la science de la vie et la sagesse dans les jugements

Si le jeune prêtre n'a beaucoup étudié les difficultés de la parole, il se figure que tout l'art de la prédication consiste à composer un discours, à l'apprendre par cœur et puis à le réciter sans broncher, de sorte que l'on puisse dire : *Il ne s'en est pas mal tiré*. Après cela, il juge sans discernement et même sans pitié, il prononce des jugements sans appel et des sentences irréformables, avec tout l'aplomb d'un homme qui a le bonheur de ne savoir ce qu'il dit.

Quand on a étudié, quand on a travaillé même pendant quinze ans, on devient plus indulgent et plus modéré, et l'on comprend mieux qu'il y a d'autres manières que la nôtre de faire du bien. Un prêtre devait prêcher un jour devant plusieurs autres prêtres du métier et il se plaignait que leur présence le gênait... Si vous craignez les jugements des hommes, lui dit un de nos plus célèbres orateurs, mieux vaudrait pour vous avoir affaire aux douze premiers prédicateurs de France qu'à douze vicaires ou même à douze séminaristes.

Il faut donc s'exercer; mais on dira : Où prendre du temps? on a tant de choses à faire pendant les quatre années de séminaire, et dans le saint ministère ensuite. Oui, c'est vrai, encore faut-il aller aux plus essentielles. La prédication ne serait-elle pas de ce nombre aujourd'hui? On apprend la théologie dogmatique, qui doit faire le fond de solides instructions. Mais si personne ne vient les écouter, ou si elles en—

14.

dorment l'auditoire? On étudie la morale et la solution des difficultés qui se présentent au saint tribunal. Mais si on ne vient pas se confesser?... Il faudrait toujours se rappeler que le but de ces études doit être *propter nos homines et propter nostram salutem.* Et puis ne pourrait-on pas parler un peu moins des erreurs et des hérésies du passé, et s'occuper un peu plus du temps présent? Ne pourrait-on pas donner un peu moins de temps à ces questions, qui sont la grande tentation et le grand péché des professeurs de théologie et de philosophie, c'est-à-dire aux questions douteuses, dans lesquelles on expose longuement et largement les opinions opposées, sans oublier de donner la sienne, pour conclure à peu près ceci : faites ce que vous voudrez? Je livre tout cela à la sagesse et à la piété de ceux qui dirigent les séminaires; ils savent très-bien que la science du prêtre ne doit pas être pour lui-même, qu'il doit savoir la communiquer et la faire aimer à autrui.

On suppose souvent des choses qui n'existent plus; on suppose souvent que les églises sont pleines, que les mauvais chrétiens y viennent, que les confessionnaux sont entourés, et c'est bien trop souvent une supposition gratuite ; avant tout il y aurait une chose préalable, ce serait d'apprendre au prêtre à ramener les masses à l'église, au saint tribunal, et à les instruire quand elles y sont.

Enfin, pendant les récréations, au moins, les jeunes

élèves pourraient se réunir peut-être et s'aider de leurs communes lumières.

Les prêtres des paroisses pourraient se réunir aussi, s'exercer ensemble, se faire part de leurs réflexions, de leurs industries, en toute simplicité et charité; absolument comme le font les jeunes avocats, et nous aurions le bonheur de voir le faux, l'emprunté, le factice, l'artificiel, le gourmé, l'emphase, la déclamation, la roideur, les cris, l'agitation sans motif, la monotonie et l'ennui descendre de la chaire sacrée... et d'y voir monter à leur place, le vrai, le simple, le naturel, le puissant, en un mot l'Evangile.

CHAPITRE XI.

Nécessité de l'étude.

De tout ce qui vient d'être dit, il est facile de conclure qu'il faut beaucoup étudier, étudier les sciences
et les hommes, étudier dans les livres et dans les
cœurs... Pour avoir une noble simplicité, de l'aisance,
du naturel, il faut avoir une profonde science ; je dirai même : Peu d'étude éloigne du naturel, beaucoup
d'étude y ramène.

Mais d'autres motifs plus puissants commandent
l'étude, c'est le devoir, c'est le salut du monde. On a
dit : Avant tout la piété, et on a eu raison de le dire.
Oui, certes, la piété avant tout ; mais la véritable piété
consiste principalement dans le fidèle accomplisse-
ment des devoirs de son état. Or, il est absolument
impossible aujourd'hui au prêtre dans toute position
de remplir ses devoirs, sans une dose suffisante de
science.

Car, qu'est-ce qu'un prêtre? C'est le dépositaire de
la science, de la vie, et il la doit à tout homme ; il doit
tracer leur voie à tous, aux petits, aux grands, aux
enfants, aux vieillards, aux savants, aux ignorants,
aux humbles, aux orgueilleux, aux masses.

Il doit se jeter au-devant des passions et des erreurs, dévoiler leurs ruses, briser les répulsions du vice, illuminer les intelligences, ravir les cœurs par la force de l'Evangile. Ce qu'il faut de science à un prêtre c'est effrayant...

Aussi l'Eglise a toujours recommandé l'étude. Les saints Pères étaient des hommes d'étude; les hommes qui ont brillé par leur génie, des hommes d'étude... Voyez Bossuet; on se prévaut de sa facilité: il avait de la facilité celui-là! Eh bien, on frémit à la pensée de la vie de travail qu'il a menée jusqu'à l'âge le plus avancé. Le plus souvent il était levé dès deux heures du matin, pour reprendre un travail à peine interrompu. Oh! qu'on ne s'y trompe pas, la gloire et les services rendus à l'Eglise coûtent cher...

L'étude absorbait tellement sa vie que tout le monde sait ce trait. Un jour son jardinier l'aborda et lui dit: Monseigneur, je me donne bien du mal, je ratisse, je plante des fleurs, et vous n'y faites pas même attention; si je pouvais donc planter dans mon jardin des saint Jean Chrysostome et des saint Augustin, je serais beaucoup plus heureux.

Et aujourd'hui les prêtres qui font quelque bien travaillent avec une persévérance de tous les moments; on est effrayé de la règle que s'était imposée le père Maccarthy.

«Mes recréations doivent être courtes, dit-il; il suffit en général de se promener un livre à la main, ou en récitant quelques prières, les conversations inutiles et la perte du temps sont des crimes pour un prêtre. »

A l'âge de plus de cinquante ans il ne pouvait plus travailler assis, à cause d'une faiblesse excessive, fruit d'une œuvre de charité. Il s'étendait sur une peau de mouton au milieu de sa chambre, et travaillait là dix et douze heures par jour. On admire les succès, voilà ce qu'ils coûtent. On se plaint que les fidèles ne viennent plus à nos sermons, avons-nous passé par ces épreuves ? Rendons cette justice aux hommes de notre temps, que partout où paraît quelqu'un qui a de la vertu et de la science, mais une vraie science qui ne s'apprend pas toute dans les livres, il produit une vive impression.

D'un autre côté, le monde veut de la science aujourd'hui, c'est une de ses fantaisies; a-t-il raison, a-t-il tort ? Vous êtes libre d'en penser ce que vous voudrez, mais il y a obligation de charité pour nous de nous faire tout à tous pour les gagner tous ; et ce moyen est bien efficace.

Il n'y a plus que deux puissances aujourd'hui dans le monde, la puissance de l'or, et la puissance du talent.

Le prestige du nom, de l'autorité, de la dignité, a péri. C'est triste à dire, mais c'est vrai; que voulez-vous, il faut bien prendre les hommes tels qu'ils sont pour les rendre meilleurs.

Quant à la puissance de l'or, nous ne l'avons pas, et

n'est certes pas tant pis. Nous sommes généralement pauvres, issus de parents pauvres, et on peut
dire de nous ce que saint Paul disait des premiers
chrétiens : *Non multi potentes, non multi nobiles.*

Il faut nous rejeter du côté de la puissance du talent;
avec elle on se fait écouter, et on peut rapprocher
de la foi... Il y a deux voies qui ramènent à la religion, beaucoup y vont par la charité et par le cœur,
beaucoup y vont aussi par la science; et quand ces
deux choses sont réunies, c'est le comble du bien.

Mais un prêtre pris en flagrant délit d'ignorance
est un prêtre jugé, un prêtre mort moralement; alors
même qu'il a de bonnes qualités, on le flétrit par ces
paroles : *C'est un brave homme, mais il ne sait rien...*
Après cela que voulez-vous qu'il puisse, même sur des
paysans qui ont entendu prononcer ce mot fatal? Le
monde veut de la science, il faut lui en donner; il faut
étudier non toutes les connaissances humaines, mais
en posséder quelques-unes à fond, celles qui touchent
à nos devoirs, et n'être pas ce qu'on appelle un ignorant sur les autres.

Il serait désolant, par exemple, que nous fussions
obligés d'aller prier des laïques de venir nous expliquer les beautés de nos églises, ou les symboles qui
décorent nos ornements.

En France on aime une belle parole, une parole ani-
mée, vivante, incisive; tâchons de posséder cette parole... Le monde vient à nous, allons aussi vers lui

prenons un peu de sa science, et il prendra de notre religion.

Du reste la science a toujours été une des gloires de l'Eglise, et au moment de la Révolution de 93, au rapport même d'historiens quelquefois prévenus, il y avait dans le clergé de France une immense multitude d'hommes remarquables par la science et le talent. Aujourd'hui on nous dit que nous sommes un clergé admirable, le premier clergé du monde; c'est fort bien, mais ce n'est qu'un compliment, c'est-à-dire que tout n'est pas mérité. Hâtons-nous de vérifier cette parole sous tous les rapports.

Mais pour se dispenser de l'étude on ne manque pas de bonnes raisons ; mon Dieu ! quelles erreurs et quelles faiblesses la parole n'a-t-elle pas su patronner? nous en savons bien long sur ce point ; il y a sur cette terre des raisons de toutes choses.

La première raison est celle-ci... on voudrait bien, mais on n'a vraiment pas le temps. Ici soyons juste, il y a du vrai, pour quelques-uns... Les travaux et les embarras du saint ministère absorbent... et puis ils hachent encore le peu de temps qui nous reste... Oui c'est vrai, parfois... Mais bien souvent si nous voulions .. Oh! quand on veut fortement une chose... demandez à la partie la plus faible de l'humanité... ce qu'on a envie de faire, on trouve toujours le temps de le faire. Venez avec moi à la recherche du temps, et il me semble que nous en pourrons trouver quel-

ques bribes et même une large provision... et d'abord
ces longs dîners, si vous en retranchiez une partie du
commencement, une partie de la fin, une partie du milieu, le reste serait encore bien suffisant. La dignité est
courte dans ses paroles et dans ses dîners aussi, car elle
sait que c'est s'aventurer que de se montrer longtemps
et de si près, au milieu de mets et de liqueurs qui sentent assez peu la mortification de l'Evangile, sans
parler de ce pauvre peuple qui ne nous verrait pas
aller nous asseoir à une somptueuse table, tandis qu'il
travaille et vit maigrement... Et que dire des visites
qu'on fait et qu'on reçoit, des importunités qu'on su-
bit et qu'on impose, des voyages, de certaines lec-
tures, et d'un sommeil trop prolongé ? Il y aurait là
de belles économies à réaliser. Mettez là un vieil
académicien, compilateur de choses que personne ne
lira, déchiffreur de manuscrits indéchiffrables ou em-
pailleur d'oiseaux, sempiternel collectionneur de
médailles ou de papillons, vous verrez qu'il saura
réaliser un bénéfice de temps de cinq heures au
moins par jour. Et nous pour sauver les âmes... Oh la
paresse ! voilà encore une de nos calamités... le serpent de la paresse, une des plus vilaines bêtes de la
création, se glisse partout... Ce qui nous arrête, c'est
qu'on ne se plonge pas dans l'étude, c'est qu'on n'a pas
le goût, la passion de l'étude ; tout cela ne s'acquiert
qu'en travaillant beaucoup. Brisons les premières
difficultés et le goût viendra et le temps se trouvera...

15

Du reste l'excuse ne vaut rien ; il n'est jamais permis de dire qu'on n'a pas le temps de faire une chose qu'on est obligé de faire.

On dit de plus qu'on a déjà beaucoup étudié dans sa vie, on ne dit pas, mais on pense qu'on a déjà acquis une certaine dose de science avec beaucoup de facilité, et que le public en sait quelque chose, et que plus d'une fois il nous en a complimenté.

On a beaucoup étudié, beaucoup appris, et aussi beaucoup oublié... Rien ne s'oublie vite comme une science qui n'est pas cultivée.

Il y a une étrange habitude... on juge de la science d'un homme par ce qu'il était au séminaire. Dans ce temps-là c'était une capacité ; depuis il n'a rien appris, il a beaucoup oublié ; sa science même est descendue au-dessous du triste suffisant et cela se voit : n'importe, c'est encore une capacité..... Un autre était faible au séminaire ; depuis il a travaillé, il a lutté, il a grandi son talent... Allons donc! que parlez-vous de cet homme, il est peu capable. Soi-même on se croit au courant parce que l'on savait quelque chose il y a quinze ans. Et l'on ne soupçonne pas que ce que l'on peut acquérir au séminaire, c'est seulement la clef de la science et le goût de l'étude.

On a de la facilité ; à quoi bon tant travailler? Ah! Dieu nous délivre des gens à facilité : ils sont longs, ennuyeux, rabâcheurs, guindés et nullement naturels... Toujours notre principe : peu d'étude éloigne

du naturel, beaucoup y ramène. Il faut arriver à
quelque chose dont tout le monde dise : Mais c'est
tout simple ; c'était ce qu'il fallait dire, j'aurais eu à
parler que je n'aurais pas dit autre chose. Et ce n'est
pas sans peine qu'on arrive là : généralement les sermons valent ce qu'ils coûtent et nos hommes les plus
capables sont ceux qui travaillent davantage.

C'est une misérable méthode que celle qui consiste
à ne travailler qu'un sujet en particulier. Elle ressemble beaucoup au travail du jeune homme qui avant
tout veut se faire recevoir bachelier.

Mais on ajoutera · Néanmoins ; on ne se plaint pas.
Loin de cela, on a bien voulu nous dire que l'on
était content.

Mon Dieu! cela n'est-il donc pas arrivé à tout le
monde? qui même n'a été *abîmé de compliments*, con-
naissez-vous quelqu'un qui n'en soit pas là ? Ce serait
une chose bien curieuse de savoir s'il existe sur cette
terre un prédicateur si chétif, si ennuyeux, si insi-
gnifiant, qui n'ait pas trouvé une bonne âme pour lui
faire l'aumône d'un petit compliment ou d'un petit
mensonge; bienheureux encore si, après avoir entendu
un de nos bons prédicateurs, on est venu lui dire
avec une astuce toute de serpent : « *Tout cela est fort
beau, tout cela est magnifique, mais enfin j'aime encore mieux vos bonnes et charmantes petites instructions.* » Le moyen après cela de douter de sa science:
on est tenté de se croire quelque Ravignan ou quel-

que Lacordaire méconnu... On voit bien qu'il y a un
peu d'exagération, mais on ne demande pas mieux
que d'en croire au moins la moitié. Ah ! la flatterie
gâte les rois et les prédicateurs aussi.

« Mais enfin, j'en sais toujours assez pour parler à
mon peuple, je serai toujours au-dessus de nos bonnes gens... » Ce n'est pas au-dessus, c'est à l'unisson
qu'il faut être... et encore voyons votre science par
rapport à vos *bonnes gens*. Quand vous êtes en chaire,
quand vous parlez, voyez-vous leur attention fixée,
leur visage illuminé, leurs yeux enflammés ou mouillés
de larmes, les tenez-vous sous le charme de votre
parole, possédez-vous leurs âmes avec votre âme....?
Oh ! non, dites-vous ; les grossiers, ils bâillent, ils
dorment, redoutent les sermons et sont fort heureux
quand ils voient qu'à la Messe l'évangile est immédia-
tement suivi du *Credo*. Alors à l'étude, à l'étude... re-
maniez votre science et votre cœur; retournez aussi
à l'étude de votre peuple, voyez son côté faible et son
côté fort; étudiez son esprit, sa manière de voir, de
saisir les choses et après cela vous viendrez avec une
vérité fort concise, énergique, et vous entrerez dans
la place. On croit qu'on n'a qu'à ouvrir la bouche et
l'on veut que le peuple écoute et s'extasie : ou bien
on dit qu'il est ignorant et matériel. Au lieu de lui
parler un langage qu'il comprenne, on lui présente
une thèse de théologie mise en amplification. Et il se
dit : « A coup sûr cela doit être bien beau, mais cela ne

nous regarde pas. » « Si, comme le disait un ouvrier, c'est là la parole de Dieu, elle ne s'adresse pas à nous, elle doit s'adresser aux riches..... »

Il faut donc étudier pour faire du bien à tous, même pour en saire au peuple, aux pauvres et aux petits. Nous l'avons dit ailleurs, il est plus difficile de parler au peuple que de parler aux lettrés, il faut pour cela plus de préparation. Aussi nous avons plus d'hommes en état de bien parler aux classes riches, que d'hommes en état de bien parler au peuple, et pourtant le peuple c'est presque tout le monde... Reprenons donc la supériorité que donne la science, saisissons les hommes grands et petits par où ils nous présentent les moyens de les prendre. Le monde veut de la science, donnons-lui de la science, emparons-nous de sa science : alors nous serons certainement plus forts que lui. Nous aurons une double puissance : à lui la science humaine seulement, à nous la science humaine aussi et la science divine de plus; à lui la force d'une parole d'homme seulement, à nous la parole de l'homme et la force de la parole de Dieu de plus; à lui, en un mot, la terre, seulement rien que la terre, à nous la terre aussi et le ciel de plus.

CHAPITRE XII.

Le zèle.

Il est un sentiment qui doit nous soutenir et mettre la vie dans tout ce que nous venons d'exposer, dans l'étude, dans la composition, dans la divine parole, c'est le zèle.... Le zèle, c'est force, joie, bonheur, avenir, couronne, salut pour le prêtre et pour l'humanité.

Inutile de s'arrêter à en démontrer la nécessité.... Il est commandé à tout le monde : *Unicuique mandavit Dominus de proximo suo....* Un prêtre qui n'a pas de zèle est-ce encore un prêtre ? Ne serait-ce point plutôt un homme ? Il est placé seulement sur la terre pour entretenir *le feu sacré* que le Seigneur Jésus est venu y apporter ; et que serait aujourd'hui un prêtre froid, de glace en présence des âmes qui se perdent et du vice qui les ronge ? On ne le concevrait pas....

Une des gloires du christianisme, c'est son zèle à secourir toutes les misères du corps, et le prêtre n'a pas la moindre part dans cette charité ; mais que servirait-il de secourir le corps si l'âme est abandonnée ? Que sert-il de s'en aller crier : Charité ! charité ! si l'âme, la partie la plus sensible et la plus dolente de l'homme, doit être livrée à d'éternelles souffrances ?

Qui ne serait touché de compassion à la vue de tant
de pauvres êtres qui travaillent, qui s'agitent, qui
vont, qui viennent, qui souffrent et qui maudissent
sans consolation et sans espérance?

Cependant la plupart d'entre eux ne sont pas méchants. Quelques-uns sont ignorants, quelques-uns
sont égarés.... beaucoup flottent entre le bien et le
mal; ils n'attendent qu'une bonne parole qui soit
dite, qu'une main qui se tende, qu'un grand courant
de bien soit créé, passe à côté d'eux et les emporte,
ils seront si heureux de le suivre... Eh bien! à nous
de créer ces courants de vérité et de vertu, à nous
de nous élancer au-devant des erreurs et des passions et de leur dire : Vous ne passerez pas!..

Et je ne sais si nous ne restons pas trop dans notre
coin et dans nos conceptions; oui, on se tient à l'é-
cart... et de là on regarde comment va le monde; et
naturellement on trouve qu'il va fort mal. Je le crois
bien. On le laisse mener aux mauvaises passions...
tandis que l'on devrait s'élancer comme Moïse sur la
brèche, regarder en face les vices et les colères,
lutter corps à corps avec tout cela, leur crier avec
la puissante voix de Dieu: Arrêtez! Arrêtez! Vous
ne prendrez pas ces âmes, ce ne sont pas les vôtres! ce sont celles de Jésus-Christ! il les a ache-
tées, il les a payées de son sang!... Ah! s'il se trouvait souvent de ces courages, de ces volontés, de
ces puissances, la face de l'univers serait bientôt

changée, car les caractères sont faibles; on ne sait plus vouloir... on ne sait plus que se laisser entraîner. Ce qui manque aujourd'hui pour diriger le monde, ce n'est pas tant la science, c'est la volonté... Ah! qui nous donnera donc des hommes de volonté?...

Si, du reste, pour stimuler notre zèle, il était besoin d'ajouter quelque chose... il nous suffirait de nous dire: Regardons le monde, regardons les méchants... Ah! les méchants, ils nous donnent à nous autres chrétiens des leçons bien humiliantes, des leçons sanglantes... c'est à en baisser les yeux de honte; nous en sommes réduits à souhaiter aux meilleurs d'entre nous le zèle pour le bien que les méchants ont pour le mal.

Nous parlons mal des méchants et nous avons raison; mais, au moins, rendons-leur cette justice : ils savent faire leur métier ceux-là... ils ont le courage de leurs opinions... il y en a là du zèle, il y en a là de l'activité... il y en a là de l'ardeur... Tout est sacrifié, repos, argent, liberté, vie même... et puis, quelle habileté! comme ils savent se faire grands avec les grands, petits avec les petits?—Un mauvais livre paraît... vite! qu'il ait un beau format, qu'il soit orné de belles gravures... Bien, voilà pour les riches et pour les salons.

Maintenant une édition ordinaire, à prix modéré: voilà pour la bourgeoisie, le cabinet de lecture et le comptoir; après cela, une édition populaire à quatre sous pour le peuple, pour l'atelier, pour la chaumière. Un homme récemment converti a avoué qu'il avait donné, de sa bourse, en trois ans, pour trente mille francs de mauvais livres. Et nous!... et nous chrétiens, nous qui savons le prix des âmes !... nous dont la vocation, le devoir est de les sauver, nous contenterons-nous de quelques efforts dirigés souvent par la routine? Resterons-nous inactifs à la vue du torrent de vices et d'erreurs qui entraîne nos frères dans l'abîme? — Serait-ce là avoir de la foi? serait-ce là avoir de la charité? serait-ce là aimer Dieu et son prochain?...

Mais pour exercer leur zèle, que faut-il faire? Voilà la grande question...

Avant tout il faut former des œuvres et des associations; il n'est plus permis aujourd'hui de n'en pas avoir.

Il faut prendre la société en détail, l'améliorer par partie, et puis en reformer un édifice solide. Car après tout, pour faire une bonne société, il faut la composer de bons éléments: c'est par les associations que nous arriverons là. Aussi il doit y en avoir pour tous les âges : associations d'enfants, d'apprentis, d'ouvriers, de Saint-Vincent-de-Paul, de la Sainte-Famille, etc. (1); elles font du bien à tous, à ceux qu'elles protégent et à ceux qui les dirigent.

(1) Voir, pour les détails, la manière de les établir et de les diriger, le *Manuel de charité*, et *Livre des classes ouvrières*.

Des sociétés de jeunes apprentis, comment se fait-il qu'il n'y en ait pas dans toutes les villes de France? Comment une seule ville ose-t-elle rester sans sa Société des jeunes apprentis! Que nous sommes parfois des êtres étranges..... Nous entourons les enfants des soins les plus tendres et les plus admirables, même jusqu'après la première communion; et puis, dans l'âge le plus critique, quand leurs passions commencent à les tourmenter, nous les lançons sans secours, sans contre-poids dans cette atmosphère empestée, qu'on appelle un atelier, et puis, nous faisons les étonnés, nous disons naïvement : Ils ne persévèrent pas... De grâce, est-ce que sans appui ils peuvent persévérer?.. Vous, avec votre science religieuse; vous, avec vos vertus acquises; vous, avec votre expérience et votre âge, à leur place, je vous défie de persévérer...

La Société de Saint-Vincent-de-Paul doit être partout, jusque dans la dernière commune de France. Il y a déjà 500 conférences, il y en a même jusque dans les campagnes où elles font beaucoup de bien. Il ne devrait plus y avoir au moins une ville, un bourg, qui n'ait sa conférence. On prétend qu'il n'y a pas d'éléments; pauvre ville, pauvre bourg, qui ne peut compter trois hommes qui aiment Dieu et les pauvres !

Il faut des associations d'ouvriers, au moins dans toutes les villes; on n'a plus d'excuses : elles existent)

elles fonctionnent, elles font du bien en beaucoup
d'endroits; on sait la manière de les former, de les
diriger. On a bien sa congrégation de jeunes filles,
de femmes; et les hommes, et les pauvres hommes,
ils sont négligés, oubliés, jetés à la réprobation...

Enfin association de la Sainte-Famille, association
de pauvres.

Les pauvres ne sont si malheureux que par l'ignorance et l'abandon moral dans lequel ils vivent...
L'association les éclaire, les soutient, les relève et dé-
charge la charité. Et qu'on ne vienne pas dire : «Mais
le temps nous manque;» le temps vous est donné surtout pour les pauvres; vous êtes là avant tout pour
évangéliser les pauvres... Du reste, voulez-vous faire
du bien aux riches, toucher les riches; voulez-vous
gagner la confiance des riches, voulez-vous même
les adorations des riches, dites, les voulez-vous? Occupez-vous des pauvres, travaillez à la moralisation
des pauvres, dévouez-vous au service des pauvres,
soyez saintement populaire; alors au lieu de végéter
au milieu de vos phrases et de votre isolement, vous
vivrez de la plénitude de la vie. Vous verrez autour
de vous des mains qui se tendront, des cœurs qui
s'élanceront, des bourses qui s'ouvriront et des bou-
ches qui vous crieront : «Courage, c'est bien, c'est
bien... » Vous serez réduit à vous humilier devant
Dieu et à lui dire : «Mon Dieu, retirez-vous de moi, je
ne suis qu'un pauvre pécheur... »

Oui, soyons justes pour les classes riches, pour le monde, même pour ceux qui ne pratiquent nullement la religion : quand ils rencontrent sur leur chemin un prêtre ami des pauvres, ils vont lui porter un large tribut de respect et de vénération ; et rien ne ressemble à l'amour de Dieu, comme l'amour qu'on a pour un de ses prêtres.

Il est encore d'autres associations qu'il serait bon d'établir. Ce serait par exemple, dans les villes, une association de domestiques. Mais comme l'humilité n'est pas notre vertu, ni en haut ni en bas, on l'appellerait *association des gens de maison ;* elle se réunirait le dimanche une fois par mois, je suppose, et l'on aurait là une occasion de dire à cette classe une foule de vérités qu'on ne peut dire ailleurs et l'on pourrait redresser ces pauvres gens, qui de plus en en plus traitent leurs maîtres en ennemis. C'est une calamité, il va se former dans les familles un parti hostile, qui peut devenir fort dangereux à l'occasion. Du reste toute la faute ne vient pas d'en bas. Il n'y a plus rien qui lie le maître à son domestique, si ce n'est l'intérêt. On appartient à celui qui donne plus d'argent ; et la probité, et la fidélité, et la discrétion !... On ne se contente pas de voler son maître, on le déchire.

Association de mères de famille. Les devoirs de la mère, surtout chez le peuple, sont difficiles. Elle a besoin d'être éclairée, soutenue, ranimée, grondée peut-être; c'est là surtout qu'il y a beaucoup de choses à dire, qu'on ne peut dire devant tous. Que l'homme s'oublie, c'est un grand malheur pour une famille ; mais quand la femme faiblit, tout est perdu. N'est-ce pas la gardienne de la religion et de la morale au foyer domestique ! L'essai a été fait à Bordeaux et ailleurs, il a parfaitement réussi (1).

Il est deux associations qu'il faudrait de toute nécessité créer dans les grandes villes. Ce serait une association de jeunes commis et une association de ces jeunes personnes qu'on appelle *filles de boutique* ou *demoiselles de comptoir*. Ces deux classes sont si négligées, aussi leur moralité est souvent plus que nulle : et puis ils s'en retournent dans les petites villes, dans les gros bourgs, former cette classe boutiquière, égoïste, matérialiste, voltairienne, susceptible, vaniteuse, et toujours prête à donner des leçons au pouvoir.

Il serait facile de former ces associations. Pour l'association des jeunes personnes, c'est évident; pour l'association des hommes, il faudrait simplement un bon noyau, et il serait bientôt grossi par ceux qui quittent la maison paternelle. Il en coûte toujours aux familles de lancer un jeune homme dans une grande ville, et elles seraient bien heureuses de trouver qui les protége contre les séductions et qui les guide dans leur nouvelle carrière. Presque tous les jeunes gens

(1) Voir le *Manuel de charité*.

qui viennent des campagnes ont été chrétiens jusque là. On pourrait donner à cette œuvre un nom d'œuvre de charité, ce serait un moyen de la faire aimer.

Une autre œuvre immense de zéle, c'est la propagation des bons livres (1).

Ce genre d'apostolat n'a pas été assez compris de tous. On comprend l'apostolat de la parole qui se donne à l'église, on ne comprend pas l'apostolat de la parole qui, sous la forme d'un bon livre, va s'asseoir au foyer domestique de la famille.

Nous sommes néanmoins en progrès sur ce point, et j'espère que l'excès du mal nous rendra plus actifs encore ; que quand nous aurons été bien battus, nous nous relèverons comme il convient à des chrétiens.

De sa nature, le chrétien de nos jours n'est pas brave, il est même timide, à petits tempéraments, cherchant de son mieux à concilier ses devoirs avec ses intérêts. Mais quand il a été maltraité, poussé à bout, il se replie sur lui-même, se relève et se dresse dans sa foi. Alors il est grand, il est hardi, il se défend, il repousse, il attaque, il triomphe alors même qu'il meurt.

Le temps est venu de nous servir de cette terrible machine que Dieu a jetée au bien et au mal. Est-ce que la presse ne nous a pas assez maltraités ? Est-ce

_____

(1) Voir dans le *Manuel de charité*, le chapitre *les Bibliothèques*.

qu'elle n'a pas encore jeté assez de sang et de boue à la face de l'humanité et de la religion ? Est-ce que ce n'est pas assez de deux cents millions de mauvais livres donnés en pâture à la France ? Est-ce que le monde n'est pas encore assez éloigné de l'Eglise ? Qu'attendons-nous ?

Il y a là un moyen puissant de faire le bien : on lit partout à peu près, ne vous y méprenez pas, plus d'une fois on s'y trompe.

Un prédicateur donne une retraite dans une campagne, et le curé lui dit : Dans ma paroisse on ne lit pas. La retraite avance, et voilà qu'il se trouve des masses de livres si affreux, mais si affreux, qu'il ne s'en trouve pas de semblables dans les faubourgs de Paris ; des livres dont le titre tout seul est un outrage à la morale publique.

Il faut se rappeler ce que nous avons dit : Il y a en France de 18 à 20 millions d'hommes, qui savent lire, de plus qu'à la fin du xviiie siècle.

On dit : Mais on ne lit pas les bons livres. — Cela dépend des livres.

Mais après les avoir lus les hommes sont les mêmes ! — Pas toujours, et encore qui sait s'il n'est pas resté une pensée qui plus tard portera son fruit ? Il y a des livres qui ont souvent converti, qui ont converti en quelques années plus d'hommes que nos plus célèbres prédicateurs n'en convertiront dans toute leur vie. Il en est un, par exemple, que tout le monde connaît, qui est chaque jour le bon ange des pauvres pécheurs égarés : et quels pécheurs et quels hommes ! Et ce livre vous l'avez nommé, ce sont les *Etudes philosophiques* de M. Nicolas (1).

De graves curés de villes, nous ont avoué qu'ils croyaient avoir fait plus, avec leur bibliothèque, pour le bien des âmes, qu'avec tous les sermons et toutes les autres ressources du saint ministère.

Mais ces livres doivent être choisis avec soin, et on ne s'en inquiète guère, chose étrange ! on soignera un sermon qui sera écouté de quelques centaines de personnes, et on ne choisit pas le livre qui ira parler de Dieu à ceux qui ne viennent pas à l'église ! Chaque année, pour les distributions de prix, on donne en France, dans les pensionnats honnêtes, environ 1,200 mille volumes ; quel bien on pourrait faire par là, s'ils étaient bien choisis ! Quelle masse de bons livres on pourrait jeter dans les familles ! Mais on les prend au hasard : un livre a une approbation d'évêque, quel qu'il soit, il passe. Il n'y a pas d'idées, il est ennuyeux, c'est un mauvais roman religieux, il peut même être très-dangereux ; qu'importe, on le donne, et, chose inconcevable, cela se fait chez

(1) Un homme occupant un poste élevé lui écrivait ces lignes : « D'un homme indifférent pour notre sainte religion, vous avez fait, en moins de quinze jours, un chrétien fervent, sincèrement repentant de ses fautes, fermement décidé à sanctifier sa vie... »

Un autre : « Je dois en grande partie mon retour à un livre que je voudrais faire lire à tous mes parents et amis. »

des religieuses, très-distinguées d'ailleurs, appelées à diriger les enfants des classes élevées de la société. Cela se fait même chez des ecclésiastiques capables. Il semble qu'on a entrepris de prouver cette assertion des méchants : qu'il n'y a chez les gens pieux qu'une littérature insignifiante et ennuyeuse.

Ce serait faire acte d'un zèle intelligent que de redresser ces écarts.

Du reste, un moyen de propager les bons livres, c'est de prendre les hommes par leurs propres intérêts ; c'est de donner beaucoup de gloire et d'argent aux auteurs et aux libraires ; c'est de savoir mettre le commerce au service du bien. — Oui, faisons gagner beaucoup d'argent à ceux qui vendent de bons livres. En général, un des grands moyens pour réussir, ce n'est pas d'agir soi-même, c'est de savoir se servir des autres. On se donne souvent trop de mouvement et l'on en ferait deux fois plus si on en faisait la moitié moins.

Mais on va dire : Pour établir toutes ces œuvres il y a des sacrifices à faire ; il faut de l'argent, et puis il y aura de l'opposition. Oui certes, et tant mieux : vive l'opposition et vive la critique ! c'est la verge dont Dieu se sert pour nous faire marcher... Il y aura de l'opposition, alors aussi il y aura du courage, il y aura de grandes choses. Est-ce donc que nous sommes faits pour suivre vulgairement la masse des hommes ?...

Il y a vraiment des gens d'assez bonne volonté

qui semblent ne pas se douter de ce qu'est le Christianisme, et qui formulent leur paresse avec une charmante naïveté. Vous leur proposez une œuvre, ils vous répondent : Permettez, *cela souffrira des difficultés : le temps n'est pas venu, je ne veux pas me mettre en avant, cela pourrait m'attirer des désagréments.* On est tenté de leur faire cette question : Etes-vous chrétien ? Naturellement on vous répondra : Oui, par la grâce de Dieu.

— Qu'est-ce qu'un chrétien ?

— C'est celui qui croit à la doctrine de Jésus-Christ, et qui a été baptisé...

Or, écoutez la doctrine de Jésus-Christ... Heureux ceux qui souffrent persécution... Vous serez heureux quand on vous haïra, quand on vous poursuivra... qu'on vous traînera devant les grands et les chefs des peuples. — Nous avons, je crois, une certaine tendance à regarder les textes sacrés qui nous gênent, comme des figures de rhétorique...

On parle de *désagréments* et on dit : *Le temps n'est pas venu, il y aura de l'opposition.* Mais quand Jésus-Christ envoya les Apôtres convertir le monde, ils auraient pu répondre aussi : Seigneur, le monde n'y est pas préparé, il est encore si sensualiste, il y aura de l'opposition... Et quand les coups de verges pleuvaient sur leurs épaules, ils étaient bien en droit de dire : Retournons à notre vie tranquille, *cela nous attire des désagréments!*

La vie du prêtre n'est-ce pas une vie essentielle-

ment militante? puisque c'est la vie de tout chrétien;
le prêtre n'est-ce pas un soldat? Eh bien! que dirait-
on, que penserait-on, en France, d'un soldat qui, à
ce cri : L'ennemi! voilà l'ennemi! aux armes! répon-
drait froidement : Attendez, il va y avoir de l'opposition;
l'ennemi va se défendre; il va nous jeter balles et boulets ; ce soldat, en France, n'aurait qu'un nom, il
s'appellerait lâche... Mais ce soldat ne s'y trouve pas;
au contraire, à la pensée des obstacles, des forces en-
nemies, son courage s'exalte, son cœur bondit, il
court, il vole, il frappe, il triomphe ou tombe dans
une mort glorieuse. Voilà ce que doit être le prêtre ;
mieux encore.., il doit être abrité derrière la puissance de Dieu : semblable à ce général qui voit autour
de lui les balles, les boulets, la mort, et reste dans
le plus grand calme...

Mon Dieu! que parlons-nous donc de paix? la paix,
vous ne l'aurez pas... Parler de paix à des hommes
qui sont des conquérants; ne l'a-t-on pas dit dans
un célèbre discours? C'est nous qui sommes les premiers soldats, et on s'en vient nous parler de paix.
Le prêtre est un être risqué, sacrifié, perdu pour la
vie du monde, auquel on a dit : Va combattre à tel
poste et meurs pour sauver non une armée, mais
l'humanité. La paix, sachez-le, vous ne l'aurez jamais ; parce que les passions vous feront éternellement la guerre.

Il y a deux choses qui nous font bien du mal, que

nous avons prises à notre siècle et ce n'est pas ce qu'il a de mieux. La première est une profonde faiblesse de caractère qui se réfugie dans une petite vie vulgaire et un peu matérielle. Nous avons souvent une tendance à mener la vie d'un épicier en retraite. La seconde est une tendance fort prononcée à la bureaucratie. Nous attaquons cette tendance dans les autres ; ne sommes-nous pas aussi un peu bureaucrates ? Les grands hommes, chez nous, sont souvent ce qu'on appelle de bons administrateurs ; l'accessoire a remplacé le principal. L'administration est tout ; en certains lieux, elle tue l'apostolat. Si saint Paul revenait sur la terre, il n'y serait pas jugé digne même d'être curé de canton, attendu qu'il ne devait pas être fort en administration.

Quand Jésus-Christ mit saint Pierre à la tête de son Eglise, il ne lui demanda pas : Saurez-vous administrer ? mais : M'aimez-vous ? m'aimez-vous ? est-il bien vrai que vous m'aimez, c'est-à-dire: Saurez-vous sauver, saurez-vous vous dévouer, saurez-vous mourir ?..

Nous voilà donc revenus au zèle. Il y a tant de prêtres zélés en France, tant d'hommes admirables ; et même parmi les laïques quel zèle, quel dévouement, quel esprit de sacrifice !.. On ne peut plus nulle part supporter un chrétien qui n'ait pas de zèle, il y en a plus du reste qu'on ne le pense.

Il se passe souvent une chose charmante : quand

vous allez dans une ville où le zèle ne s'est pas encore manifesté, vous dites aux prêtres : « Mais comment est-il possible que vous n'ayez pas d'œuvres, d'asso-ciations, pas de Société d'apprentis, pas de Société d'ouvriers, pas de Sainte-Famille? mais que faites-vous donc? C'est une honte... Et ils vous répondent : « Que voulez-vous, nous n'avons pas d'hommes, pas de laï-ques, chez nous on n'aime pas à sortir de ses habi-tudes, ce n'est pas comme ailleurs. » Vous dites la même chose aux laïques, et ils vous répondent : « Ne nous en parlez pas, nous ne demandons pas mieux, mais nous n'avons pas de prêtre pour se mettre à notre tête, pour nous dire ce qu'il faut faire; nos prêtres sont de braves gens, mais ils *ne savent que suivre leur routine.* » Prêtres et laïques, approchons les uns des autres; et nous nous connaîtrons, nous nous com-prendrons, et nous ferons le bien.

Car il faut sauver les âmes. C'est notre devoir, no-tre joie, notre couronne, notre avenir à nous; et le prêtre qui ne les sauve pas, on peut dire de lui ce qu'on dit des hommes du monde qui ont eu quelque faiblesse : Il a manqué son avenir.

Il faut profiter de toutes les circonstances pour faire du bien aux âmes, pour les éclairer, les ramener, les rapprocher. Une première communion, par exemple, est une grande circonstance, elle est remplie de sou-venirs doux et tristes; mais gardez-vous de faire des sorties vulgaires contre les infidèles et contre les pa-rents. Ils vous attendent de ce côté-là, ils ont endurci leur âme et leur front; prenez-les par le cœur : ils ne sont pas du tout préparés à repousser ce genre d'attaque.

Après avoir dit que c'est aux parents que Dieu demandera un compte rigoureux de la vie de leurs enfants, prenez le sentiment opposé et dites aussitôt : « Ne craignez pas : je ne veux pas vous adresser de reproches, je ne veux pas troubler votre bonheur, je n'en veux pas distraire une parcelle; jouissez-en, c'est votre droit, c'est un faible dédommagement de toutes vos peines. Oh ! oui, jouissez bien de votre bonheur; voyez vos enfants : ils sont heureux, et c'est à la religion qu'ils le doivent. Non, je ne veux pas le troubler; il vous en a déjà bien assez coûté ce matin de laisser aller votre enfant tout seul à la sainte-Table absolument comme un orphelin... de vous tenir à l'écart et d'en être réduit à vous dire : Il en est digne, lui, mon enfant, et moi, non... Ah! ç'a déjà été bien assez de douleurs.

Du reste, vous n'êtes pas aussi éloignés de la religion que vous le pensez, vous tenez à Dieu de bien près, on aime toujours l'ami de son enfant, et son meilleur ami, c'est Dieu... Pourriez-vous repousser la religion, Dieu lui-même, quand nous allons vous le renvoyer chez vous ce soir sous la forme angélique d'un enfant bien-aimé ? Rapprochez-vous donc de l'Évangile... au moins emportez un bon sentiment, un regret, un désir... Et de cette façon le bien se fera...

. A la fin d'un carême, d'une station, dans une

grande circonstance, après avoir loué ceux qui ont
su profiter de la grâce, n'allez pas adresser des reproches, jeter des malédictions à ceux qui en ont
abusé, c'est encore banal et vulgaire et cela ne fait
que du mal. Au contraire, encouragez et ouvrez les
cœurs ; voilà de l'imprévu... Dites ce que dit un pieux
et zélé religieux à la fin d'une mission : « Mes frères,
je vais vous raconter une histoire qui n'est pas vraie,
qui est impossible, c'est une parabole.

» On dit que dans un pays du Nord, vers le pôle,
il fait si froid, si froid que les paroles y gèlent ; deux
hommes placés à une certaine distance se parlent,
mais ils ne s'entendent pas... Leurs paroles restent
gelées dans l'air, mais quand vient le printemps les
paroles dégèlent et on les entend.

» Mes frères, il fait froid aussi autour de vos âmes,
il y a de la glace et nos paroles y gèlent. Mais quand
viendra le printemps, quand le soleil de Dieu bril-
era, ces paroles dégèleront et elles iront jusqu'à vos
cœurs, ne fût-ce qu'au moment de la mort. »

Ainsi, explosion de charité et de bonté pour ceux
qui ont profité ; explosion plus large et plus tendre
encore pour ceux qui n'ont pas profité. « Que vous
dirais-je à vous ? Vais-je vous adresser des paroles
dures ? J'en aurais peut-être le droit au nom de Dieu ;
mais, certes, je n'en veux pas user... J'aime mieux
vous tendre la main, vous plaindre, compatir à votre
malheur. Il m'eût été bien doux de vous sauver,

mais vous ne l'avez pas voulu : Dieu ne m'en a sans
doute pas jugé digne. J'étais venu pour vous aussi...
un autre, je l'espère, sera plus heureux... Allez ; je
ne vous en veux pas, je ne vous maudis pas, au contraire, je prierai toujours pour vous... »

« Rapprochez-vous un peu de la religion. Dans vos
moments de calme, vous dites quelquefois : « Je ne
veux pas mourir sans les secours de la religion ; si
je me voyais malade, je ferais venir un prêtre. » Eh
bien ! préparez votre retour, corrigez telle et telle
passion que vous savez bien, détruisez telle habitude
qui empoisonne votre vie ; surtout ne scandalisez pas
les enfants. Hélas ! vos enfants, souvent vous les perdez, vous le savez bien ! au moins ayez pitié d'eux.
Ayez pitié de votre femme aussi ; car, je vais le dire
tout bas : on dit que quelquefois vous êtes durs.
Ah ! la pauvre femme, c'est bien assez de peines pour
elle ; elle a bien assez souffert , elle a bien assez
pleuré, etc. »

Voilà la manière de parler aux âmes ; voilà les
joies les plus saintes, les joies de l'apostolat... voilà
les seules joies qui nous soient permises. Et pourquoi nous en plaindrions-nous ? ne sont-ce pas les
joies les plus délicieuses ; ah ! qui me donnera des âmes
de pauvres pécheurs à sauver, à aimer, à bénir ? qui
me donnera de me baisser vers des frères coupables,
de les ramasser dans mes bras, au sein des misères et
des angoisses de la vie, et de les porter à la vérité,

à la vertu, au ciel? N'est-ce pas là la plus douce jouissance d'un cœur de prêtre? N'était-ce pas pour trouver tout cela qu'il a quitté le monde, qu'il a vu pleurer son père et sa mère?.. O saintes joies de l'apostolat, que n'êtes-vous connues et goûtées de tous! C'est pénible, sans doute, de remuer ces âmes gangrenées; mais quand à force de sacrifices on a pu faire du bien à une seule, avec quelle effusion on dit à Dieu : Merci, c'est bien : puissent tous mes jours ressembler à ce jour !

FIN.

TABLE DES MATIÈRES.

FIN DE LA TABLE.

Ouvrages du même auteur :

Le Livre des classes ouvrières. 6ᵉ édition.

Ce petit livre, destiné aux ouvriers et aux pauvres, s'est vendu à plus de 60 mille exemplaires en dix mois.

Manuel de Charité. 7ᵉ édition.

C'est un cours de charité. Il contient beaucoup de détails sur les œuvres qui se font à Paris, sur la manière de les établir, etc., etc.

La Charité aux Enfants. 6ᵉ édition illustrée.

C'est le Manuel de Charité des Enfants. Les préceptes y sont développés par des traits frappants ; il donne, de plus, de curieux détails sur les grandes misères de Paris, sur les industries inconnues, etc.

De l'Imprimerie de BEAU, à Saint-Germain-en-Laye.

www.ingramcontent.com/pod-product-compliance
Lightning Source LLC
Chambersburg PA
CBHW071909020726
47502CB00003B/947